经典探案故事

三十口棺材岛

〔法〕勒布朗 著

叁壹 编译

陕西新华出版

太白文艺出版社·西安

图书在版编目（CIP）数据

三十口棺材岛 /（法）勒布朗著；叁壹编译. -- 西安：太白文艺出版社，2011.7（2024.5重印）
（经典探案故事）
ISBN 978-7-5513-0023-0

Ⅰ. ①三⋯ Ⅱ. ①勒⋯ ②叁⋯ Ⅲ. ①侦探小说－法国－现代 Ⅳ. ①I565.45

中国版本图书馆CIP数据核字(2011)第150731号

三十口棺材岛
SANSHI KOU GUANCAI DAO

原　　著	[法]勒布朗
编　　译	叁　壹
责任编辑	荆红娟　李丹　张晨蕾
封面设计	佳图堂设计工坊
版式设计	刘兴福
出版发行	太白文艺出版社
经　　销	新华书店
印　　刷	三河市嵩川印刷有限公司
开　　本	700mm×960mm　1/16
字　　数	180千字
印　　张	14
版　　次	2011年7月第1版
印　　次	2024年5月第4次印刷
书　　号	ISBN 978-7-5513-0023-0
定　　价	52.80元

前　言

　　《语文课程标准》明确提出："培养学生广泛的阅读兴趣，扩大阅读面，增加阅读量；提倡少做题，多读书，好读书，读好书，读整本书。"

　　由于青少年受到知识、阅历以及阅读欣赏爱好的限制，他们对于读物的选择往往倾向于趣味性、故事性。因此，历险、科幻、探案类读物在多次中小学生阅读情况调查中，都被大多数青少年列为自己最感兴趣、最爱看的图书之一。

　　历险、科幻、探案类故事有着极其曲折的故事情节，极其丰富的想象力，因此，对青少年有着十分强烈的吸引力。阅读此类读物中的经典作品，可以极大地提升青少年的勇气与智慧，培养他们正直、勇敢和坚强的良好品德。

　　例如，英国作家柯南·道尔所著、风靡世界一百多年的"福尔摩斯探案"系列作品，故事曲折、情节紧凑，既不血腥，又很有趣，十分适合青少年阅读；而主人公福尔摩斯具有正义、坚强、机智的品德和敏锐的观察力、准确的判断力、严谨的分析和逻辑推理能力，备受青少年推崇，成为各个时代、各个国家青少年心目中不朽的英雄。

　　同样具有广泛影响力，被翻译成多国文字出版，受到世界各地读者热烈欢迎的法国著名作家儒勒·凡尔纳的系列科幻、历险作品，则将探险和科学完美地结合起来，书中不仅有曲折动人的故事情节，还包含大量各类学科的知识，犹如一本百科全书，令读者爱不释手。凡尔纳在他的作品中，不遗余力地歌颂了人类在科学领域孜孜不倦的探索精神和临危不惧、百折不挠、患难与共的高尚品质。

而美国作家马克·吐温的许多青少年题材作品，则更符合少年儿童的阅读口味。这些作品多以儿童为主角，以对比的手法描述了儿童世界与成人世界对待财富、宗教等事物态度上的区别，从儿童本位的价值观出发，肯定和赞美了孩子的生命活力和天真纯洁的本质，并从儿童的视角，抨击了自私、残忍、冷酷等人性的丑恶面，歌颂了勤劳、勇敢、正直等优秀的品德，对青少年有很大的教育和启迪意义。

青少年是国家和民族的未来。一本好书就像一盏明灯，会照亮他们将来的人生道路。经典文学作品中包含着人类长期思考所积淀下来的精神文明的精髓，承载着作家的道德品质和道德理想，是人类文化的宝库。青少年正处在一个认识世界、了解人生的关键阶段，这些历经时间考验的经典作品可以帮助青少年建立正确的世界观、人生观、价值观，可以丰富他们的人生经验，充实他们的课外生活，犹如最好的导师和朋友，伴随他们一同成长。

目　　录

1

第一部 维罗尼克

一、荒郊小屋

五月的一个早晨，一位妇女穿着灰色的宽松衣服，厚厚的面纱蒙着她的脸，她乘车来到景色秀丽的法乌埃村。法乌埃村位于布列塔尼中心区。她的脸庞被面纱遮住了，她的风采和美貌让人无法看到。她在大旅店匆忙用过午餐。正午时分，她把行李托付给老板看管，并打听了一些有关此地的情况，然后就穿过村子走进了田野。很快有两条路摆到了她面前，一条通向甘拜尔勒，一条通向甘拜尔。她走上了通往甘拜尔的路。她走过一个小山谷，又爬上一道坡，看见一块指示牌竖在右边的一条林间小道的路口，上面写道：洛克利夫，三公里。

"就是这儿。"她自言自语道。

但是，她望了望四周，吃了一惊，因为她并没有发现自己要找的东西。难道别人告知她的情况她搞错了？

四周望不见一个人，即使穿过树林旁边的草地和起伏的山丘，一直到布列塔尼乡村的地平线，也不见一个人影。离村子不远的地方，有一个小城堡坐落在春天嫩绿的草地上，所有灰墙上的护窗板全都紧紧地关闭着。中午时，空中回荡着教堂的三声钟响。紧接着就是一阵寂静。于是，在一块斜坡的浅草地上她坐了下来，从口袋中掏出了很厚的一封信，打开。

在第一页信纸的上方，印着事务所的名号：

1

杜特莱伊事务所　咨询办公室　内容机密　保守秘密

下面是收信人的姓名和地址：

贝桑松时装店　　　　维罗尼克夫人

她读道：

夫人：一九一七年五月你交给我的双重任务，我现在完成了，因此我十分高兴。一直以来我未曾忘记过，十四年前那件使你伤心欲绝的事件发生时，我在怎样的条件下，倾尽我的所能来给你帮助。的确是因为我，才获得了关于你尊敬的父亲安托万·戴日蒙先生和你最心爱的儿子弗朗索瓦死亡的确证——在我的职业生涯中，这是第一份苦差事。当然，今后的日子中，我还会有更出色的表现。请记住，应你的要求，也是因为我，看到了让你有必要摆脱你对你丈夫的仇恨或是爱情。于是，我到加尔梅利特修道院为你做了必要的交涉。又是我，在你隐居修道院后认为那种宗教生活违背了你的个性，便为你在你曾经度过童年生活和数周婚姻生活的城市——贝桑松，找到了这份女帽商的低下工作。为了生活下去和不再悲伤怀念，你有兴趣，同时也需要这份工作。你应该做到，而且现在已经做到了。

接下来，我们要谈谈正经事，谈论一下我们所关心的双重任务。先来谈第一个问题，你那位有证件证明有皇家波兰血统、自称为国王之子的丈夫，他在战争中的结果怎样呢？我来简单介绍一下。战争开始时，沃尔斯基先生就被视为嫌疑犯，关到了位于加邦特拉附近的集中营。接下来，他逃跑后来到了瑞士，之后回到法国，被指控为间谍以及被确认为德国人后再次被捕。本来不可避免地要被判处死刑，但是这一次他又逃脱了，藏身于枫丹白露森林中，最后不知道他被谁杀了。

夫人，我之所以这样直截了当地谈，是因为我知道你是如何鄙视这个背叛你的无耻之徒，我也清楚从报纸上你已获悉了大部分事实，只是不敢确定其绝对可信。

但是，我已看过了证明材料，你无须再怀疑，阿列克谢·沃尔斯基被葬到了枫丹白露。夫人，我需要顺便向你说一下，他死得十分奇怪。你肯定记得，你对我提起的关于沃尔斯基先生相信神秘预测的事。沃尔斯基真的是个聪明人，却被虚伪和迷信所害，经常处于对自己生命预测的幻觉和恐怖中。几个精通玄学的人为他做的命运预测：国王之子——沃尔斯基，将被你的朋友杀死，你的妻子将钉上十字架。夫人，我写这句话时都笑了。"被钉到十字架上！"这种极刑已经不存在了，所以我替你感到安心。然而你有没有想到沃尔斯基先生被刺的那一刀是否与命运预测的相一致呢？

我想的太多了。现在我们谈谈……

维罗尼克把信放到了她的膝盖上。她那细腻而敏感的性格被杜特莱伊先生自负的语气和随意的玩笑挫伤了，阿列克谢·沃尔斯基被害时的惨状一直在她心头萦绕。一想起这个可怕的男人，她浑身就战栗不安。她控制住自己，接着读下去：

夫人，现在我们来谈下一个任务，这个任务对你来说非常重要，毕竟其他事都已经过去了。

我们先把情况搞清楚。三个礼拜前，一次偶然的机会，你结束了你那单调乏味的生活，一个星期四的晚上，你带着你的女职工去观看电影。一个细节让你大吃一惊，它是那么不可思议：影片《布列塔尼传说》在表现朝圣场面时，一条公路从镜头中掠过，正对着一间废弃的小茅屋。影片中小屋没有任何意义，显然是被无意中拍摄的。但是，你的注意力被一件极不寻常的事吸引了。在涂着柏油的旧门板上，写着三个字母：V. d'H，这三个字母恰恰正是你以前未出嫁时，还有写给亲友信件时的签名，十四年来你从没使用过！维罗尼克·戴日蒙！绝对没错。小写字母d和省音符号'把两个大写字母分开，这与你以前使用的手迹一模一样，就连字母H的最后一笔从三个字母下面画过来的花缀也完全相同！

夫人，你被这种惊人的巧合搞得惊慌失措，于是你决定向我求助。你以前得到过我的帮助，对于这种帮助你知道是有效的。遵照你的意愿，这项工作我完成了。

那好，我就依照我的习惯，长话短说。夫人，请到巴黎乘坐晚上的快车，于第二天早晨到达甘拜尔勒，到那儿再乘坐去法乌埃的汽车。如果时间充裕，你可以在午餐前或是午餐后去参观圣巴尔伯教堂，它正好坐落在风景秀美的景区里，也正是影片《布列塔尼传说》的题材源头。

之后步行到达甘拜尔勒公路。上完第一道坡后，通往洛克利夫的小路前面一点的地方，有一个半圆形地带被树木环绕着，写着你名字的废弃小屋就在那儿。小屋毫无特色，里面没有任何东西，甚至地板都没有，只有一块朽木板做成的凳子。屋顶漏着雨，只是一个虫蛀的木框，毫无疑问，被摄入电影的镜头应该是偶然的。最后，我再说一点，影片《布列塔尼传说》于去年九月份拍摄，这就是说门上的字至少写了八个月了。夫人，就这些了，我完成了我的双重任务。因为我的谨慎，才没向你披露我是怎样的努力，又如何通过巧妙的方式，在这么短的时间内完成任务。否则，你便会感到我向你索要的咨询费有五百法郎是多么荒唐啊。

顺致……

维罗尼克折好信，很长时间都沉浸在信中所说的情形中，这封信令她感觉到与她那婚后令人恐惧的日子一样的可怕。现在有一个念头和她当年逃避现实而去修道院隐居的念头一样，苦苦困扰着她。她把这认定为自己一切的不幸，父亲和儿子的死亡，都是爱上沃尔斯基这一错误的代价。尽管这个人的爱情她曾拒绝过，但为了避免遭沃尔斯基报复戴日蒙，她还是被迫决定和他结婚。不管怎样，她爱过他，起初，她被他注视时脸色会发白。现在她对此感觉认为是一种不可饶恕的懦弱，她一直悔恨，随着时间的流逝，并没有将它冲淡。

"好啦，"她自语道，"我想得太多了，我来这儿可不是哭的。"

离开贝桑松这个隐居地目的是了解情况，她又重新打起精神来，她起身决定开始行动。

"通往洛克利夫的小路的前面一点的地方，有一个半圆形地带被树木环绕着……"

在杜特莱伊先生的信中是这样写的。那么，她应该是走过了。她急忙向回走，很快发现了那间小屋被右边的一片树丛遮住，只有走近才能看到。

这不过是个牧羊人或者养路工人歇脚的地方，被恶劣的天气摧残得破败不堪。维罗尼克走上前，经过日晒雨淋后门上的字，早已没有电影中的清晰了。但依然能辨认出三个字母和那个花缀，同时在下面她还发现了一个箭头标记和数字9，这在杜特莱伊先生的信中没有提到过。

她变得非常激动。尽管没有人能模仿她的签名方式，但这确实是她少女时的签名。然而到底会是谁把她的签名写在她第一次来的这间布列塔尼的废弃小屋呢？

在这个世界上维罗尼克再也不认识其他人了。随着十四年前那一系列事件的发生，整个少女时代也都随着她所爱和所熟悉的人的死亡而终结。除了她本人和那些早已死去的人，怎么还有人知道她的签名呢？尤其是为何要写在这里？写在这样的一个地方？这是什么意思？

围着小屋维罗尼克转了一圈儿，没有看见任何别的记号，周围的树上也没有任何标记。她想起杜特莱伊打开门看过，里面什么也没有。但她还是想亲自确认一下，他有没有看错。仅仅有一根木闩闩着门，上边有一颗螺钉，能转动。她拉开了门闩，这很简单，但她知道，开启面前的这扇门，对于她来说不仅仅需要的是体力，而是精神的和意志的力量。一个小小的举动，仿佛把她带入了一个她时刻在担心的多难世界。

"怎么办？"她对自己说，"有什么能阻止我？"

猛地，她拉开了门，发出了一声恐怖的叫喊。小屋中，她看到了一具男人的尸体。与此同时，在她瞥见尸体的一刹那间，她明白那不是正常死亡的，因为死者缺了只手。这是一位老人，胡须灰白呈扇形散开，长长的白发拖在脑后。嘴唇呈黑色，还有肿胀的皮肤颜色，这一切让维罗尼克想到死者一定是被毒死的。在他的身体表面找不到任何致命的伤口，只在胳膊上有个伤痕，显然是被刀砍的，并且已经很多天了。他穿着布列塔尼农民服装，很干净但十分旧。尸体坐在地上，头靠着木凳，腿蜷缩着。

维罗尼克处于麻木状态下看到了这些情况，只是后来才回忆起来。当时她只是呆站在那儿，浑身颤抖着，直愣愣地死盯着尸体，口中反复地说：

"尸体……尸体……"

突然，她想到也许是自己搞错了，这个男人并没死。她走上前摸了摸他的额头，触到了他冰冷的皮肤。这时，他竟然动了一下。这个动作让她从麻木中清醒了过来。她决定采取行动，四周没有一个人，她要回法乌埃去报警。首先她需要查看尸体，看他身上是否有证明身份的东西。

口袋中空空的。外衣和衬衫什么也没有。然而就在此时，死者的头夺拉了下来，并牵动上身而压到腿上，这样凳子就露了出来。在凳子下面她看到有一卷纸，一张很薄的绘画纸，弄得皱巴巴的，几乎已经搓烂了。她捡起纸卷，摊开。没等纸卷完全展平，她的手就颤抖起来，她喃喃自语道：

"啊！上帝！啊！上帝……"

她竭力使自己保持镇静，睁开双眼盯着，为的是能看得更清楚，并让大脑清醒过来。她的镇静仅仅只有几秒钟。在这短暂的瞬间，她透过仿佛越来越浓的迷雾看到了一幅红色的画面，在四棵树干上有四个女人被钉死在十字架上。

第一个女人就在这幅画前面的中心位置上，僵硬的躯体，围着修女头巾，面部因难以忍受的痛苦而扭曲变形，但还能认出这张脸，被钉到十字架上的这个女人，不是别人正是她！毫无疑问，就是她自己——维罗尼克·戴日蒙！

她全身不停地哆嗦，硬撑着起身后，撞撞跌跌地走到小屋外头，摔倒在地上，晕了过去。

维罗尼克体质非常好，她身材高大，体格强壮，体形匀称而又优美。她有健全的精神，各种苦难和折磨都未能伤害到她的精神和健康的体魄。乘坐两晚火车后的疲劳，再加上今天这种意想不到的情况，使她神经紧张地失去了控制力。但这种状态也就维持了两三分钟，很快她就清醒和坚强起来。

她起身回到小屋，拿起那张纸，心中自然还有些不可名状的不安，但现在的她眼睛看得很清楚，头脑也十分清醒，她仔细地看着。开头毫无意义，至少是她搞不清楚的细节。左边是一窄条字有十五行，不成文，一些不能成形的字母，其中竖的笔画拉得非常长，明显是为了填补空白才画上去的。其他有几个地方的字可以认出来。

维罗尼克读道："四个女人将钉死到十字架上，"

在旁边一点的地方写道：

"三十口棺材……"

最后的一行字这样写道：

天主宝石能赐生或赐死。

两条规则的线条将这一整行字框了起来，分别用了黑红两条墨水画着。上面是两把交叉的采用树枝条捆扎的镰刀，它仍是用红墨水画的，下面画的是一口棺材的轮廓。

最主要的部分是右边的部分，画满了用红笔画的画，并附有一行行的说明，看起来像一页书，或者说更像一页书的复制品——有点像用原始方法画的而不像懂得绘画原理而画的大幅复制品。这幅画画着四个女人被钉到十字架上。

画中的其他三个女人看上去显得很远，而且一个比一个小，身上都穿着布列塔尼服装，头上也戴着同样的布列塔尼式头巾，头巾打法十分特别，是当地的风俗，尤其特别的地方就是那个大黑结，张开着两个结翅，好像就是阿尔萨斯领结。

在画面的中心有个令人恐怖的东西，被吓得目光一动不动地维罗尼克盯着它看。一个大十字架，一根树干，下面的枝条都被砍掉了，女人的两只胳膊被钉在树干的左右两边部位。钉子并没有钉上手和脚，只是一圈圈地用绳子绑住，从肩膀开始一直绑到了两条并拢的大腿部位。受害人穿的不是布列塔尼服装，而是被一块直拖到地面的裹尸布裹着的，她那日渐瘦削的躯体看上去显得更加细长了。脸上的表情非常凄惨，是那种带点顺从、痛苦和忧伤的表情。这脸庞一定是维罗尼克，非常像她二十来岁时的面容。维罗尼克记得，在过去那些忧伤的日子中，从镜子里她经常看到那双失望地流着泪的眼睛。还有和她同样浓密的鬈发，弯弯曲曲一直拖到腰间。那上面的签名就是：V. d'H。

维罗尼克站在那儿想了很久，她回想着过去的一切，想极力在迷惑中找到眼前的现实与她年轻时的联系。但一丁点线索都没有。这些字和画对她起不了任何作用，也提供不了任何解释。她把那页纸又重新审读了几遍，然后，一边思考，一边将纸慢慢地撕得粉碎，纸片随风飞去。当最后一片纸屑飞走时，她拿定了主意。她把尸体推开，关上门，匆忙向着村子走去，她想让此事尽快有个法律结论。

但一小时后，当维罗尼克带领法乌埃村村长，乡警和一群好事者来到这里时，小屋中的尸体不见了。这一切实在太奇怪了！维罗尼克清楚自己的思想十分混乱，对人们向她提出的问题，对她目击事件的真实性，还有她此举的动机及她的神智等等的猜测和怀疑，她是根本无法做出答复，于是她不再做任何辩白。旅店的老板娘也在场，她向老板娘打听了沿路哪个村庄最近，能否到达火车站以便乘车去巴黎。她记住了斯卡埃和罗斯波尔登这两个地名。她雇了一辆车，让车夫先去取行李然后再追她，她出发了。她以她的落落大方、美丽、善良消除了人们对她的敌意。

路很长，她漫无目的地走着，走了一程又一程。对于这些不可思议的事情，她只想尽快摆脱，尽快地回到安宁和平静中去。她大踏步地走着，但这种劳乏毫无用处，因为一辆车正在追赶她。

她上坡又下坡，什么也不去想，不想再为那些谜团去寻找答案。眼前又浮现出过去的生活场景，从被沃尔斯基劫持、到父亲和儿子的死亡……她越想越感到恐惧。

她只是想回到贝桑松那个她自己安排的小天地中。在那里，没有忧伤，没有幻想，也没有痛苦回忆；她深信：在她亲自选定的那间简陋房子中，做些日常琐事，会忘记那个废弃的小屋、断臂的男尸和那幅令人恐怖的带有神秘签名的画。

可是，离斯卡埃镇不远处，就在她听到身后的马铃声时，在通往罗斯波尔登的岔路口她看到，一座倒塌了一半的房子还残留着一堵墙，用白色粉笔画成的一个箭头和一个号码 10 就写在这堵墙上，还有那个令人恐怖的签名：V. d' H。

二、大西洋岸边

此刻，维罗尼克的精神有了急剧的变化。与她刚决定要躲开灾难的威胁——她认为这些都来自于过去的不幸，但现在她又决定要把这条可怕的路走到底。

这个改变就像她在黑暗中忽然看到了一线光明。她猛地醒悟到其实问题很简单，箭头指明的是方向，号码10是在这一系列过程中从一个点到另一个点的顺序中的第十个。

这有可能是某个人为了指引另外一个人而设的信号？这对维罗尼克无关紧要，但重要的是这个办法能引导她去解开谜团：少女时代的签名为何奇迹般地在这错综复杂的悲剧性的情境中出现呢？

从法乌埃来的车追赶上她，上车后她让车夫向着罗斯波尔登方向走。到达时，已是晚饭时间。她估计得没错，在两个十字路口她又看到了数字11和12以及她自己的签名。她在罗斯波尔登过的夜，第二天就开始搜寻。在一座公墓墙上她发现了数字12号，她被引上了去往孔卡尔诺方向的路，可没有看到任何签名。她觉得也许是自己走错路了，就转了回来，花去一天工夫，结果徒劳无益。次日找到的已经十分模糊的13，把她引向福埃斯南方向。接着她又离开了这个方向，按照路标顺着乡间小路走，之后她又迷路了。最后，从法乌埃离开四天以后，来到贝梅伊大海滩，它位于大西洋岸边。在一个村庄里住了两夜，她十分谨慎地提了些问题，但没得到一点答案。

在最后一天的早晨，她在沙滩中露出水面的岩石堆中及长着灌木和树的低矮悬崖上漫步，发现两棵秃秃的橡树间，有一个庇护所，是用泥巴和树枝砌成的，可能是给海关人员栖身用的。门口被一块糙石巨柱挡住。在糙石巨柱上，一个号码17紧挨着个签名，没有箭头。但下边有个句号。只有这些。三个碎瓶子和一些空的罐头盒在庇护所内。

"这就是目标所在，"维罗尼克心里想道，"这里有人吃过饭，食品

9

也许是早放在这儿的。"

此时，离她不远的地方，有个圆弧形小海湾，它蜷缩在临近的岩石间，仿佛一只小贝壳。那里漂浮着一只烧油的小艇，她看见了小艇的发动机。

她听见一个男人和一个女人的谈话声，是从村子方向传来的。从维罗尼克站的地方，她看见一个上了年纪的男人，双手抱着半打口袋，里面装满面条、干菜等食品，他把东西放到地上说：

"那么，奥诺丽娜太太，一路上你都还好吧？"

"很好。"

"你都去哪儿了？"

"巴黎，去了一周……给主人买些东西……"

"你回来高兴吗？"

"当然。"

"奥诺丽娜太太，你看看，你的船还在原地，我每天都来看看。今早我把帆卸了下来。它一直都走得那么快吗？"

"快极了。"

"嗯，奥诺丽娜太太，你是个很棒的舵手。真不知道你会干这行？"

"都是战争搞成这样。我们岛上所有年轻人都离开了，剩下的也下海捕鱼去了。再说，和从前一样，隔两周就有一次船上服务的工作。所以我就干了这差事。"

"那油料怎么办？"

"有储备的，这点别担心。"

"那好，我走了，奥诺丽娜太太。需要我帮你装船吗？"

"不用，你去忙吧。"

"好，我这就走，"那人说道，"奥诺丽娜太太，下次我提前准备好包裹。"

他走了，没多远又喊道：

"不管怎样，岛周围的那些该死的暗礁，你可得小心。这个岛的名声真差劲！否则，也不会无缘无故地被称作三十口棺材岛。奥诺丽娜太太，祝你好运。"

他在一块岩石后面的拐角处消失了。三十口棺材！维罗尼克听后打了个哆嗦。在那幅令人恐怖的画上她好像看到过这些字。她探出身看了看。那个女人向着小艇走去，把她带来的食品都放上船，然后又折回来。这时维罗尼克看到了她的正面。她穿着布列塔尼服装，两个黑丝绒的结翅扎在头巾上面。

"啊！"维罗尼克结巴地说，"画上的头巾……被钉上十字架的那三个女人的头巾！"

这个布列塔尼妇女大概四十上下的年纪，瘦削的脸上，颧骨凸出，因为风吹日晒显得十分黝黑，但精神头很足，那双黑亮的大眼睛透着温厚和机灵。胸前挂着一条粗金项链，上身穿一件丝绒上衣。

她哼着歌曲把包裹装上船，但必须要跪在那块泊船的大石头上，才能装船。装上船后，她望了望天空，天上有些乌云。但她并不十分担心，她把缆绳解开，继续唱着她的歌，声音比刚才要大，维罗尼克这次把歌词听清了。这是一首单调的摇篮曲，节奏很慢，她微笑着唱着，一口好看而洁白的牙齿露了出来。

妈妈摇着孩子说：宝贝，不哭，你哭时，慈悲的圣母也会哭泣。你如果唱和笑，圣母也会笑的。合十吧，祈祷，我的慈悲的圣母玛利亚……

她还没唱完，维罗尼克就已站到了她面前，面容苍白地抽搐着。她愣住了，问道：

"有什么事吗？"

维罗尼克声音颤抖地说：

"是谁教的你这首歌？你从哪儿学的？我母亲曾唱过这歌……是她家乡萨瓦地区的歌……她死之后……再也没听别人唱过这首歌……因此……我要……我想……"

这位布列塔尼妇女惊奇地一声不响地注视着她，她没说话，好像她也想要马上回问她。

维罗尼克又重复了一遍：

"谁教的你？"

"是那边的一个人教的，"这个被称作奥诺丽娜太太的女人终于肯回答了。

"那边？"

"对，是岛上的一个人。"

维罗尼克怀着恐惧的心情答道：

"就是三十口棺材岛？"

"这是别人给取的名字。它真名叫撒勒克岛。"

两人怀着一种疑惑而想沟通交流的愿望，你望着我，我望着你。当两人都感到对方不是坏人时。

维罗尼克先开了口：

"请原谅，不过，你看，有些事情真是让人费解……"

布列塔尼妇女点了点头，表示赞同。

维罗尼克继续说：

"真是让人困惑，叫人如此不安……那么，你清楚我为何到这个海滩上来吗？我想有必要告诉你，或许只有你才能给我答案。事情是这样的：一次偶然的机会，是一件很偶然事情，但所有一切又因它而起——我第一次来到了布列塔尼，我见到了我少女时代的签名写在那座荒芜而又神秘的破屋子门上。十四五年前这种签名我就已经不用了。当我顺着路走下去时，就又找到了好几处地方写着这种签名，而且每次都是不同的数字。就这样，我就到了贝梅伊海滩上，这儿是有人预定里程的终点……究竟会是谁呢？我不知道。"

"在这里？有你的签名？"奥诺丽娜急切地说，"在哪儿？"

"在庇护所的门口，也就在我们上方的这块石头上。"

"我怎么从来没看见过。是些什么字？"

"V. d' H。"

奥诺丽娜尽量把自己的情绪控制住，但她异常激动的神情依然从她瘦削的脸上流露出来，她轻声地说：

"维罗尼克……维罗尼克·戴日蒙。"

"啊！"年轻女人喊道，"你怎么知道我的名字！你知道！"

奥诺丽娜握住维罗尼克的双手，粗糙的脸上露着笑容。热泪流了下来，不停地说：

"维罗尼克小姐，维罗尼克太太，维罗尼克，原来是你？啊！我的上帝！这怎么可能？圣母玛利亚赐福你！"

维罗尼克惊讶地反复说道：

"我的名字你居然知道，你知道我是谁……请你替我解开谜团好吗？"

一阵长时间的沉默后，奥诺丽娜回答道：

"我没法解释，我也搞不明白。但是我们可以一起来研究……那么，是布列塔尼上的哪个村呢？"

"法乌埃。"

"法乌埃……我知道。荒芜的小屋又在哪儿呢？"

"离那个村庄有两公里距离。"

"你打开门了？"

"是的。这是最吓人的事。那屋里有……"

"你说……有什么？"

"有一具男尸，他是一个有着长长的白发、留着灰白胡须的老人，穿着当地人的服装……啊！那个死人，我永远都会记得……他是被害死的……被毒死的……我真搞不明白……"

奥诺丽娜听得很认真，但她从这桩罪案中没得到任何启发，她简单问了一句：

"谁干的？调查了没有？"

"当我领着村里人又回来时，尸体不见了。"

"不见了？谁把他弄走的？"

"我一无所知。"

"你不知道？"

"一点都不知道。但我第一次在那时，我发现了一幅画……虽然我撕掉了那幅画，可它却像梦魇一样留在了我的记忆中，经常浮现在我眼前……赶不走……你听我说……那是一张纸，显然是一张旧画的复制品，上面画着，哎！很吓人的……非常恐怖……有四个女人被钉上了十字架！我是其中一个，还写着我的名字……其他三个都戴着你这样的头巾……"

奥诺丽娜使劲抓住年轻女人的手说：

"你再说一遍，四个女人被钉到十字架上？"

"是的，还有三十口棺材，因而与这岛有关。"

奥诺丽娜用手捂住嘴。

"闭嘴！闭嘴！啊呀！别说了。不，不，别说了……你看，那是地狱的事……谈论它就是亵渎……闭嘴……也许换个年头可以再说……以后……"

她吓得浑身颤抖，就像被狂风刚刚吹打过一样。她突然双膝跪在岩石上，祈祷了很久，弯着腰，把头埋到手中。她非常虔诚，维罗尼克不敢再上前问什么了。

终于，她站了起来，停了片刻，说：

"这一切真是太可怕了。但是，我不认为为此我们的职责就该改变，甚至是动摇。"

她十分郑重地对年轻女人说：

"你应当同我一起回去。"

"到那儿，你们的岛上？"

维罗尼克问道，流露出勉强的神情。她的手被奥诺丽娜抓起，用郑重的口吻，让维罗尼克感到带着些神秘色彩和难以言说的语气，继续说：

"你是维罗尼克·戴日蒙吧？"

"是的。"

"你父亲的姓名？"

"安托万·戴日蒙。"

"你与一个所谓的波兰人结了婚，他叫沃尔斯基？"

"对，阿列克谢·沃尔斯基。"

"在一次劫持事件后，你与父亲断绝关系嫁给了他？"

"对。"

"你们生了个孩子？"

"是的，是个儿子，叫弗朗索瓦。"

"坦白地说，你并不认识你儿子，你父亲从你手中夺走了他。对吗？"

"对。"

"后来你的父亲和你的儿子，在一次海难中失踪了？"

"是的，他们都死了。"

"你还知道什么？"

维罗尼克没有觉得这个问题有什么特别，便说：

"法庭做了调查，我也花钱让人做了调查，两次调查都出于同一个毋庸置疑的证人——四个水手中的一个。"

"谁能保证他们没说谎？"

"为什么他们要说谎呢？"维罗尼克吃惊地问道。

"那证人或许早已被收买了……事先被授意了……"

"那是谁？"

"是你父亲。"

"什么怪论！怎么可能！我的父亲早死了。"

"我再对你说一遍：你知道什么？"

这下维罗尼克惊呆了。

"你什么意思？"她轻声地说。

"稍等一下。你知道四个水手的名字吗？"

"我原来知道，现在不记得了。"

"你记得是布列塔尼人的名字吗？"

"确实是。可我不清楚……"

"你父亲因写书常来这儿，你从没到过布列塔尼。你母亲活着时到这里逗留过。所以，当地人与他有联系。假如他与这四个水手早就相识，这四个人又忠于他。再假如他收买了他们，特意雇佣这四个人来制造这起事件……他们把你父亲和儿子先载到意大利的一个小港口，然后在众目睽睽之下，四个水性很好的水手，弄翻了他们的小艇。还假如……"

"但这些人都还活着！"维罗尼克十分激动地喊道，"我们可以去问他们！"

"有两个早死了好几年了。有个叫马格诺克的老头是第三个人，在撒勒克你能找到他。至于第四个，你刚才可能看到了。他在这件事中得到了钱，在贝梅伊于是买下了一家杂食店。"

"啊！就是刚才那个人，我们能立刻找他谈谈，"维罗尼克激动地说道，"走，找他去。"

"为什么要找他呢？我知道的比他可不少。"

"你知道……你知道……"

"我知道的，你都不会知道。我回答你的所有问题。问吧。"

但那个至关重要的问题维罗尼克却不敢问，在她的潜意识里这个问题已萌发了出来。对那种一点也不可能的真实她恐惧，但她已隐约地、模模糊糊地看到了。她支吾着悲伤地说道：

"我不明白……我真的不明白。我父亲为什么要这样做，他为什么要人为地制造出他和我那可怜的儿子死亡的事实呢？"

"你父亲曾发誓要报复……"

"是对沃尔斯基，还是对我？对他的女儿？进行这样的报复！"

"你被你的丈夫控制后，非但没有逃出来，反而愿意嫁给他。你爱他！你这样做，是对你父亲的侮辱……你父亲性格暴躁，爱记仇，这你是知道的……他天生有点……按他自己的话说，有点精神失常。"

"后来呢？"

"后来嘛！后来……随着时光的流逝，因为对孩子的爱，他渐渐悔恨了……他四处寻找着你……为此我也去过很多地方！最先是查尔特勒的加尔梅利特修道院，但你已经离开了……你到底去了哪儿？哪儿才能找到你呢？"

"在报纸上还登了一则启事……

"因为那则启事，措辞十分谨慎。有人还回了信，约定见面。你猜到谁来赴约了吗？沃尔斯基。沃尔斯基也在找你，他爱着你，同时也一直恨着你。你父亲害怕了，因此不敢公开行动。"

维罗尼克沉默无语，她无力地瘫坐到石头上，低着头。她咕哝着：

"你说我父亲，现在他还活着……"

"他还活着。"

"你经常见到他……"

"每天都见到。"

"可是还有，"维罗尼克压低声音说，"还有，你没有提到我儿子……我担心……他是否活了下来？也许当时就死了？所以你就没谈他？"

她极力抬起头来。奥诺丽娜笑了。

"啊！我恳求你，"维罗尼克央求到，"告诉我实情……现在对于我来说，是一种本不该再有希望的害怕……我求求你了……"

奥诺丽娜一下搂住了她的脖子，说：

"我可怜的夫人，假如善良、漂亮的弗朗索瓦死了，我还会与你说这些话吗？"

"他活着？他还活着吗？"维罗尼克欣喜若狂地喊着。

"当然！而且他体格健壮！你的弗朗索瓦，是个结实的棒小伙，像铁墩子！我为他感到自豪，我有这个权利，因为我把他一手带大。"

奥诺丽娜感到维罗尼克十分压抑，有点情绪失控，既痛苦又高兴，所以她对维罗尼克说：

"哭吧，夫人，哭出声来吧，这样好受些。现在的泪水比过去的泪水好，你说对吗？痛快地哭吧，让一切苦难烟消云散。我先回村子去。你的行李还在旅店吧？我认识他们。我去把行李取来再走。"

奥诺丽娜半小时后返了回来，维罗尼克还站在原地，她就示意奥诺丽娜快点，还大声喊道：

"我的上帝，你快点！你如此之慢！我们一分钟也不能再耽搁了。"

但是，奥诺丽娜并没有加快速度，也没有答话，在她粗糙的脸上见不到一丝笑容。

"喂，我们走吗？"维罗尼克走近她说，"是不是晚了？该不是出什么问题了吧？怎么啦？你好像变了个人似的……"

"不是……不是……"

"那么，我们快点走吧。"维罗尼克帮助奥诺丽娜，把行李和食品袋都放到了船上，突然她站到维罗尼克面前说：

"你能确定那幅画上钉到十字架上的女人就是你吗？"

"绝对是……而且那上面还有我名字的缩写字母……"

"真怪，"奥诺丽娜嘟囔着，十分不安。

"为什么？也许是一个认识我的人在开玩笑，或许是个偶然的幻想、巧合，让人想起了过去。"

"唉！我担心的不是过去，而是将来。"

"将来？"

"你还记得那个预言吗？"

"不记得。"

"是的，这是针对你和沃尔斯基的预言……"

"啊！你知道？"

"我知道。那幅画我一想起来，还有那些搞不清楚的可怕事情，心里就特别难受。"

维罗尼克笑出了声：

"啊！你是为这个而烦恼呢？就只为这事吗？"

"别笑！人们见到地狱之火是根本笑不出来的。"

奥诺丽娜闭上眼睛，说了这些话，她画了个十字。接着又说道：

"显然……你是在笑话我……你觉得我是个乡下妇女，重迷信，信鬼神。这点我不否认。可是，这事……对一些真事，你缺少判断力！如果你能取得马格诺克的信任，你可以与他谈谈。"

"马格诺克？"

"对，四个水手中的一个。他是你儿子的老朋友。他也帮着抚养了你的儿子。马格诺克知道的比你的父亲、比所有的学者都要清楚。但是……"

"但是……"

"但是马格诺克要深入到人们无权过问的领域中去，他是拿命运下赌注的。"

"他干了什么？"

"你听着——这是他亲口和我说的，他想亲自到黑暗中探个究竟。"

"好嘛！"维罗尼克很激动，不由得说了一句。

"好？他的手上留下了一个可怕的伤疤，他被烧伤了。我亲眼看到了。就像癌症的创口那样……非常痛苦……最后，他用左手拿起斧头，砍掉了自己的右手……"

维罗尼克惊呆了。她忽然想到了法乌埃的尸体，喃喃地说着：

"是右手？马格诺克被砍断的是右手，你确定吗？"

"在十天前，我出发的第一天，一斧头砍下去……还是我帮他护理的……为什么你问这些？"

"因为，"维罗尼克连声音都变了，"因为在那座神秘的小屋中，我看到的后来又失踪了的老人尸体，就是刚刚砍掉的右手。"

奥诺丽娜露出了一种惶恐不安的神情，她被吓坏了，这与她平时的从容态度形成鲜明的对照。她一字一顿地说道：

"你确定吗？那个样子……是马格诺克……一头长长的白发的老人？

是吗？还有向两边张开的大胡子？啊！多么可怕！”

她克制住自己，向四周看了看，怕自己的声音太大。她又画了个十字，然后慢慢地似乎是自言自语地说：

“他是预言中要死去人中的第一个……他和我说过……马格诺克有一双能通晓过去和未来的眼睛。别人是不知道的，他能看到。接下来'第一个受难的人将是我——奥诺丽娜太太。仆人失踪后几天，就要轮到主人……'”

“主人，是谁？”维罗尼克轻声问道。

奥诺丽娜猛地挺直身体，握紧拳头：

“我一定要保护他，保护那个人。”她声称，“我要拯救他，你的父亲不能成为第二个受难者。不，不，我要及时赶到，让我走吧。”

“我们一块走，”维罗尼克坚定地说。

“我求你，”奥诺丽娜恳求她，“别固执，让我办事去吧。今天晚上，在晚饭前，我会把你父亲和你儿子带来……”

“那为什么？”

“那儿太危险！对于你的父亲，尤其是对于你。你想想那四个十字架吧！十字架就将竖在那儿……噢！你不应当去那里！去那个该受诅咒的岛。”

“那么我儿子呢？”

“你将在几小时后见到他。”

忽然，维罗尼克笑起来：

“几小时！那会令我发疯！我十四年没有见到他了，突然听说他还活着，你不让我立刻去拥抱他，却让我等待！一小时我都等不了！我宁愿冒一千次死的危险，也不愿意多等。”

奥诺丽娜看了看她，心里很清楚，根本无法阻止维罗尼克，于是她没再坚持。

她第三次画了个十字，简单说了句：

“听天由命吧。”

于是，在堆满包裹的狭窄甲板上两人坐了下来。奥诺丽娜握紧舵，启动马达，在与水面相平的岩石与暗礁中，她熟练地驾着小船穿行着。

三、沃尔斯基之子

维罗尼克向奥诺丽娜微笑着，她坐在右舷的一把椅子上。这笑容，虽然带着不安、捉摸不定和些许的疑惑，但毕竟是幸福的。就如同一束灿烂的阳光，即将冲破风暴中那最后的几片乌云。

在她那令人赞美的脸上幸福的感觉表露了出来，这张脸的表情既高贵，也有某些久经不幸或遭受爱情折磨的腼腆，既庄重，更有女人的风韵。

她那乌黑的头发，在颈部低低地挽了一个髻，鬓角处的颜色稍浅一些。她皮肤的颜色像南方妇女那样灰暗，她有双蓝色大眼睛，非常明亮，瞳孔仿佛冬天的天空那样呈淡蓝色。她身材高大，肩膀宽厚，体型很匀称。

她的声音很好听，当谈到儿子时，声音有点像男声，听起来既愉快又轻松。维罗尼克的话题从没离开过她儿子。奥诺丽娜想换个话题，谈那些令她感到不安的问题，但是都没插上嘴，有时她这样说道：

"看，我没搞明白两件事。这条路线是谁制订的，把你从法乌埃引到我们这个地方？这使人怀疑，一定有某个人从法乌埃来到了撒勒克岛。还有另一个问题，就是马格诺克老爹是如何离开岛的？是他自己去的？还是他的尸体被别人运到那儿的？又是通过怎样的方式运去的？"

"那有什么难？"维罗尼克反驳道。

"当然有困难。你想想看！除了每两周我去贝梅伊或蓬—拉贝采购食品外，就只有两只渔船，他们又总是去很远的地方，一直到达欧迪埃纳沿岸去卖鱼。那马格诺克是如何渡海的呢？再者他是不是自杀的？那他的尸体为何不见了呢？"

可维罗尼克又反驳说：

"我求你啦……这些事现在都不重要。一切都会水落石出。我们谈谈弗朗索瓦吧。你说他到了撒勒克岛？"

奥诺丽娜只好向这位乞求者妥协了。

"从你那儿夺走几天后，他被可怜的马格诺克抱来。戴日蒙先生让马格诺克说，这孩子是一个陌生妇女交给他的，孩子由马格诺克的女儿抚养。后来他女儿死了。我当时还不在这儿，我在巴黎做了十几年用人。我回来时，弗朗索瓦已经长成一个漂亮小男孩了，他可以在野地里、海边上到处跑着玩了。之后我到你父亲那儿做事，他在撒勒克岛安了家。马格诺克的女儿死后，孩子就被他接回了家。"

"他叫什么名字？"

"弗朗索瓦……就是弗朗索瓦。戴日蒙先生让别人叫他安托万先生。孩子叫他爷爷。没有人说过闲话。"

"他是什么样的性格？"维罗尼克流露出担心的样子。

"啊！在这一点上，谢天谢地！你也不必担心。"奥诺丽娜说，"和他父亲一点也不像……也不像爷爷，戴日蒙先生也承认这些。他是一个善良、可爱、温和、愿意帮助他人的好孩子。从来也不发脾气……总是那么乖。正是如此，才赢得了爷爷的喜爱，才令戴日蒙先生思念起你来，这个孩子常常唤起他的回忆——对被抛弃女儿的回忆。他常说，'像他妈妈一模一样。维罗尼克也是这样温和、可爱、亲切、温柔。'于是我们一起寻找你，他也慢慢开始信任我了。"

维罗尼克脸上洋溢着喜悦的神色。她的儿子像她！她的儿子很乖，笑眯眯的！

"可是，"她说，"他认识我吗？知道他的妈妈还活着吗？"

"他知道！起初戴日蒙先生想保密；但很快我就告诉了他一切。"

"一切？"

"不是一切。他只知道他的父亲在一次海难中遇难，戴日蒙先生和他都失踪了，于是你进了修道院，人们不知怎么才能找到你。每当我外出回来，他都要打听你的消息！他盼望着，他多么渴望能够找到他妈妈！啊！他是那么爱她！他总唱那首你刚才听到的歌曲，那是他爷爷教的。"

"我的弗朗索瓦……我的小弗朗索瓦！"

"嗯！是的，他很爱你。"

奥诺丽娜继续说：

"他称呼我为奥诺丽娜妈妈，而称呼你，才叫妈妈。为了寻找你，他特别想早点长大，快点完成学业。"

"他在学习？还是在工作？"

"最开始跟爷爷学，两年前，我从巴黎带回一个叫斯特凡·马鲁的棒小伙，他因打仗而残废，勋章挂满了他的胸前，内脏做完手术后退伍。弗朗索瓦真心地喜欢他。"

在平静的海面上小船迅速前行，划出一道道白浪。乌云已经在天边消失了。傍晚的天空显示着平静和晴朗。

"继续说！继续说！"维罗尼克不停地喊道，她还没听够，"我儿子穿什么样的衣服？"

"穿一件宽大的钉着金色纽扣的双面绒衬衫，下身短裤，露两条光腿；头上戴着一顶贝雷帽，和他的大朋友斯特凡先生一样，不过他的贝雷帽是红颜色的，他喜欢这种帽子。"

"除了马鲁先生，他还有其他朋友吗？"

"从前岛上所有的男孩都是他的朋友。可后来只剩下三四个小水手，其他孩子因为自己父亲去打仗，就和母亲离开小岛，去孔卡尔诺、洛里昂等地做工，现在只剩下些老人留在撒勒克岛，岛上也就三十来人。"

"那么他同谁一起玩耍？同谁一起散步呢？"

"噢，他有一个最好的玩伴。"

"啊！是谁？"

"是一条小狗，马格诺克送给他的。"

"小狗？"

"滑稽的是，它长得很难看、很可笑，一半像是卷毛狗，一半却又像狐狸，但是好玩极了，可爱极了！嗨！真是个'杜瓦边'先生。"

"'一切顺利'？"

"弗朗索瓦都这么称呼它，没有比这更合适的名字了。它总是一副乐呵呵的样子，生活得心满意足……有独立性，有时会消失几小时，甚至几天；但当你需要它时，当你忧伤难过时，它就会如你所愿，来到你身边。'杜瓦边'厌恶眼泪、训斥和争吵。只要它见到你哭或要哭的样子，它就会坐在你的跟前，用后腿直立起身子，一只眼闭上，一只眼半开，看起来太好笑了，叫人忍俊不禁。'行了，老朋友！'弗朗索瓦说，

'你是正确的，一切顺利。用不着担心，是吗?' 等你心里平静下来，'杜瓦边' 就会一路小跑离开。它完成它的任务了。"

维罗尼克笑着，同时也流着眼泪；很久没再吱声，她想起十四年来她所错失的快乐，她一直是个没有孩子的母亲，为活着的儿子服丧，想到这一切，她慢慢地变得伤感起来，她所有的快乐被失望淹没。人们给刚生下的孩子一切尽可能的照顾和关怀、抚爱，看着他慢慢长大，听着他说话，从中感受到了自豪与快乐；令一个母亲感到惬意的和应该得到赞美的一切，流露出日益增长的爱心，但这一切她都没有得到过。

"已经走完一半路了。" 奥诺丽娜说。

小船正朝着格勒南群岛行驶。右边就是邦马尔角，她们在离它十五海里远的地方与海岸平行前进。海角只显出一条很模糊的细线，分不出哪儿是地平线。维罗尼克回忆着过去悲惨的岁月，她已经记不起她母亲了，只想起她在自私而阴郁的父亲身边度过的漫长的童年时光。她想起她的婚姻。唉！特别是她的婚姻！她仍记得与沃尔斯基的初次相见，那时她才十七岁。不久她就对这个古怪的男人产生了恐惧，既怕他，又被他深深吸引，正像这个年纪的人遇到的那种神秘而不可思议的魅惑力量！

然后，就是可怕的劫持和接踵而至的更为可恶的事情，他把她关闭了几周，他用尽所有可能的恶毒手段来威胁她、控制她。就这样在他的胁迫之下她同意结合，尽管这违背了一个少女的天性和意愿，但是在她看来，经历了这场丑闻之后也只好同意，因为她的父亲已经赞同。

她一想到婚后的日子，就会十分气愤。她从不想唤起这段回忆，即使昔日的噩梦像幽灵般缠绕她时，她也不去唤起心灵深处的这段记忆：失望、屈辱、心灵的创伤、丈夫的背叛以及那可耻的生活；他酗酒、赌博、恬不知耻、偷窃朋友的财物、敲诈勒索。现在她还留有这种印象，他就像个恶魔，一想起他那残忍的天性和反复无常的性格，她就怕得发抖。

"你想得太多了，夫人。" 奥诺丽娜说。

"我不是幻想，也不是回忆，" 她答道，"而是悔恨。"

"悔恨，维罗尼克夫人? 你一生受尽了这样的折磨。"

"折磨对我是一种惩罚。"

"维罗尼克夫人，一切都已经过去，很快你就要见到你儿子和你父亲了。好啦，高兴些吧。"

"我哪儿高兴得起来。"

"你会高兴的！你就要看到他们了，很快！瞧，到撒勒克岛了。"

从凳子下的一个箱子中奥诺丽娜取出一个大海螺，用它做号角，把它放在嘴边，像从前水手的姿态，鼓起腮帮子吹了起来，吹得非常响，像牛发出的吼叫响彻了云空。

维罗尼克用疑问的目光盯着她。

"我在叫他，"奥诺丽娜说。

"弗朗索瓦！你是在呼唤弗朗索瓦！"

"对，我每次回来都这样。他一听到号角声，就会从我们住的那个悬崖上跑下来，一直跑到码头边上。"

"这么说，我就要见到他啦？"维罗尼克脸色发白。

"你立即就能见到他了。把你的面纱叠成双层，别让他看清你的脸庞。我会像对来撒勒克岛游玩的陌生人那样和你说话。"

小岛看得清清楚楚了，可是周围被许多暗礁挡着。

"哎，暗礁，这倒不缺！像鲱鱼群一样挤得满满的了。"奥诺丽娜大声说道。

她不得不把发动机关了，改用两叶的短桨。

"瞧，刚才海上风平浪静，可这儿从来都不会安静。"

果然，无数细浪相互撞击在一起，碎成了浪花，一同向岩石进行着不懈而无情地冲击。在激流和漩涡上只有小船才能通行。在浪花翻腾的任何地方，你根本无法辨识出到底海是蓝色还是绿色。

"岛周围都这样，在这种情况下，"奥诺丽娜接着说，"应该说只有坐着船才能到达撒勒克。啊！德国人没法在我们这儿建立潜艇基地。为防止万一，两年前洛里昂的军官就来过，想搞明白，西边那儿有几个岩洞，只有到落潮时才可以进去。结果是瞎耽误工夫。在我们这儿什么都干不成。你想，这四周全是岩石，尖尖的，像阴险的人在暗中害人一样。这虽然很危险，但更为可怕的是另一些看得见的，叫得出名字的大石块，它们记录着罪恶的海难史。哎！就是那些个石头！"她的声音变得低沉，她的手迟疑着，像是害怕那个准备好了的动作，指着那些露出水面的各式各样的巨大礁石，有些像蹲着的动物，有些像建有雉堞的城堡主塔，有些像巨针，有些像狮身人面像的头，有些像高大的金字塔，所有这些石块都是带有红色纹路的黑色花岗岩，就像用血浸泡过似的。

她悄声说道：

"多少世纪以来，这些石头一直守护着小岛，可是它们也像猛兽一样喜欢作恶，制造死难。这些石头，这些石头……唉，最好永远不要谈论它们，也不要想起它们。一共有三十头野兽……维罗尼克夫人，对，是三十，一共三十个……"

她画了一个十字，平静了些，接着又说：

"一共三十个。你父亲说，撒勒克岛被人们叫作三十口棺材岛，就是因为暗礁和棺材两个字被人们搞混淆了。也许……明摆着……但是无论如何，这是真的棺材，维罗尼克夫人，如果能打开它们的话，一定会看到那里面有许许多多的白骨……戴日蒙先生自己说过，撒勒克这个词来源于石棺这个词，按照他的说法这是棺材一词的学名……还有更……"

奥诺丽娜说到这里打住了，似乎她又想起了其他事，然后，她指着一块暗礁说：

"看，维罗尼克夫人，有一片开阔地，在那块拦路石的后面，从那儿你能看见我们的小码头，在码头的站台上，会出现弗朗索瓦的红帽子。"

维罗尼克漫不经心地听着奥诺丽娜的话。她探出身子，想要尽快看到她儿子的身影。而这位布列塔尼妇女却总是忧心忡忡，又不停说下去：

"还有更令人恐惧的事。有许多石桌坟在撒勒克岛上，虽然没什么特色，却极其相像。你父亲为此选择在这里安居。可你知道这个石桌坟一共有多少个吗？三十！是三十！与大礁石的数目一样多。在岛周围的岩石上就分布着这三十个石桌坟，恰恰对着那三十个暗礁，它们的名字也和暗礁相同！多尔—埃—罗克，多尔—凯尔里图等，你说说看这是怎么一回事？"

她说这些名字的时候，同说所有这些事一样，带着恐惧的口气，仿佛是怕它们听到一样，她觉得它们是有生命的，可怕而神圣的。

"维罗尼克夫人，你说说看？噢！这些事太神秘，最好还是保持沉默。等我们离开小岛，等你的小弗朗索瓦回到你的怀抱，有你和你父亲时，我再跟你说……"

维罗尼克沉默不语，她的眼睛在朝奥诺丽娜指的那个地方搜索。背对着她的同伴，两手撑在船沿，拼命注视着那里。她将要从那狭窄的空间里看到她重新找回来的儿子，她不愿错过一秒钟，因为弗朗索瓦随时有可能会出现。

她们来到那块岩石前，奥诺丽娜的一叶桨已经碰到岩壁了，她们顺着岩壁到了另一头。

"啊！"维罗尼克伤心地说，"他不在那儿。"

"弗朗索瓦不在那里？不可能！"奥诺丽娜大声说。

可是，她也看到了这一情况，离她们三四百米远的地方，有几块大石头是用来做沙滩的堤坝。有三个妇女、一个小女孩和几个老水手在等船。没有戴着红帽子的男孩。

"奇怪，"奥诺丽娜小声说，"这是他第一次没有来接我。"

"是不是生病了？"维罗尼克问道。

"不，弗朗索瓦从不生病。"

"那么？"

"会出什么事吗？"维罗尼克惊慌地问道。

"对于他，倒不会……不过你的父亲，马格诺克对我说让我不要离开他，他正遭受着威胁。"

"可是弗朗索瓦在那儿可以保护他，还有他的老师马鲁先生。喂，你说话啊……你想想看？"

沉默了一会儿，奥诺丽娜耸了耸肩，说：

"蠢货！我就爱胡思乱想，真荒唐。不要怪我，毕竟我是个布列塔尼妇女。除了有几年外，我的一生都是在这种神秘的、传说故事的氛围中度过的……别再谈它了。"

撒勒克岛长满了古老的树木，这是个起伏不平的狭长高原，能看见不太高的破碎的岩石环绕着四周，宛如一个由形色各异、参差不齐的花边儿组成的花环。阳光、风雨、浓雾、冰雪，天上降下的以及地上渗出的水，都在不断地修饰这个花环。唯一的登陆点，就在岛东岸上头的一片低洼地方，那里的几间渔民的房子，大部分是战后留下的，后来组成了一个村庄。那儿的一片洼地，有小防波堤作为保护。这儿的海面很平静，有两只船就泊在那里。

奥诺丽娜靠岸时，又做了最后一次的努力：

"瞧，维罗尼克夫人，我们到了。那么……是否真要劳驾你下去呢？你留在这儿……我两小时后把你父亲和你儿子带到这儿，然后我们到贝梅伊或蓬—拉贝吃晚饭去。好吗？"

维罗尼克站起身来，没有回应就跳上了码头。

"喂！孩子们，"奥诺丽娜走到维罗尼克身边，没再坚持让她留住，"怎么弗朗索瓦没有来呢？"

"正午时，他来过了，"一个女人回答，"他以为你明天回来。"

"那倒是……不过他应该听到我……好吧，总会看见的。"

几个男人要帮她卸船，她对他们说：

"别把它送到隐修院。行李也别送去。除非……拿着，五点钟如果我还没来，那么请让个孩子把它给我送去。"

"不，我亲自送去，"一个水手说。

"柯雷如，随你便。噢！你为什么没提到马格诺克？"

"马格诺克走了。是我把他送到蓬—拉贝去的。"

"什么时间走的，柯雷如？"

"你走后的第二天，奥诺丽娜太太。"

"他去干什么？"

"他对我说要去……我不知道要去哪儿……是关于他的断手……朝圣……"

"朝圣？可能去法乌埃吧？圣巴尔伯教堂，是吗？"

"是的……就是那儿……圣巴尔伯教堂……他说过这名字。"

奥诺丽娜没再问下去。现在还怀疑马格诺克的死吗？她同维罗尼克一起走开了。维罗尼克把面纱放下，两人走上了一条石子路，间或有几级台阶。小路通过一片橡树林后伸向岛的北端。

"总之，"奥诺丽娜说，"我不敢肯定，戴日蒙先生是不是愿意走。我讲的这些故事，他总觉得是无稽之谈，尽管他对很多事情也感到很奇怪。"

"他住得远吗？"维罗尼克问。

"四十分钟的路程。等会儿你就会看到，它紧靠着另一个岛了，在那里本笃会修士们建了一座修道院。"

"只有弗朗索瓦和马鲁先生与我父亲住那儿吗?"

"战前还有两个男的,战后,我和马格诺克几乎包揽了这里全部的活儿,还有一个女厨子,名叫玛丽·勒戈夫。"

"你外出时,玛丽·勒戈夫在那儿吗?"

"当然。"

她们沿着通往海岸的小路,走到了一处高地,在陡峭山坡上爬上爬下。这古老的橡树遍地都是,透过稀疏的树叶,看到枝头上的橡子。远远望去,大西洋呈现灰绿色,仿佛一条白腰带围绕着小岛。

维罗尼克又问:

"奥诺丽娜太太,你打算怎么安排?"

"我先进去,和你父亲说一下。然后到花园门口接你。在弗朗索瓦面前,你要先装成他母亲的朋友,让他慢慢接受。"

"我父亲会欢迎我的到来吗?"

"维罗尼克夫人,他一定会张开双臂欢迎你的。"奥诺丽娜大声说,"我们都会欢迎你,只要……没有出事……真怪,弗朗索瓦怎么没跑出来!我的小船在岛上的任何地方都能看见……甚至从格勒南群岛都能看见……"

奥诺丽娜又回到了被戴日蒙先生称为无稽之谈的话题上,两人静悄悄地走着路,维罗尼克变得焦躁不安了。

奥诺丽娜忽然画了个十字。

"维罗尼克夫人,像我这样画十字吧。"她说,"这地方让修道士们变成圣地,但古代一些不良的东西依然留了下来,并且带来了不幸,特别是在这片'大橡树林'中。"

毫无疑问,"古代"是指德鲁伊教祭司及那个用人祭祀的时代。其实,她们进入的是一片稀疏的橡树林,那些树矗立在长满青苔的石坡上,就像一尊尊古代的神,每一尊神都有祭坛,透视着它神秘的祭礼和它可怕的威严。

维罗尼克像奥诺丽娜那样画了个十字,战战兢兢地问道:

"真凄凉!这孤独的高地连一朵花都没长。"

"只要稍一用心,就会变得很漂亮。过会儿你会看到马格诺克种的花，在岛的中心，在仙女石桌坟的右边……那被称作鲜花盛开的骷髅地的地方。"

"那花漂亮吗？"

"我告诉你，非常漂亮。只是，必须要到别的地方找土，备好土后，再进行耕种，他把那些只有他认识的树叶掺进去……"

接着她又小声地说：

"你会看到马格诺克种的鲜花……那些世上绝无仅有、无与伦比的……奇异的鲜花……"

在一座山丘的拐角处，路突然低陷下去。小岛被一道很宽的壕沟分成两部分，另一部分在对面，比这边略矮一点，面积也小很多。

"那边就是隐修院。"奥诺丽娜说。

又是一些破碎的岩石，小岛像被一道陡墙围着，这道陡峭的墙底下陷进去的地方宛如一个花环。这道墙通过一块五十米长城墙般厚的岩石与主岛相连，这块岩石顶部细薄，像一把锋利的斧头。岩石顶部不可能有路，而且中间还有一道很宽的裂缝。于是人们在两头搭了一座木桥，直接架在岩石上，越过那条裂缝。她们先后走上了木桥，桥很窄，也不太稳固，人走起来或是风一吹，直摇晃。

"喂，瞧那儿，那就是小岛的顶部，"奥诺丽娜说，"那是隐修院的一角。"

通向那里的小路，需要穿过一片草地，草地上种着小松树，呈梅花状分布着。右边的一条路，伸向一片茂密的灌木丛中。维罗尼克眼睛死死地盯住那座隐修院，低矮的门楼逐渐显露出来，奥诺丽娜干脆站住不动，转身朝右边那片林子喊道："斯特凡先生！"

"你在喊谁？"维罗尼克问，"马鲁先生？"

"是的，弗朗索瓦的老师。他从木桥那头跑了过来……我从一道缝中瞧见了他……斯特凡先生！可是他怎么不回答？你看见人影了吗？"

"没有。"

"肯定是他，戴白帽子……他已经看到我们在桥上。我们等他过来吧。"

"为什么要等呢？万一隐修院出了什么事，或者有什么危险……"

"说得对……快走。"

她们加快了脚步，怀着一种不好的预感，跑了起来，她们非常担心，而且这种担心越是接近事实就越强烈。小岛继续再缩小，最后被隐修院那道低矮的墙挡住了。这时屋内传来叫喊声。

奥诺丽娜喊道：

"有人在呼救！你听见了吗？是女人的声音！是女厨子！是玛丽·勒戈夫……"

她连忙向栅栏门跑去，抓起钥匙开门，由于慌手慌脚，钥匙卡进锁中总打不开。

"从墙上的缺口进去！"

她命令道：

"在右边！"

她们奔跑着，跨过围墙，穿过一片宽阔的草地，这里的小路弯曲蔓延，在常春藤和青苔中时隐时现。

"我们到了！我们到了！"奥诺丽娜大声嚷道，"我们到家啦！"

然后又嘀咕着：

"不叫啦！真可怕……唉！可怜的玛丽·勒戈夫……"

她一把抓住维罗尼克的胳膊。

"我们绕过去。正门在另一面……这里的门总是关着，窗户也都安有护窗板。"

维罗尼克的脚被树根绊住踉跄了一下，跌倒在地。当她爬起来时，奥诺丽娜已经跑远，她朝房子左侧跑去。维罗尼克没有跟上她，而是无意识地径直朝房子走去，她踏上台阶，对着关闭着的房门死命地敲打。

她觉得像奥诺丽娜那样绕圈是白费时间，无济于事。然而当她认为在这儿是空耗力气，准备狠下决心离开时，从她头顶的房子中又传来了叫喊声。

这是一个男人的声音，维罗尼克听出是他父亲的声音。她倒退了几步。突然，二楼的一扇窗户打开了，她看到戴日蒙先生那张恐惧而惊慌的脸，气喘吁吁地喊道：

"救命！救命！你这个没良心的……救命啊！"

"父亲！父亲！"维罗尼克绝望地喊道，"是我啊！"

他低下头，好像并没看到女儿，他想从窗台上跳下。可是身后响起了枪声，一块玻璃被打得粉碎。

"凶手！凶手！"

他边喊边缩回身子。维罗尼克惊恐万分，无能为力地打量着她的周围。怎样搭救父亲？墙太高了，没有什么东西能上去。忽然，她看到离她二十米远的距离，在房子的墙根处有一架梯子。梯子虽然很重，但她还是以惊人的力气搬起了它，靠在打开的窗子下面。在生命攸关的最严峻时刻，在思想极度混乱情绪激动不已的时刻，甚至身体因为极度不安而发抖的时刻，维罗尼克都还是保持着逻辑思维，她想到为什么没听到奥诺丽娜的声音？为什么她迟迟不来援救？她也想到弗朗索瓦。弗朗索瓦到底会去哪里呢？难道他跟着斯特凡·马鲁先生出逃了？还是去找人来救援？还有，父亲喊着没良心的凶手会是谁呢？

梯子搭不到窗口，维罗尼克立刻就明白，她要爬进这个窗口要费多大的努力。上面，还在搏斗，里面还混杂着她父亲发出窒息的喊叫。维罗尼克向上爬去。她好不容易抓住了窗户的横档。一段狭窄的挑檐帮了她的忙，她把膝盖跪在上面，把头探过去看，她看见了房间里发生的惨剧。

这时候，戴日蒙先生又退回窗口，退得比刚才还靠后，她差不多看见他的脸。他没有动弹，目光惊恐不安，两手张开，好像表示一种无可名状的动作，在等着即将发生的可怕的事件。他结结巴巴地说：

"凶手……凶手……原来是你吗？哎！该死的！弗朗索瓦！弗朗索瓦！"

他一定是在向他的外孙求救，而弗朗索瓦也一定受到袭击，也许还受了伤，也可能死了！维罗尼克使出了成倍的力气，终于站到了挑檐上。

"我来了！我来了……"她想喊。

但她的声音在喉咙里消失了。她看清了！她看到了！离她父亲五步远的地方，背靠墙站着的人，正拿着手枪瞄准戴日蒙先生。而这个人……噢！太可怕了！维罗尼克认出了奥诺丽娜提过的那顶红帽子，钉着金色纽扣的双面绒衬衫……尤其是从这张发怒而扭曲的年轻的脸上，又看到了酷似沃尔斯基那充满仇恨的凶残表情。

这孩子根本没看见她。他的眼睛没有离开他要攻击的目标，他似乎在享受那种拖延致命动作带给他的野蛮的快乐。维罗尼克还是默不作声。此刻语言和喊叫都无法挽救这场危机。她所要做的就是跳到她父亲和她儿子的中间。她爬着，抓住窗户，翻过去。

可是太晚了。枪声响起。戴日蒙先生在痛苦的呻吟中倒下。就在这时，在孩子的手还举着枪，老人往地下倒去的那一刻，里边的门开了。奥诺丽娜出现了，那可怕的场面使她惊呆了。

"弗朗索瓦！"她喊道，"……你！你！"

那孩子向她冲去。奥诺丽娜想拦住他。但并没发生搏斗，孩子向后退去，然后突然举起枪射击。奥诺丽娜在门口跪倒了下去。

那孩子从她身上跨过去逃跑了，奥诺丽娜还在说：

"弗朗索瓦！弗朗索瓦……不，这一切不是真的……哎！这不可能！弗朗索瓦……"

门外传来一阵笑声。是那孩子的笑声。维罗尼克听见了，这笑声是那么可怕、凶残，同沃尔斯基的一模一样，这一切令她如此痛苦，就像当年面对着沃尔斯基时那样！

她没去追凶手，也没叫住他。一个微弱的声音在她身后呼唤她：

"维罗尼克……维罗尼克……"

戴日蒙先生躺在地上，用垂死的目光望着她。她跪在他的身边，想解开他浸透鲜血的背心和衬衫，为他包扎伤口，但他推开她的手。他知道，包扎对于他已于事无补，他想和她说话，她把身子俯得更近些。

"维罗尼克，原谅我……维罗尼克……"

请求原谅，是他在昏迷中想到的第一件事，她吻了吻他的额头，哭着说：

"不要说了，父亲……你不能再伤神了……"

但他还有事要同她说，他的嘴唇徒劳地发出几个音节，连不成话，她伤心地听着。生命之火行将熄灭，大脑已经进入了黑暗。维罗尼克把耳朵贴近他的嘴边，他竭尽最后的力气，说了几个字：

"当心……当心……天主宝石。"

戴日蒙先生突然坐了起来，眼里放着光芒，正像最后一点火星点燃快要熄灭的火焰的模样。此刻父亲就这样望着她，维罗尼克这才明白，父亲知道她来的目的，并看到了会给她生命造成威胁的危险。他用那嘶哑和清晰可辨的、恐惧声音说：

"赶快离开这儿，你在这儿只有死亡……快离开这个岛吧……走……"

他的脑袋耷拉下来。

嘴里还在咕哝着：

"啊！十字架，我的女儿，撒勒克岛的四个十字架……将要钉上十字架的极刑……"

接下来，一切都结束了。

一片寂静，一片死的沉寂，年轻女人感受到了一种沉重的，愈来愈重的压力。

"快离开这个岛！"

一个声音重复着说，"走，这是你父亲最后的命令，维罗尼克夫人。"

面色苍白的奥诺丽娜来到她身边，胸前一条浸着血的红毛巾被两只手用力地按住。

"必须给你包扎！"维罗尼克喊道，"……等等……让我看看……"

"等会儿……等会儿会有人来照看我……"奥诺丽娜吃力地说，"哎！那个没良心的！我如果早点到！可是他堵住了门……"

维罗尼克恳求她：

"让我来包扎……听话……"

"刚才，厨娘玛丽·勒戈夫，就在楼梯口，她先受的伤……或许是致命的一枪，先去看看她……"

维罗尼克从里边的门出去，她儿子就是从这扇门逃走的。那里有一个很大的楼梯平台。在上面的几级楼梯上，玛丽·勒戈夫缩成一团，正在艰难地咽气。

很快，她死了，没再醒来，在这出莫名其妙的惨剧中，她是第三个受害者。按照老马格诺克的预言，第二个受害者就是戴日蒙。

四、撒勒克岛的遇难者

维罗尼克把奥诺丽娜的伤口包扎好，好在伤口不是太深，应该不会威胁到这个布列塔尼妇女的生命，她又把玛丽·勒戈夫的尸体搬到那间堆满家具和书、作为工作室的大房间里，她的父亲也躺在那儿。她把父亲的眼睛合上，并为他盖上一条床单，然后开始祈祷。但她一句祈祷的话也说不出，她脑子没有一点思维。那些接连发生的不幸占据了她的大脑。她坐在那儿，头埋在手里，待了足足有一个小时。奥诺丽娜则在那儿发烧昏睡。她极力消除着儿子带给她的印象，正如要磨灭对沃尔斯基的印象那样。但是这两个形象混在一起，萦绕着她，就算闭上了眼睛却还在她跟前跳动，就像闭着眼睛时，一些光亮仍不停地重复着出现，成倍地增加，之后又汇集到一起。这是一张混杂着残酷、冷笑及伪装的可憎面孔。此时她并不像其他母亲哭儿子那般悲痛。十四年前她的儿子就已经死了，刚刚复活的这个，当她所有的母爱为他将要迸发时，却突然又变成了陌路人，最糟糕的是变成了一个与沃尔斯基一样的恶人！她怎么会感到难过呢？

然而，这一切对于这个年轻女人来说，又是多么大的心灵创伤啊！多么巨大的变动啊！如同平静的地面和地心被地壳的激变猛烈地撞击着！如同地狱般可怕！多么疯狂而可怕的场面！这是命运被骇人听闻般地嘲弄着！她的儿子杀死了她的父亲，正当她经历了那么多年的分离和苦难后，即将与他们相拥并幸福地生活在温馨和亲密中时！她的儿子却成了凶手！她的儿子亲手制造了死亡！她的儿子举着罪恶的手枪怀着作恶的喜悦，用他整个的身心去杀人。

这一行为的动机，她没去思考。她的儿子为什么要这么干？他的老师斯特凡·马鲁为何——毫无疑问是同谋，或许还是策划者——要在惨剧发生之前逃跑呢？面对如此之多的疑问，她都没去寻找答案。她只想着那令人害怕的场面，以及那场杀戮和死亡。她甚至自问，死亡是不是她唯一可以选择逃避和解脱的途径。

"维罗尼克夫人，"奥诺丽娜轻声叫道。

"什么事？"年轻女人从惊恐中清醒过来。

"你没听见吗？"

"什么？"

"楼下有人按门铃。可能是你的行李有人送来了。"

她急忙站起身来。

"我该怎么说？怎样解释？我是否要控告这个孩子……"

"拜托你。什么也别说，让我来说吧。"

"你身子太弱了，可怜的奥诺丽娜。"

"不，不，我这不是好多了嘛。"

维罗尼克下了楼，走到楼梯口铺着黑白两色地砖的门厅里，拉开大门的门闩。来的正是刚才那个水手。

"我敲了会儿厨房的门，"来人说，"玛丽·勒戈夫不在吗？奥诺丽娜太太呢？"

"奥诺丽娜太太在楼上，她要和你说话。"

这水手看了看她，觉得这个年轻女人的脸色显得那么苍白，神情那么忧郁，一声不响地跟她上了楼。在二楼开着的门前奥诺丽娜正等他。

"啊！是你吗？柯雷如！你好好听着……我不是在讲故事，知道吗？"

"怎么啦，奥诺丽娜太太，你受伤了？出事了？"

她推开门，指着裹尸布中的两具尸体说：

"安托万先生和玛丽·勒戈夫……两人都被杀了……"

那人脸色大变，喃喃地说：

"杀害……不可能？谁干的？"

"不知道，我们到后才看到的。"

"可是……小弗朗索瓦呢？斯特凡先生呢？"

"他们都失踪了……肯定也被杀了。"

"可是……可是……马格诺克呢？"

"马格诺克？你为什么提到他，柯雷如？"

"我是说……我是说……因为如果马格诺克还活着的话……这一

切……就将会是另一码事。马格诺克总是说，可能他是其中的第一个。马格诺克只说肯定的事。马格诺克看事情很透彻。"

奥诺丽娜想了想说：

"马格诺克也被人杀了。"

这下，柯雷如完全丧失了冷静，脸上流露出维罗尼克曾多次在奥诺丽娜脸上看到的那种极端的恐惧。他画着十字，低沉地说道：

"那么，这事终于还是发生了，奥诺丽娜太太？马格诺克早就说过……就在早些时候，在船上他就对我说，'现在还不晚……所有的人必须离开。'"

突然水手转过身，跑下楼梯。

"等等，柯雷如，"奥诺丽娜命令道。

"必须得离开，马格诺克说的。大家都得离开。"

"等着，"奥诺丽娜又说。

看到水手游移不决地站在那儿，她接着说：

"我们同意，是该离开。明天傍晚我们就走。但走之前，要把安托万先生和玛丽·勒戈夫的后事料理一下。你帮我叫来阿尔希纳姐妹来守灵。虽然她们是坏女人，但她们熟悉这种事。她们三人至少得来两人。给她们每人双倍的报酬。"

"之后呢，奥诺丽娜太太？"

"之后，你和所有的老人负责棺木的事，明天一早，把他们安葬到教堂公墓的宝地。"

"奥诺丽娜太太，再以后呢？"

"再以后，你就没事了，其他人也没事了。你们就可以准备收拾行李离开了。"

"可是你呢，奥诺丽娜太太？"

"我，我有船，别废话了。我们说好了？"

"就这么定了。只待一夜，我想从今天到明天应该不会再发生什么事了？"

"不会的，不会的……走吧，柯雷如……快点。马格诺克已经死了的消息千万别告诉别人。否则就叫不动他们了。"

"好的，奥诺丽娜太太。"

水手急匆匆地离开了。一小时后，阿尔希纳姐妹俩来了，这是两个骨瘦如柴、皮肤皱缩的老太婆，活像巫婆，戴的帽子上面的那两个黑丝绒结翅上满是油污。奥诺丽娜被抬到她的房间，位于这层楼的左侧尽头。为死者守夜的活动开始了。

这一夜，维罗尼克先在父亲灵前守着，然后又来到奥诺丽娜的病床前，她病得很重。维罗尼克最后疲倦地睡着了，奥诺丽娜叫醒了她。奥诺丽娜发着高烧，但神智很清醒，对她说：

"弗朗索瓦一定是藏起来了……斯特凡先生也一样……岛上有一些安全的地方，可以藏身用，马格诺克和他们说过。所以别人看不到他们，也搞不清情况。"

"你能肯定吗？"

"当然……因此，喏……明天，当所有的人都离开撒勒克后，就剩我们两人时，我一吹螺号，他就来这儿。"

维罗尼克厌恶地说：

"我不愿意看到他！我恨他！我像诅咒他父亲那样诅咒他……你想想，我亲眼看见他杀死了我父亲！他还枪杀了玛丽·勒戈夫……还想杀死你！不，不，这是仇恨，我厌恶这个没有良心的家伙！"

奥诺丽娜用习惯性的动作握住她的手，喃喃地说：

"先别指责他……他并不知道他在干什么。"

"你说什么！他不知道？可我看到了他的眼睛！和沃尔斯基一样的眼睛……"

"他不知道……他疯了。"

"他疯了？你说的？"

"是的，维罗尼克夫人。我了解那孩子。再没有谁会像他那么善良了。他干出这种事，一定是一时精神错乱……就像斯特凡一样。他们现在一定在绝望地哭泣。"

"这不可能……我不相信……"

"你不相信，是因为你不了解过去的一切……以及即将发生的一些事……如果你知道……唉！有些事情……有些事情……"

她的声音小得听不见了。她默不作声，但她的眼睛仍睁得大大的，她的嘴唇也无声嚅动着。

一直到清晨都平安无事。将近五时左右，维罗尼克听到了钉棺材的声音，就在这时，她房间的门开了，阿尔希纳两姐妹像一阵风似的冲了进来，两人都惊慌失措。

她们从柯雷如那里得知了真相，柯雷如为了给自己壮胆，酒喝多了，满口胡言乱语。

"马格诺克死了！"她们叫喊着，"马格诺克死了，你们什么也不说，我们走！快，给我们钱！"

结了账，她们撒腿就跑。一小时后，从她们那里获得消息的其他妇女又跑去叫正在干活的丈夫，她们都说一样的话：

"一定得走！应当早做准备……否则就来不及了……两只船就可以带走所有的人。"

奥诺丽娜运用自己的威望劝解这些人，而维罗尼克则给大家散钱。葬礼匆忙地进行着。有一座老教堂，位于她们房子不远处，曾由戴日蒙先生关照加固，每个月都有蓬—拉贝的神父来这里做弥撒。教堂旁是撒勒克岛修士们的公墓。两个尸体被安葬在这儿。一个平时负责圣器室工作的老人，含糊不清地讲了几句祝福的话。所有人仿佛都神经错乱了。他们的言辞，他们的举止都是时断时续，一顿一挫的。他们一心只想着离开，根本没有理会维罗尼克的祈求和痛哭。

八点之前，葬礼结束了。男人们和女人们都离开了。维罗尼克感到自己就像在一个噩梦中，所有这些事之间彼此并没什么逻辑性，也没什么关联。维罗尼克又回到奥诺丽娜身边，奥诺丽娜因身体极度虚弱没能参加主人的葬礼。

"我感觉好多了，"奥诺丽娜说，"我们今天或明天走，和弗朗索瓦一起。"

看到维罗尼克露出愤怒的神色，她又说：

"和弗朗索瓦一起走，我和你说的，还有斯特凡先生。而且是尽快地走。我也要走……带着你和弗朗索瓦……岛上有死神……死神才是这里的主人……把它留在撒勒克……其他所有的人都得走。"

维罗尼克不想令她不高兴。但是九点左右，又听见匆匆的脚步声。原来是柯雷如，他从村子里来，一进门就喊：

"奥诺丽娜太太，你的船不见了！不见了！"

"不可能！"奥诺丽娜反驳道。

水手上气不接下气地说：

"真的不见了。今天早上，我就猜想会有什么事要发生……当然，无疑我也是多喝了一点……我并没有想到这点。但是，其他人也看到了。缆绳被割断……这是夜里发生的事情，有人驾着船，一声不响地走了。"

两个女人对视着，同时感到，弗朗索瓦和斯特凡·马鲁已经逃跑了。奥诺丽娜低声嘟哝着：

"对……应该是这么回事……他会驾船。"

维罗尼克知道孩子跑了，再也见不到他了，也许心里倒还感到轻快些。然而奥诺丽娜害怕了，她喊道：

"那么……那么……我们要怎么办？"

"奥诺丽娜太太，必须立刻走。船已经准备好了……每个人都能坐上船……十一点钟后，村子里就没有人了。"

维罗尼克说道：

"奥诺丽娜没办法走……"

"不……我好多了……"奥诺丽娜说。

"不行。那是在开玩笑。我们再等一两天……后天你再回来，柯雷如。"

她推那水手到门口，正好水手也想快点离开。

"好吧，就这样，后天，我再来……再说，也不能带走一切……还得一次次地回来拿……保重，奥诺丽娜太太。"

他很快就跑了出去。

"柯雷如！柯雷如！"奥诺丽娜从床上坐起来，绝望地叫喊着：

"不，不，你别走，柯雷如……等等我，你把我背到船上去。"

她听了听，水手没有返回来，她便要起床。

"我怕……我不想一个人留下……"

维罗尼克把她留在床上。

"不是你一个人留下，奥诺丽娜。我不会离开你。"

两个女人进行了一场真正的博斗，最后奥诺丽娜被使劲按到床上，她软弱无力地呻吟着：

"我怕……我怕……这个岛是被下了诅咒了的……留下来就是冒犯天主……马格诺克的死是一个警告……我怕……"

她满口胡话，但依然保持着一半的清醒，因而在那些表现出布列塔尼妇女迷信的思维中还有一些明白的、理智的话。她抓住维罗尼克的肩膀说道：

"我对你说……这个岛是该被诅咒的……有一天马格诺克告诉我：'撒勒克，是一座地狱之门，这个门现在关闭着。它一旦打开，所有的灾难就会像暴风雨般地降临。'"

在维罗尼克的劝说下，她平静了一点，用一种越来越微弱轻柔的声音继续说：

"他非常爱这个岛……和我们大家一样。他是用一种我难以理解的语言来谈论它的：'它的门是双重的，奥诺丽娜，它也向天堂敞开。'是的，是的，这个岛很好居住……我们都很热爱它……马格诺克在这儿种了很多花……噢！这些花……开得好大……比普通花大三倍，也漂亮得多。"

沉闷的时间一点一点地过去了。这间卧室位于这座房子一侧的尽头，窗子朝着小岛的左右两边，通过岩石，可以看到海洋。维罗尼克坐在那儿，眼睛直盯着被越来越强烈的海风刮得翻起的白浪。太阳在弥漫着布列塔尼的浓雾中升起。不过，从两边越过被黑色的暗礁撞碎的银色浪花，可以看到一望无际的大西洋。昏迷的奥诺丽娜还在低声说道：

"别人说，这座门是一块石头……来自远方，从一个陌生的地方来……叫天主宝石。还传说，这是一块宝石……由金子和银子混合而成。天主宝石……是赐生或赐死的石头……马格诺克看到了……打开了门，而且把胳膊伸了过去……于是他的手……他的手就化为了灰烬。"

维罗尼克心情很沉重。她也像奥诺丽娜那样越来越害怕，仿佛祸患之水一点点地漫延和渗透而来。几天以来，一桩桩可怕的事情被她亲眼看见了，她的心情恐惧而惊慌。事情好像还在变本加厉地袭来，她在等待着已经被预告并将席卷一切的风暴。

她等待着，毫不怀疑，命中注定的可怕打击，必然会在不可抗拒的力量推动下，不断向她袭来。

"你看到船了吗？"奥诺丽娜问。

维罗尼克回答道：

"从这儿看不见。"

"不，不，这是船的必经之路，船装得很满，岬头有一条宽阔的通道。"

果然，一会儿后，维罗尼克看见从岬角的拐弯处冒出一只船头。

这只船装得很重，吃水很深，满载着包裹和箱子，妇女和孩子就坐在上面，四个男人使劲摇着桨。

"这是柯雷如的船，"奥诺丽娜说，她没等穿好衣服就从床上跳起来，"……瞧，又有一只，喏。"

第二只船驶出来了，也装得很沉。只有三个男人在划船，另外还有一个妇女。

她们两人离船太远，大约有七八百米，所以看不清船上人的面容。而且听不到装满逃亡者的船上的任何说话声。

"天哪！天哪！"奥诺丽娜呻吟道。

"但愿他们能从地狱中逃出去！"

"你在怕什么，奥诺丽娜？没有什么危险的。"

"不，只要他们还没离开岛屿，就会有危险。"

"他们已经离开了。"

"岛的周围，还属于岛。那些棺材就在那儿窥视着。"

"可是大海并不凶恶。"

"还有其他东西……大海不是敌人。"

"那么是什么东西呢？"

"我不知道……我不知道……"

两条船向北端岬角驶去。他们前头有两条航道，奥诺丽娜用两座暗礁的名字称呼着：魔鬼之石和撒勒克之牙。很快就发现柯雷如走的是魔鬼之石。

"他们到了这个航道，"奥诺丽娜指出，"再走一百米，他们才算是得救……"

她几乎是冷笑地说：

"啊！魔鬼的所有阴谋诡计都要被挫败了，维罗尼克夫人，我想，我们会得救的，撒勒克的所有人也都会得救。"

维罗尼克缄默不语，她仍感到紧张，这是由一种模糊得无法抑制的预感造成的，因而显得更加难以忍受。她在那里画了一条危险线，现在，柯雷如还没有越过。

奥诺丽娜烧得浑身颤抖，她嘀咕着：

"我怕……我怕……"

"别怕，"维罗尼克生硬地说，"别胡说。哪儿有危险？"

"啊！"奥诺丽娜叫起来，"这是什么？这是怎么啦？"

"什么？出了什么事？"

她们两人脸紧贴着玻璃，拼命朝那儿看。那儿，有样东西从撒勒克之牙冲出来。立刻，她们就认出来，那正是她们用过的，被柯雷如发现不见的那条船。

"弗朗索瓦！弗朗索瓦！"奥诺丽娜惊慌说道，"弗朗索瓦和斯特凡！"

维罗尼克认出了那孩子。他站在船头，对另外两条船上的人打着手势。男人们挥动他们的桨，而女人们则摇着手作为回答。奥诺丽娜顾不上维罗尼克反对，就打开了那两扇窗子，她们在马达的嗡嗡声中听见了一些话，但听不太清。

"怎么回事？"奥诺丽娜不停地说道，"……弗朗索瓦和斯特凡……他们为何不上岸来？"

"也许，"维罗尼克解释说，"他们可能害怕上岸会引起别人的注意和受到审问……"

"不是的，大家都认得他们，特别是弗朗索瓦，他经常和我在一起。而且身份证件也都在船上。不，不，他们一直藏在岩石后面等着。"

"可是，奥诺丽娜，他们藏了起来，现在为什么又要露面呢？"

"啊！是啊……是啊……我不明白……我看是有点奇怪……柯雷如和其他人会怎么想呢？"

两条船，第二条船紧挨着第一条船，差不多都停了下来。船上的人都转过头来看向他们疾驶而来的船只，它靠近第二条船时减速，然后与那两条船平行前进，保持着十五到二十米的距离。

"我不懂……我不懂……"奥诺丽娜喃喃地说。

马达熄了，小船慢慢靠近了那两条船。

忽然，她们看见弗朗索瓦弯下身，然后又站了起来，举起胳膊到前面，像是扔了一样东西过去。

与此同时，斯特凡·马鲁也做了一个相同的动作。一桩可怕的事件即刻发生了。

"啊！"维罗尼克叫了一声。她捂住眼睛，一会儿又抬起头，心惊肉跳地看着那可怕的场面。两个东西从很近的距离被扔了出去，在前的一个是弗朗索瓦扔的，在后的一个是斯特凡扔的。接着两条船上串起两条火舌，接着是两股浓烟。爆炸声响彻天空。一会儿就看不见黑烟中的一切了。后来烟雾被风吹散，维罗尼克和奥诺丽娜这才看见两条船正迅速下沉，船上的人都跳进了大海。

这场面——多么残酷的场面！——没有持续很久。她们看见一个妇女一动不动地站在一个浮标上，怀里抱着个孩子，还看见一些无疑是在爆炸中丧生而一动不动的躯体，还有两个男人互相撕扭着，可能已经发疯。但所有这一切也都和船一起消失不见了。几个漩涡，几个黑点漂浮着。就这些。

奥诺丽娜和维罗尼克没有再说话，她们被吓哑了。这件事是焦急不安的她们难以想象得到的。

最后，奥诺丽娜用手抱住头，声音低沉地——维罗尼克应当要记住这声调——说道：

"我的头快爆炸了……唉！可怜的撒勒克岛人……他们都是我的朋友……我童年时代的朋友……我再也不能见到他们了……大海也永远不能让死去的人再返回撒勒克……它留下了他们……早就准备好了棺材，成千上万口看不见的棺材……啊！我的脑袋要炸开了……我要疯了……像弗朗索瓦一样要疯了……我可怜的弗朗索瓦！"

维罗尼克没搭话。她脸色苍白，十个手指抓着窗台，向外边看去，似乎要把海底看穿。她儿子将会怎么办？他会去救这些人吗？现在可以听到他们的呼救声了，他会毫不犹豫地去救他们吗？人可能有失常的时候，可一旦看到惨相，就会平静下来。

小船退回边上，以免被卷入漩涡。弗朗索瓦和斯特凡——总能看见他们的红帽子和白帽子——一个站在船头，一个站在船尾，手里拿着……由于距离太远，她们看不清他们手里拿着的东西。好像是一根长的棍子……

"是救人用的篙竿……"维罗尼克低声说道。

"也许是把枪,"奥诺丽娜说。

水面上浮动着几个黑点。共九个,是九个幸存者的头,他们的胳膊划动着,看得出他们是在求救。几个人游离了船只,而另外的四个向船只靠近,其中两人很快就要够到船了。突然,弗朗索瓦和斯特凡同时做了一个射击瞄准的动作。冒出了两道火光,接着是两声枪响。两个浮动的人头就这样消失了。

"哎!没良心的东西!"维罗尼克嗫嚅着,全身瘫软跪了下来。

她身边,奥诺丽娜叫起来:

"弗朗索瓦!弗朗索瓦!"

由于刮着风,那声音显得那么微弱,根本传不到,可是奥诺丽娜还是不断地叫着:

"弗朗索瓦!斯特凡!"

接着,她在房里跑来跑去,跑到走廊里找什么东西,然后又回到窗前,不停地喊着:

"弗朗索瓦!弗朗索瓦!听着……"

最后她找来了用来给他发信号的螺号。可是当她将螺号放到嘴边时,只能吹出几个含混不清的听不清楚的低音。

"哎!该死的东西!"她轻声地说着,把螺号扔了。

"我没力气了……弗朗索瓦!弗朗索瓦!"

维罗尼克看着她那神色惊恐,头发蓬乱,脸上大汗淋漓的样子,恳求地说:

"奥诺丽娜,我求求你!"

"可是你看他们!你看他们!"

那里,小船正行进,两个射击者站在那儿,手中拿着杀人的武器。两个幸存者向后面逃去。这两人又被击中,他们的头消失在海水里了。

"你看他们,"奥诺丽娜声音沙哑地一字一顿地说,"……简直是追猎……这是在追捕猎物!唉!可怜的撒勒克岛人!"

之后又是一声枪响,一个黑点又没入水中。维罗尼克痛苦到了绝望的顶点,她摇动着窗框,就像摇动着禁锢她的监狱的铁窗一般。

“沃尔斯基！沃尔斯基！”她头脑中又浮现出对丈夫的回忆。

“这就是沃尔斯基的儿子。”她呻吟着。

猛然间，有人扼住了她的喉头，维罗尼克看到了眼前这位妇女陌生的脸。

“他是你的儿子，”奥诺丽娜嘟哝着，“你这该死的，你是魔鬼的母亲，你将会受到惩罚……”

之后，她大笑起来，跺着脚，进入一种狂喜的状态。

“十字架！对，十字架……你将被钉到十字架上……手上钉满钉子……绝妙的惩罚！手上钉满钉子！”

她疯了。维罗尼克挣脱她，想让她镇静下来，可是奥诺丽娜勃然大怒，将她一把推开，维罗尼克失去了平衡；同时奥诺丽娜很快地跳上窗台，站在上面，举起双臂高声喊着：

“弗朗索瓦！弗朗索瓦！”

房子这边，因为地势不同，楼层并不是很高。奥诺丽娜跳到了小路上，穿过小路，跨过树丛，向着伸向大海的崖顶跑去。她在那里站了一会儿，呼唤了三声她亲手抚养大的孩子的名字，就一头栽下去，跌入了深渊。

远处的追猎已经结束。一个接一个的人头没入了海面。屠杀已经完毕。

于是那只载着弗朗索瓦和斯特凡的小船，向着布列塔尼海岸逃去，向着贝梅伊和孔卡尔诺海滩驶去。

孤身一人的维罗尼克，留在了三十口棺材岛上。

五、钉上十字架的四个女人

在三十口棺材岛，维罗尼克孤身一人了。她把胳膊撑在窗台上，头埋在双臂里，一动不动昏昏沉沉地站在那儿，直到太阳落入好像在海上憩息的云层里。

刚才发生的事，闪现在她混乱的思维中，就像一幅幅不断翻着的图画。有时由于画面太清晰，那些残酷的场面又重新浮现在她的脑中，她避之不得。

她根本不想去寻求这一问题的答案，也不想去假设说明这一惨剧的原因。她接受关于弗朗索瓦和斯特凡发疯的看法，因为出现这种行为的其他理由，暂时无法找到。既然认为两个凶手是真的疯了，她也就不用考虑他们还会有什么具体的计划及确定的目标。

另外，她亲眼看见奥诺丽娜的发疯，更促使她认为，所有发生的事件，都是由于精神错乱引致的，而岛上的居民都是这场精神错乱的牺牲品。她自己也有过一阵子的脑子迟钝，就像坠进迷雾之中，在她的身边仿佛有一些看不见的幽灵游荡着。

她昏昏欲睡，昏沉中那些景象又浮现了出来，她感到非常悲伤，于是抽泣起来。此外，她仿佛听到了一个微弱的声响，在她的下意识里那像是敌人，敌人来了，她睁开眼睛。

离她面前三步远的地方，一只怪模怪样的动物坐在那儿，身上长着咖啡色的长毛，前腿像胳膊一样交叉在胸前。原来是只狗，很快她就想到这是弗朗索瓦的狗，奥诺丽娜说过那是一只勇敢、忠诚而滑稽的动物。她还记起了它的名字："一切顺利"。

这个名字还没叫出来，她已感到愤慨，想立刻把这只名字可笑的动物赶走。还叫什么"一切顺利"呢！她想起了这场可怕事件的牺牲者，撒勒克岛上所有死去的人，她父亲的被杀、奥诺丽娜的自杀、弗朗索瓦的发疯。什么"杜瓦边"。可是狗一动也不动，扮着怪样子，正如奥诺丽娜形容的那样，向前倾着头，闭起一只眼睛，咧着的嘴巴一直到耳朵根，交叉起两只前腿，真叫人忍俊不禁。

这时候，维罗尼克明白，这是"杜瓦边"在对痛苦的人表示同情。"杜瓦边"不能见别人流泪。当你哭时，它会做出各种怪样，直到你破涕为笑，并动手抚摩它为止。

维罗尼克笑不起来，而是将它拉到身边，对它说：

"不，可怜的小狗，不是一切顺利，相反的是一切都不顺利。但要紧的是必须活下去，对吗？不要像其他人那样发疯……"

生存迫使她行动起来。她下了楼到厨房，找到一点吃的，给了小狗一大半，然后又回到楼上。

夜幕降临了，她打开了二楼一间平时没人居住的房间的门。由于消耗了体力和强烈的刺激令她非常疲劳，她很快睡着了。"杜瓦边"也睡在她的床头。第二天，她醒得很晚，有一种异常平静和安全的感觉。仿佛目前的生活又和她在贝桑松的生活一样温馨和宁静。她在这里度过的几天恐怖的日子已经成为遥远的过去，不再回来困扰她了。在这场大灾难中死去的人，对于她也如同陌路人，不会再见面了。她的心不再流血。丧事办得问心无愧。这真算得上是意想不到的和自由自在的休息，孤独却是一种抚慰，使她感到自在，以至当汽船来到并停泊在这个不祥之地时，她也没有觉察。无疑，那天爆炸的火光有人看见了，并且听到了爆炸的声响。维罗尼克仍一动也没动。

她看到一只小艇离开了汽船，以为是有人上岸到村子里去调查。可是她担心这会牵涉到对她儿子的调查，她不愿意人们找到她，询问并披露她的姓名、身份和过去。她恐惧别人让她又回到她刚摆脱的地狱般的环境中去。她宁可等上一两个星期，恰巧会有只船经过小岛然后收容她。

然而，隐修院没有人来，汽艇也远远地离去了，这位年轻女人孤身一人的生活没有什么人来打扰。

就这样她度过了三天。似乎命运不再向她发起攻击。形单影只的她，就是自己的主人，给她带来巨大安慰的"杜瓦边"也不见了。小岛的一头被隐修院占据着，它是在原来修道院的旧址上，十五世纪原修道院就被废弃了，后来逐渐倒塌，成了废墟。十八世纪时，一个富有的船主采用原来材料和教堂的石头重新修建起来，无论从建筑还是装饰方面看，都没有奇特之处。维罗尼克不敢再走进任何一个房间。一想起父亲和儿子，她的脚步就在门前止住了。

第二天，春光明媚，她走上花园。在小岛的尖端，花园一直延伸到了那里，和房前的草坪一样，地上尽是常春藤和凹凸不平的废墟。她发现所有的小路都和高大橡树围绕的一个陡峭的岬角相通。她走着走着，突然发现一块面对大海的半圆形空地被这些橡树环绕着。

在这块空地的中央，有一座石桌坟，椭圆形、很矮的。它就支在两条近乎是正方体的岩石腿上。这地方气势雄伟，视野非常开阔。

"这一定是奥诺丽娜谈起的仙女石桌坟，"她想，"我应该距离鲜花盛开的马格诺克的骷髅地很近了。"

她在空地又绕了一圈。在两条石腿的内侧刻着很难辨认的记号。但石腿朝向大海外侧，非常平滑，像是专为雕刻所用，上面记载的一些内容又让她十分不安地颤抖起来。

右边，四个女人被痛苦地钉到十字架上的画面深深地雕刻在上面，笔迹非常笨拙也很原始。一行行的字则刻在左边，可能是因为恶劣天气的侵蚀，也或许是有人特意用手刮过，字迹早已模糊不清。不过有些字还能认得出，和在马格诺克尸体旁看到的那幅画一样：

"四个女人将钉死到十字架上……三十口棺材……天主宝石能赐生或赐死。"

维罗尼克万分恐惧地走开了。这个岛到处充满着神秘。她决心逃离这儿，离开撒勒克岛。

她沿着空地上的一条小路，绕过右边的最后一棵橡树，无疑这棵树被雷电击过，只剩了个树干和几根枯枝。

她又下了几级石阶，穿过了一片草地，草地上排列着四行糙石巨柱，她站住，被眼前的景象惊呆了，她惊叫起来，不住地赞叹。

"马格诺克的花，"她说道。

她走的这条路上的最后两块巨石，像一扇敞着的门的门框，门前的景象蔚为壮观。一片长方形的空地上——最多五十米长，几级台阶通到那里，两边是两行同样高的巨石，间距相等，就像庙里的柱子一样。这庙宇的中殿和偏殿都铺着大块的花岗岩石板，大小不一，有的已经破碎，石缝里长出了草，像彩绘玻璃残片上的铅条。

空地中央有一块面积很小的正方形场地，围绕着古老的基督石像开满了鲜花。那是怎样的鲜花啊！是令人难以想象的、神奇的花，梦幻般的花，奇迹般的花，是大出平常许多倍的花。这些花，维罗尼克都认得，然而，它们的硕大无比和美丽夺目，让她惊呆了。花的种类繁多，但每种都只有几株。可以说，一束花里汇集了所有的颜色，所有的芳香和所有的美丽。更为奇怪的是，在平时，这些花不能够同时开放，是按月依次开放的，可是这儿的花，却是同时含苞，一齐开放！这些生机盎然的花朵，都在同天开放，盛开期不超过两到三周，它们硕大、华丽、光彩夺目，傲然悬挂在强壮的枝头。这些花中有弗吉尼亚的昙花、毛茛、萱草、耧斗菜、血红的委陵菜、比主教的红袍还红的鸢尾花！还有翠崔花、福禄考、倒挂金钟、乌头等。

而更有甚者——噢！这引起这个年轻女人多大的不安啊！在那个绚丽多彩的花篮上面，一条花带正缠绕着基督塑像的底座，那是些蓝色、白色、紫色的鲜花，仿佛是为了亲近救世主的身躯而向上长高，这些花就是婆婆纳花……她激动不已。走近后，她看见底座上插着一个小牌牌，上面有些字：妈妈的花。维罗尼克不相信什么圣迹。可这些化确实绚丽夺目，是别的地方的花无法相比的，这点她还是承认的。可是她不相信，这一反常现象是超自然的力量或是马格诺克有什么秘方。不，可能是有某种原因，而且还很简单，事情终将会弄明白的。然而，在这异教的美丽装饰中，仿佛因为她的到来才发生的奇迹里，基督被簇拥在百花丛中，鲜花用色彩和芳香作为祭品，维罗尼克跪下了。

第二天和第三天，她又来到这鲜花盛开的骷髅地。现在，这些围绕着她的神秘现象，显得更加妖冶动人。她的儿子在其中起了作用，使她在婆婆纳花面前，思念儿子，而不再感到仇恨和绝望。但是到第五天的时候，她发现食物已经吃完，于是，中午时分，她下山到村子里去了。

到了山下，她看见大部分人家的门都敞开着，房子的主人走的时候，肯定还想着第二次回来取生活用品。

她的心紧揪着，不敢走进门去。窗台上摆着天竺葵。大挂钟的铜摆依然在空落落的房间里报着时间。她走开了。在距码头不远的货棚里，她看到奥诺丽娜从船上运来的食品袋和箱子。

"好了,"她心里想,"我不会被饿死了。足够吃几个星期的了,至于以后……"

她往篮子里装了些巧克力、饼干、罐头、大米、火柴等物品。在她就要起身回隐修院时,忽然心血来潮,想到小岛的另一端去看看,回头再来取篮子。她走上通往高地的浓荫密布的小道。这里的景色也一样,一样的平地,一样的没有作物、没有牧草,只有一片老橡树林。岛变得狭窄,可以毫无阻隔地望见两边的大海,以及远处的布列塔尼海岸。这里也有一排岩石,作为一栋住宅的围墙,这栋住宅外表非常简陋,有一座长方形的破房子,屋顶已经修补过,屋里存放着杂物,一个维护得很差的脏院子,里面堆满了废铁和柴草。维罗尼克往回走的时候,突然吃惊地停住,似乎听见有人在呻吟。她凝神静气地倾听,又听到了刚才的呻吟声,但比刚才的更为清晰;她还听到了别的声音,痛苦地喊叫和呼救,是一个女人的叫喊声音。不是所有居民都逃离了吗?当知道在撒勒克岛不再是孤身一人的时候,她十分高兴,不过还有点悲伤,她担心,也许还会被卷入死亡和恐怖中。

维罗尼克可以断定,声音不是来自住所,而是从院子右边堆放杂物的屋子里传出来的。院子只设一个栅栏门,她轻轻一推,门吱呀一声就开了。走进屋后,叫声就更大了。里面的人一定是听见了开门声。维罗尼克加快了脚步。尽管屋顶破烂不堪,但它的墙壁很厚,几个拱形的老门都用铁条加固着,有人从里面敲门,叫喊声更急迫了。

"救命啊!救命啊!"

里面发生了一场搏斗,另外一个不太尖锐的声音喊道:

"住嘴,克蕾蒙丝,也许是他们……"

"不,不,热尔特律德,不是他们!人们听不到他们的声音!请开门吧,钥匙应该就在门上……"

其实维罗尼克正想办法要进去,听这么一说,真的就看到锁孔里插着一把大钥匙。转了一下钥匙门就开了。她马上认出是那阿尔希纳姐妹,半露着骨瘦如柴的身子,一副巫婆的凶样。她们挤在一间装满了盥洗用具的洗衣房中。维罗尼克还看到房间角落里干草上有一个躺着的女人,声音极其微弱地哼哼着,她可能就是那第三个姐妹。

这时,前面两姐妹中的一个已经筋疲力尽地倒在地上,另一位的眼中闪着渴望的光芒，她抓住维罗尼克的胳膊，急切地说：

"你见着他们了吗，嗯？他们在这儿吗？他们怎么会没有杀死你？大家走后，他们就成了撒勒克的主人……该轮到我们了……瞧我们关在这儿已经六天了……出发的那天早晨……我们打点好行装准备上船……我们三个到洗衣房取晾干的衬衣。他们来了……我们没有听见……他们是从来不会让人听见的……之后，突然间门被关上了……咔嚓一声，钥匙一转，就完了……但我们有苹果、面包、特别是有烧酒……倒不觉得难以忍受……只是他们会不会再回来杀我们呢？现在是不是要轮到我们了？噢，我的好太太，我们每天都在听！我们多么害怕啊！大姐已经发疯了……听她……她在说胡话……克蕾蒙丝也不行了……而我……我……热尔特律德……"

她还有力气，因为她拧住维罗尼克的胳膊。

"那么柯雷如呢？他回来了吗？是不是又走了？为什么不回来找我们？这并不困难……他知道我们在哪儿，而且只要有一点声响，我们就会叫的……那么？那么？"

维罗尼克没有马上回答，可是她有什么理由需要隐瞒事实的真相呢？

她说道：

"两只船都沉没了。"

"什么？"

"那两只船是在撒勒克岛附近沉没的。船上的人全都死了……事情就发生在隐修院的前面……刚刚驶出魔鬼航道。"

维罗尼克没有多说话，避免提别人名字和提及弗朗索瓦以及他的老师所扮演的角色。克蕾蒙丝站起身来，一脸困惑，浑身无力地靠在门边。

热尔特律德轻声说道：

"那奥诺丽娜呢？"

"奥诺丽娜也死了。"

"死了？"两姐妹同时喊出来，然后她们无言地对视着。她们像是在思考着，热尔特律德还像数数似的掰着手指头。两人脸上越发恐怖。热尔特律德由于恐惧，两眼直盯着维罗尼克，喉头像是被人掐住了一样，说道：

"对了……对了……数目刚好……你知道岛上除了我和我的两个姐妹外，一共是多少人吗？二十人……那么你算算……二十个，再加上第一个死去的马格诺克……加上后来死了的安托万先生……还有失踪的小弗朗索瓦以及斯特凡，他们也死了……奥诺丽娜和玛丽·勒戈夫也死了……那么我们算算看……共有二十六个……二十六……刚好，是不是？三十减去二十六……你明白了吗？三十口棺材肯定要装满的……所以三十减二十六……还剩四……对不对？"

她说不下去了，舌头也不听使唤了。不过嘴里吐出的几个可怕的数字，维罗尼克还是听清了：

"嗯？你明白吗？还有四个……我们四个，三个阿尔希纳姐妹先关这儿……之后你……对不对？四个十字架……你明白吗？四个女人钉在十字架上……刚好这个数……我们四个……这岛上只剩我们四人……四个女人……"

她耸了耸肩：

"那么，又会怎样？岛上既然只有我们，你们又在怕什么呢？"

"怕他们！是在怕他们！"

她不耐烦地说：

"可是所有人都走了啊！"

热尔特律德惊恐地说：

"小声点，他们会听到的！"

"谁？"

"他们……先人……"

"什么样的先人……"

"对,那些祭祀的人……杀了男人和女人的人……他们向神明进献……"

"可这一切已经进行完毕！你是说，德鲁伊教徒？可是你看，现在已经没有德鲁伊教徒了。"

"小声点！小声点！还有的……还有神灵的。"

"还有神灵？"维罗尼克被这些迷信的说法吓得毛骨悚然。

"是的，是有神灵，不过是些拥有血肉之躯的神灵……他们用手关门，并把你监禁起来……他们弄沉了船，同时，还杀死了安托万先生，玛丽·勒戈夫还有其他人……他们总共杀死了二十六个……"

维罗尼克没有回答……也无法回答。她自己知道，是谁杀了戴日蒙先生和玛丽·勒戈夫以及其他的人，又是谁弄沉了船。

她问道：

"你们三人是几点钟被关在这儿的？"

"十点半钟……我们同柯雷如约好了十一点在村子里碰面。"

维罗尼克想了想，弗朗索瓦和斯特凡不可能在十点半钟到达这儿，而一个小时后出现在岩石的后面，去弄沉两只船。那么能否可以设想在这岛上还有一个或是几个他们的同伙呢？

她说：

"无论如何应该做出决定了。你们不能老这样，应该休息，应该吃饭……"

第二个姐妹站起来，也用一样低沉而激烈的语气说：

"首先应该躲起来，要能防备他们。"

"怎么办呢？"维罗尼克问，不管怎样，她也觉得需要一个可以隐藏的地方，以防备可能出现的敌人。怎么办？这些事情，特别是这一年以来谈得很多，而马格诺克曾说过，一旦遭到袭击，全岛的人都要躲到隐修院去。

"躲到隐修院？为什么？"

"因为可以自卫。那里岩石很陡，到处都能隐蔽藏身。"

"还有那座桥呢？"

"马格诺克和奥诺丽娜都预先想好了。在桥左边二十步远的地方有一个小窝棚。他们选好那个地方存放食物和汽油。在桥上倒三四桶汽油，划根火柴，就大功告成了。管它呢，断了交通，就不会招来袭击。"

"那么为什么大家不躲到隐修院去，而要坐船逃离呢？"

"坐船，逃走，更妥当……但是我们现在已别无选择。"

"我们这就走吗？"

"马上走，天还亮着，比晚上要走好些。"

"可你的姐妹，躺在地上……"

"我们有辆两轮车，我们推她去。走近路到隐修院，无须经过村子。"

尽管维罗尼克厌恶和阿尔希纳姐妹生活在一起，但由于无法控制的恐惧，使她做了让步。

"好吧，"她说，"咱们走吧。我把你们带到隐修院，之后我再回村里找食物。"

"噢！不用等好久，"一个姐妹说，"等桥一烧断，我们就在仙女石桌坟的小丘上点一堆火，那么隔着岸就能看见烟火了。今天，起雾，等明天……"

维罗尼克没有表示异议，她现在同意离开撒勒克岛，即使要接受一番调查，披露自己的名字。她们等那两个姐妹喝下一杯烧酒后就动身了。疯姐妹蹲在那部两轮车里轻声怪气地笑，她向维罗尼克说些话，好像要让她也发笑。

"我们还没见到他们……他们整装待发……"

"住口，老神经病，"热尔特律德喝道，"你会让我们都倒霉的。"

"对，对，我们去玩……那才叫滑稽……我要在脖子上戴上一个十字架……手上也戴上一个……瞧……到处都是十字架……我们肯定会上十字架……肯定要睡着了。"

"住口，老神经病，"热尔特律德又说了一句，并打了她一耳光。

"没错……没错……他们也会打你的，我看见他们都藏在那儿了……"

开始时路很难走，后来到了西部高地，岩石更高了，但是没有那么多沟沟壑壑，树木也较稀疏一些，橡树被狂风刮得快弯了。

"我们快到荒野了，人们称它为黑色荒原，"克蕾蒙丝·阿尔希纳说，"他们就住在下面。"

维罗尼克又耸了耸肩。

"你们是怎么知道的？"

"我们知道的比别人多，"热尔特律德说，"……别人叫我们巫婆，那都是真的……马格诺克也是……他深谙此道，也向我们讨教有关医药、吉祥石以及圣让草方面的事……"

"蒿草、马鞭草之类的东西，"疯子讥笑道，"我们是在太阳落山以后采摘的……"

"关于传说方面的事，"热尔特律德又说道，"我们也知道在这个岛上流传了几百年的事。人们一直传说，这岛底下有一座城市和街道，他们以前就住在那儿。现在还在……我就亲眼见到过。"

维罗尼克没有搭话。

"我和我的姐妹，是的，见到过一个……有两次，那是六月满月后的第六夜。他穿着白色衣服……爬到大橡树上，用一把金色的砍刀，采集槲寄生……金子在月光下发光……我看见了，我同你说……还有别人也看见了……他不止一个人。他们有好几个，是先人留下来守护他们珍宝的……对！对，我肯定是那珍宝……听说是一块石头，非常神奇，人碰了它就会死，睡在上面又可以复活……这都是真的，马格诺克说这是真的……这些先人守护着宝石……天主宝石……今年他们肯定是要拿所有人做祭品……是的，所有的……三十个死人，三十口棺材……"

"四个女人钉在十字架上，"疯女人低声喝道。

"不能再迟疑了……月圆之后第六天就快到了。我们应当在他们采槲寄生之前离开。喏，大橡树，在这儿就看得见。在过桥之前的那片树林里……它统治着别人。"

"他们就藏在后面，"疯女人说，她在两轮车上转来转去，"他们在等着我们。"

"你够了，别动了……好不好？你们看得见大橡树林吗？那儿……在最后一块荒地的上面？还有……还有……"

她的话还没完，就把车弄翻了。

克蕾蒙丝说：

"好吧，怎样？你是怎么啦？"

"我看见了一样东西……"热尔特律德结巴地说，"我看见了一团白色的东西在移动……"

"一样东西？你说什么？他们大白天也会出来？你眼睛花了吧！"

她们两人看了看，然后又出发了。不一会儿就离开了大橡树林。

她们穿过阴暗的、高低不平的荒地，地面满布着像坟垛一样的石头。

"这是他们的公墓，"热尔特律德咕哝道。

她们一句话也没说。好几次，热尔特律德不得不停下来休息，克蕾蒙丝也没有力气推车了。两人的腿直打哆嗦，她们不安地巡视着周围。过了一片洼地，又上了一道坡。她们走到了第一天维罗尼克与奥诺丽娜走过的路上，之后进入桥前面的树林。走完一段路后，阿尔希纳姐妹们越发紧张起来，维罗尼克心里明白，是要过大橡树了。她果真看见了它，它比别的树更为粗壮，矗立在泥土和树根垒成的土台上，比其他树的间隔要远一些。她不禁想到树干后面可能藏着好几个人，树把他们给挡住了。尽管她们害怕，但姐妹们还是加速前进，不去看那棵致命的树。她们走过了大橡树。维罗尼克才轻松下来。一切危险都过去了，她想同阿尔希纳姐妹开开玩笑，她们中的克蕾蒙丝突然晕倒在地上，不住地呻吟。就在这时，有件东西掉在了地上，这件东西砸中了她的背。这是一把斧头，一把石斧。

"啊！是雷石！是雷石！"热尔特律德叫道。

她稍稍抬头望了一眼，仿佛相信那些古老的民间传说，她想，斧头是从天上掉下来的，是由雷发射出来的。可是，就在这时，疯子从车子里跳了出来，在地上蹦着，又一头栽了下去。

有一样东西在空中呼啸而来。疯女人痛苦地抽搐着。热尔特律德和维罗尼克看到一支箭射进了她的肩膀，箭杆还在抖动。热尔特律德叫着逃开了。

维罗尼克犹豫不决，克蕾蒙丝和疯子在地上打滚，疯子傻笑着说：

"在橡树后面，他们就藏在那儿……我看见他们了。"

克蕾蒙丝语不成句地喊道：

"救命啊！帮帮忙……带我走吧……我怕。"

这时又一支箭嗖的一声落到远处。维罗尼克也逃开了，跑到最后几棵树的跟前，急忙向通往木桥的小山坡跑去。她拼命跑着，因为害怕——这是合情合理的，也为了能找到武器进行自卫。她想起，她父亲的书房里有一个玻璃柜，里面装满了步枪和手枪，每支枪都标着"上膛"，无疑这是为弗朗索瓦写的。她正想要拿一支枪来对付敌人。她甚至头也不回，看看是否有人在追她。她只为着一个目的，一个对她有利的目的奔跑着。她比热尔特律德跑得更加轻快，她赶上了她。

热尔特律德气喘吁吁地说：

"桥……应当把它给烧了……汽油就在那儿……"

维罗尼克没有回答。断桥是次要的，最大的问题是她得拿起武器抵御敌人。可是，热尔特律德刚上桥时，一阵眩晕，差点跌进深渊，一支箭射中了她的腰部。

"救救我！救救我！"她大声请求，"……请别抛弃我……"

"我一会儿就回来，"维罗尼克说，她没看到箭，以为热尔特律德没走好跌倒了。

"……我马上就回来，我去拿枪……你等着我……"

她脑子里想到，一旦她们两人有了武器，就跑回树林里去救其他两个姐妹。因此她加快脚步，跨过小桥，来到房子的围墙外边；穿过草坪，跑到楼上她父亲的书房里。她喘着气，不得不站定一会儿，之后才拿了两支枪，心怦怦地跳着，放慢了脚步。她十分奇怪，路上并没碰到热尔特律德，四处望去也没有看见她。于是她喊她，也没人回答。这时候她才想到，热尔特律德同她姐妹一样受了伤。

她又跑了起来。当她跑向桥头时，耳边有嘤嘤的呻吟声，她爬到通往大橡树的陡坡对面，她看到了……

她看到的情景令她呆站在桥头，一动不动。在桥的另一端，在地上热尔特律德正边爬边挣扎着，用弯曲的指头抓住在地上或是草里的树根，一点点地，不断地往土坡上爬。

此刻，维罗尼克明白了，热尔特律德就像一只被捆住的软弱的猎物一样，不幸的人的胳膊和身子被绳子捆住了。原来，看不见的手从高处射中了她。维罗尼克扛着枪，可是不知朝哪个敌人瞄准，不知要同什么样的敌人搏击，更不知是谁躲在树干和像城堡一样的石块后头。热尔特律德在这些石块中间以及在树干之间呻吟。她筋疲力尽，已喊不出声了，就要昏过去，最后终于看不见了。维罗尼克并没有动。她明白自己必须要自信，这样才有力量，这样才能行动。如果这是一场事先已被打败的战斗，她就无法解救阿尔希纳姐妹，但她要胜利，希望自己不会是新的和最后的牺牲者。然而，一切又都在按事情本身的逻辑规律进行，不可改变。可她并不了解它的意义，事实上，它们就像一个锁链上的每个环一样，是互相关联的。她又害怕了，她本能地下意识地怕这些幽灵，像阿尔希纳姐妹、奥诺丽娜以及所有在可怕的灾难中死去的人们一样怕。

她用荆棘灌木作为掩护，是为了不让躲在橡树后面的人看见。她弯着腰来到阿尔希纳姐妹提过的那个左边的小窝棚里。窝棚像个带尖屋顶和彩色玻璃窗的小亭子。小亭子的半边堆放着汽油桶。她在那里控制着木桥，只要有人走过，她就都看得见。但是没有人。夜幕降临，月光照着浓密的夜雾，像撒下了银白色的粉末，这使维罗尼克刚好看得清对岸。一小时后，她放心了些，就在桥梁上第一次倒下了汽油。她背着枪，尖起耳朵，像这样来回走了十次，随时随刻准备自卫。她随意地摸索着倒汽油的地方，尽量往腐烂得严重的地方倒。她在房里找到了唯一的一盒火柴，拿出其中一根，之后又迟疑了一会儿，心想就要发生大火了，她心里十分害怕。她想到：如果……对岸的人发现了大火……可是雾又这么大……她猛一擦火柴，很快点着了那浸过汽油的纸团，这原是她事先准备好的。

她把纸团扔到桥上那满积汽油的坑洼处，一条大火苗烧到了她的手指头。之后，她急忙跑向小亭子那边去。即刻，大火燃了起来，她倒过汽油的地方火舌四蹿。霎时间，一切都被映照得通明透亮，不论是大小岛屿的岩石，连接两岛的崖顶，四周的大树，石柱，大橡树林，抑或是深邃的大海，一切的一切。

"他们肯定知道我在哪儿了……他们一定正朝我躲着的小亭子这边注视……"

维罗尼克心里这么想着，目不转睛地注视着大橡树。可是树林里没有一个人影，没有一丁点的说话声。也没见到隐藏在大树后的人从他们藏身的地方走出来。

几分钟后，爆发出一声巨响，火光冲上了天，断了一半的桥仍在燃烧，不时掉下一段带火苗的木块，照亮了黑暗的深处。

随着木头的不断掉落，维罗尼克越发感到安慰。她松弛了紧绷的神经。眼看隔断她与敌人之间的鸿沟在慢慢扩大，她愈来愈感到安全了。不过，她决心待在小亭子里等到天明，看看是否还有通行的可能。

雾越发浓密，黑暗逐渐笼罩了一切。半夜，她听到对岸传来伐木工人伐木的声音，大概是从山丘上发出的，斧子有节奏地砍断了树枝。这时，一个奇怪的念头闪过维罗尼克的脑海，她想到他们有可能会再建一座步行桥。于是，握住枪的手攥得越发紧了起来。

一小时后，她仿佛陆续听见各种不同的声响，起初是呻吟声，接着是被窒息的叫喊声，之后就是一段不短的树叶飒飒声，夹杂着行人往来的声音。最后，所有这些声音都停止了。重新恢复了沉静，沉静中交织着一切移动的、令人不安的、颤抖的与活着的东西。受到疲乏和饥饿的折磨，维罗尼克的思想变得迟钝。她突然想起自己甚至没有从村子里带出任何吃的东西，她已没有任何吃食了。然而这并未使她发愁，因为不用多久，雾就将散开，她决定那时用汽油来点旺火，并且最好要到岛尽头的那座石桌坟上。但是，一个可怕的念头又突然闪过脑际：火柴遗落在桥上了吗？她在口袋里怎么找也没找到。然而，她对此并不太发愁。逃脱敌人的袭击后，她心里一阵欢欣，仿佛一切困难在她看来都不在话下。她就这样度过了漫长的几个小时，难挨的刺骨寒冷及浓雾在黎明时分无声蔓延。

天边出现的一抹晨曦，唤醒了黑暗中的万物，还原了它们的本来面目。接着维罗尼克就看到令她长舒一口气的景象，这座从崖顶连接两岛的五十米长的桥完全崩塌了，徒留一个不可逾越的崖顶。她意识到她得救了。

就在她抬头之际，对面山坡上的场景吓得她不由自主地大叫了一声。大橡树林山丘最前面的三棵树只剩下光秃秃的树干，显然，它们的树枝被砍掉了。而阿尔希纳三姐妹出人意料地被绑在了树干上，她们向后伸张着胳膊，在破裙子下面露出大腿来，而在那张被头巾中的黑结翅遮着的青灰色的面孔下边，她们的脖子正被绳索捆绑着。

无疑，她们被钉上了十字架。

六、"杜瓦边"

维罗尼克迈着机械而沉重的步子径直回到隐修院，她不愿再看见那残忍可怕的场面，没有再回头，也没有去考虑自己被发现后可能会有的下场。

离开撒勒克岛是她唯一的目的和希望，它支撑着她，不让她退缩，不让她倒下。这种恐惧似乎让她的忍受力达到了极限。如果她仅仅是看到三具尸体，不论三个女人是被勒死还是被枪杀，或是吊死的，都不会招致她这样的反感。而这种无耻之极的刑罚，是渎圣行为，是弥天大罪，是应入地狱的勾当，真是太过分了。

最后，她想到了自己，她会是第四个，是那个最后的被害者。就像死刑犯被推向断头台一样，命运引导她走向了这个结局。因而，她怎么能不吓得发抖，怎么会不在那个万恶的刑罚中获得警告——大橡树林山坡上三姐妹被钉上了十字架呢？

她用这些话自我安慰：

"真相终将大白……这残酷的神秘当中，隐藏着一个非常简单的原因，我们会发现，这一切其实是像我一样的自然人所为，并非如表面上看起来的神明所做，他们怀揣着一个罪恶的目的，依计执行。当然，这类事件的发生依赖于战争爆发造成的特殊环境。然而不管怎样，这里都不会出现任何的神奇和超常规。"

这只是些徒劳无益的自我安慰！她的思绪使她无法进行推理。最后，过分的打击使她动摇了，她变得和她亲眼看见的死去的所有撒勒克人一样，有了一样的看法，一样的感觉，也一样的软弱无力；被同样的恐怖侵蚀着，被同样的梦魇困扰着；并且由于自身存在死后复活的旧意识，她已精神失常。

到底是谁在看不见的地方迫害她呢？又是谁负责让撒勒克岛的三十口棺材装满人的呢？不幸的撒勒克岛居民被谁所杀？住在洞穴里的在预

定时间里出来采集圣果和圣草的又是谁？到底存在着怎样不可思议的计划？为着什么可怕的需要？要干什么怪诞的事情？这样地使用斧头和弓箭来残害女人？莫非把男人、女人和孩子供给嗜血成性的神明的是魔鬼、恶神和死亡教的祭司？

"够了，够了！我要发疯了！"她大叫，"离开吧！只有离开！"

但是，命运好像在故意捉弄人。当她在找食物时，她父亲书房里的一张钉在墙上的画，突然间映入了她的眼帘，画的内容似曾相识，原来就是那个废弃的窝棚里，马格诺克尸体旁的纸卷上画着的东西。

一个画夹放在壁柜的其中一个隔板上，她打开后发现，画夹里面有好几张用红笔画的同样内容的草图。画里，第一个女人头上都标示着V.d'H，另外，有一张签的是安托万·戴日蒙。

所以，在马格诺克身旁发现的那张画是出自父亲的手笔吗？是父亲试图在草图上画上个酷似自己的女儿的女人！

"好了！好了！"维罗尼克又说道，"我不能再想……不愿再想了。"

她拖着虚弱的身体，继续在屋里搜寻，但还是没有发现可以填饱肚子的东西。她也没有找到可以在岛的岬角上点火用的火柴。她想到现在雾散了，要是发出信号，一定会有人发现。然而，似乎运气不好，她几次试着用两块火石磨擦生火，都没有成功。三天里，她靠水和野草活了下来。她变得焦躁不安，因为筋疲力尽，忍不住哭了好几次。每当这时候，"杜瓦边"就会突然出现在她面前，它是那样乖巧，但她又埋怨这可怜的小动物取了这么个荒唐的名字，因此赶走了它。"杜瓦边"受惊后，就扮着各种滑稽相在离她较远的地方坐着。赶了一次又一次，仿佛就因为它是弗朗索瓦的狗而变得有罪。

有时，她会因为一丁点的声响而吓得浑身颤抖，并且直冒冷汗。她想着，怪物在大橡树后干些什么呢？他们会从哪个方向进攻她呢？她将胳膊抱在胸前，只要想到自己会落到这些怪物的手里，就浑身不住地发抖。她忍不住想着，因为自己的美貌，他们可能会被诱惑……

第四天，出现了一个巨大的希望。在一个抽屉里，她找到一个高倍放大镜，利用晴天，她用放大镜聚光，把纸烧着，之后引燃蜡烛。

她以为得救了，想着要找到所有的蜡烛，让这珍贵的火种维持到晚上。大约十一点钟时，她提着灯去了小亭子，想到天还不够黑，就算点火，对岸可能也看不到信号。她不想别人看见她的光，十分担心阿尔希纳姐妹的悲剧再次发生。

骷髅地上洒满了月光。她走出隐修院，踏上另一条更靠左边的长满灌木的路。她走得小心翼翼，尽量不弄响树叶不碰着石头。她走到一个离小亭子不远的开阔地面时，已感到十分疲倦了，于是坐了下来。突然，头嗡的一声，好像心脏都停止了跳动。即便，她还没发现这是行刑地。但她还是用眼睛扫视了山坡，发现有个白影子在动。这里处于树林中心，也是一条路的尽头，这条路穿过这里的灌木丛。尽管隔得很远，维罗尼克仍然看得明白，远方闪着亮光的地方，那影子又动了一下，那是一个站在树杈中间穿着袍子的男人，那树孤零零的并且要比别的树高些。

这时，阿尔希纳姐妹的话在她耳边响起：

"在月圆后的第六天，他们会到大橡树林采集圣果。"

她联系到书中或是父亲在故事中的一些描写，她曾经参加过的一次德鲁伊教的祭礼，给幼年时代的她留下了深刻的印象。同时，她又极其衰弱，以致怀疑自己是否清醒，怀疑这种奇异的景象是否真实。树叶纷纷掉落，聚集在树下的四个白色影子，伸出双手好像要把它们接住。树上，大祭司那砍着槲寄生的金镰刀闪闪发光。后来，大祭司从橡树上下来，五个影子沿路而来，绕过树林，上了山丘顶。

由始至终，维罗尼克都带着惊恐的神色密切注视着这些人。探出头，她看见了那三个被挂在树上的尸体，样子极为痛苦。远远看去，乌鸦似的黑结翅还在她们的头巾上晃动。那些人在受难者面前停住，像是要举行某种不可思议的仪式。最后，大祭司出列，手里拿着一束槲寄生，走下了山坡，朝第一个桥拱的方向去了。

维罗尼克已经没有一点力气了，她视线模糊，那些事情就像幽灵一样在眼前晃动，大祭司镰刀的反光，在白色胡须下的胸口前摆动，引得她莫名紧盯。他要干什么？她心里充满着疑问和不安，没有因桥的不复存在而有丝毫减缓。虽然膝盖已无力支撑，但她的眼睛仍盯着那可怕的场面。祭司在深渊旁站定，伸出了那只拿着槲寄生的手。槲寄生作为圣草可以辟邪，在他看来，它是可以改变自然规律的。临着深渊，他向前跨出了一步。

于是，在月光下，一片白光投进了深渊。维罗尼克一头雾水，她无法弄明白发生了什么，就算她没有幻觉，但随着奇特仪式的开始，神经衰弱的她也开始产生幻觉了。

当意识到在这场力量悬殊的战斗中已经败下阵来时，她退让了，没有再抵抗。被抓住是最不堪忍受的结局。还是饿死和被折磨而死呢？跳出残酷的生活，到达越来越渴望的消失，在不知不觉中消除痛苦，岂不更好？

"就这么办，就这么办，"她自言自语着，"重要的是要走，其他的都无关紧要！离开撒勒克岛，或者死，都行。"

树叶摇曳着发出声响，弄醒了她，她睁开了双眼。发现蜡烛已经熄灭了。"杜瓦边"坐着，在空中挥动着两只前腿。维罗尼克看见一包饼干正系在它的脖子上。

"我可怜的'杜瓦边'，把你的故事告诉我，"

在隐修院中的房间里休息了一夜后的维罗尼克，第二天早上，对它说：

"因为我不会相信你会特意寻找食物来送给我。这纯属偶然，对吗？你游荡着，听见哭声就来了。系在你脖子上的饼干又是怎么回事呢？难道，我们在这岛上还有一位尚未露面的关心着我们的朋友？但为何他不露面呢？说呀，'杜瓦边'。"

这只善良的狗被她拥抱着，她接着又对它说：

"这些饼干是给谁的呢？你的主人弗朗索瓦？奥诺丽娜？不，那么？斯特凡先生？"

"杜瓦边"像是真的听懂了，继而摇着尾巴走向门口。维罗尼克一直在后边跟着，最后来到了斯特凡·马鲁的房间。"杜瓦边"爬进老师的床底，里边有三盒饼干、两包巧克力以及两盒罐头。所有的包装盒上都有一根打了结的绳子，"杜瓦边"的头可以伸进伸出。

"这代表什么呢？"维罗尼克惊讶而疑惑。

"这些东西是你藏在下面的？那么又是谁给你准备的呢？这个岛上真有一个认识我们以及斯特凡·马鲁的朋友？你带我到他那里去好吗？因为与岛的另一边断绝了交通，你也不能过去，所以他肯定和我们一样，住在岛的这边，对吗？"

维罗尼克沉思着。她发现床底下除了食物，还有一只小帆布箱。她不明白斯特凡·马鲁为什么要把这只箱子藏在这儿。她觉得有打开它的必要，这样可以发现这位老师的一些线索，像是他扮演的角色，或是他的个性，当然也许还有他的过去，以及他与戴日蒙先生、弗朗索瓦的关系，等等。

"嗯，"她说，"我有权利并有责任这么做。"

她拿起一把大剪刀毫不迟疑地把箱锁撬开了。

一本用橡胶封住了的记事本进入了她的视线。当她启开橡胶后惊呆了。

她——维罗尼克，少女时代的照片出现在记事本的第一页，此外还有她的亲笔签名和赠言：

送给我的朋友斯特凡。

"我不懂……我不懂……"她喃喃自语，"这张照片，我记得很清楚……那时我十六岁……可是为什么我会送给他呢？我认识他吗？"

她很想更为深入地了解事实的真相，于是她便翻开了第二页，一段前言似的文字：

维罗尼克，我愿和你生活在一起。我教养你的儿子——我本来应当憎恨的人，是因为他是你的儿子，所以，虽然他是另一个人的儿子，而我还是爱着他，这合乎我长期以来保持着的对你的衷情。我坚信，你会重新成为你儿子的母亲。他会令你感到自豪。这是因为，我有一个伟大的目标，那就是：我将尽力涤除他身上留有的他父亲的痕迹，而弘扬你的高贵和庄重。我为此奉献出了我的全部身心。我十分高兴能这么做。你的微笑将是对我的最高奖赏。

维罗尼克的心头泛起了一种特别的感觉，不断荡漾开来。一线祥和的光明再次升起在她的生命里。这个新奥秘对她来说算得上讳莫如深，同时，也像马格诺克的鲜花一样，令人感到温馨和安慰。于是，她每天翻看记事本，逐步了解到其对儿子的教育。看到学生怎样进步，老师怎样教学。学生和蔼可亲、用功、聪明、体贴、温顺、重情重义，同时又自觉和肯动脑筋。老师则耐心而又亲切，字里行间还隐含着某种深情。每天的诉说，表现出越来越奔放的感情，越来越无拘无束。

弗朗索瓦，我爱你，儿子——我能这样称呼吗？弗朗索瓦，你身上有你母亲的影子。你有像她一样清澈透明的眼睛，透着纯洁。你的心灵正直而淳朴，像她一样。你不知善恶，因为善良早已融进了你的美丽天性……

记事本里还抄录着孩子的一些作业。作业里，谈到了他母亲的内容，孩子对母亲爱意浓烈，并流露出马上找到她的渴望。

"弗朗索瓦，她一定会出现的，"斯特凡在作业后面批道，"到那时，你就会懂得所谓美丽、光明以及生活的魅力是什么模样，怎样才算真正的赏心悦目。"

维罗尼克的趣闻轶事也抄录其中，一些细节连她自己都忘掉了，还有一些是只有她自己才知道的事情。

她十六岁的一天，在杜伊勒利宫，很多人围在她身边看她，对她的美貌惊叹不已。她的女友们因为她受到赞美而十分高兴……

你可以展开她的右手，弗朗索瓦，她的右手掌心中有一道长长的白色伤痕，那是她小时候扎到铁栅栏尖儿后留下的……

最后几页的内容无关孩子，弗朗索瓦肯定也没读过。爱情表达得毫不掩饰，表现得坦诚、疯狂、炽热、痛苦，深深的崇敬中怀着些许企望。维罗尼克合上了记事本。她再也读不下去了。

"是的，是的，我承认。'杜瓦边'，"她轻声说道，小狗的样子滑稽而可爱，"是的，我热泪盈眶，忍不住。尽管我和别的女人不同，我对你说句任何人也不会听到的话，我还是动心了。是的，我回想着这张如此爱我的陌生的脸庞……定是哪个童年时代的朋友，但他对我的暗恋，我未曾察觉，甚至一点也想不起来他的名字……"

她把"杜瓦边"拉到跟前。

"这是两颗善良的心，是吧，'杜瓦边'？我目睹的那种滔天大罪不会是他们犯下的。如果他们真是我敌人的同谋，那也一定是出于身不由己和毫不知情。咒语和迷魂草之类的东西我不相信。但无论如何，某种奥秘还是存在，不是吗？我的小乖狗，那个在鲜花遍布的骷髅地种上婆婆纳花，并写上'妈妈的花'的孩子是没有罪的，对吧？奥诺丽娜极力谈论他是有原因的，是吗？那孩子会回来找我的，是吧？他和斯特凡都将回来，是吗？"

维罗尼克过了生命里宽慰的几个小时。生活中，孤独不再，现实也不再令她恐惧，她对未来信心满满。

第二天早上，她要"杜瓦边"留在自己身边，不要离开。

"现在，领着我去吧，我的乖乖。去哪儿？给斯特凡·马鲁送食物的陌生朋友那儿。走吧。"

维罗尼克一声令下，"杜瓦边"就直冲跑向石桌坟下面的草坪，走到半路时，它停了下来，维罗尼克跟上后，它又右转，走上一条通向悬崖旁废墟上的小道。

它又停了下来。

"就是这儿吗？"维罗尼克问道。

它趴下来。她发现，一丛荆棘长在两块靠在一起的、爬满常春藤的大石头底下，隐蔽着一条像兔子洞穴似的小通道。"杜瓦边"钻了进去，没了踪影，不久又回来找维罗尼克。这期间，维罗尼克回隐修院拿了一把砍刀来砍荆棘。半小时后，第一级台阶终于被清理出来。

"杜瓦边"领着她走下台阶，接着是一条长长的岩石地道，右边有些透着亮光的小孔。踮起脚，她看到，这些小孔正好面对着大海。就这样走了十几分钟，下了几级台阶，地道逐渐变得狭窄了。只有顶上开着小孔，这样别人就不能从下边看见，现在，光透过左右两边的孔照了进来。

这下维罗尼克终于明白，"杜瓦边"可以往来于岛的另一个地方。地道通过狭窄的岩石地带连接着撒勒克岛和隐修院两边。而地道两旁除了拍打岩石的海浪，别无他物。

上了几级台阶后，就到了大橡树林的山冈下，上面出现一个岔路口。

"杜瓦边"选择了右边的那个通向大西洋岸的地道。左边又分出两条小路，无一例外的黑。这个岛一定布满了许多这样的秘密通道，维罗尼克正走向阿尔希纳姐妹说的黑色荒原下的敌人住处，想到这里，她不由得心里一惊。

"杜瓦边"在她前面一路小跑，时不时地回过头等她。她轻声地对它说：

"对，对，我的小乖乖，我来了，放心，我不害怕，我们去找的是一个朋友……一个在那儿避难的朋友……可是他怎么不出来呢？你怎么不给他做向导呢？"

一样的地道，四壁一样的留着细小的凿痕，一样的拱顶，一样的花岗岩地面，受了海风的不断吹拂显得十分干燥。四壁一个记号一个标记都没有。只有几处地方露出黑色的火石尖头儿。

"是这儿吗？"维罗尼克问"杜瓦边"，它在地道尽头停住。那儿像间房子那么宽，光线射进一扇狭窄的窗户，显得昏暗。

"杜瓦边"露出犹豫不决的神色。站定，前腿搭在地道尽头的墙壁上，竖起耳朵好像在听。

维罗尼克这才发现，这里的墙壁是用大小不同的石头加上水泥建筑的，并非花岗岩。这一工程明显是建于离现在比较近的时代，和其他的不同。筑起的一道人工墙堵住了地道，所以这地道肯定连着另一边的什么地方。

她又问：

"是这儿吗？"之后传来了一丝轻轻的说话声，她不再出声，靠近墙壁，打了个哆嗦。一会儿后，声音提高了，显得更为清晰。

她听出来那人在唱一首儿歌，歌词是：妈妈摇着孩子说：别哭啦/宝贝/你哭/慈悲的圣母也会哭。

维罗尼克轻声说：

"这歌谣……这歌谣……"

在贝梅伊，奥诺丽娜唱过这歌谣。那么现在谁还会唱呢？一个留在岛上的孩子？是弗朗索瓦的朋友？

歌声继续唱道：

你要是唱啊笑的/圣母也会笑起来/合十吧/祈祷了/慈悲的圣母玛利亚……

唱完最后一句，周围静寂了一会儿。"杜瓦边"像是更仔细地在听，好像要发生什么事情一样。

真的，就在它站的地方，有人在小心翼翼地移动石头，发出了声响。"杜瓦边"像是懂得打破沉寂的危险，急得拼命地摇尾巴，肚子也好像在吼叫着。突然有人搬开了它头顶的一块石头，一个相当宽的洞口露了出来。

"杜瓦边"伸直两条前腿，猛一蹬后腿，蹿了上去，身子一曲一伸爬行着，消失不见了。

"噢！原来是'杜瓦边'先生。"孩子说，"事情怎样了？'杜瓦边'先生，怎么你昨天没来看我呢？是被什么重要的事耽搁了吗？和奥诺丽娜一起散步去了吗？唉！可惜你不能说话，嗯，我可怜的伴儿，不然，这一切你就都能告诉我了！这样吧，让我们先来看看……"

维罗尼克跪在墙根，她的心不住地猛烈跳动。难道刚才说话的是她的儿子？她肯定觉得弗朗索瓦是又回来了，并且藏了起来。虽然很想，但她看不见，墙很厚，洞口还有个拐弯。然而她却听得清里面说的每字每句，甚至是每个音调。

"我们出去看看，"孩子说，"奥诺丽娜怎么没来救我呢？你已找到我了为什么不带她来这儿？还有外祖父一定也很担心我！可是，出了什么事呢？那么，你从未改变过初衷，嗯，我的伴儿，'杜瓦边'，是吗？一切都会好起来的，是吗？"

维罗尼克听得云里雾里的。从她的儿子——她坚信这就是她的弗朗索瓦——的话中，似乎根本不知道发生了什么。他忘记了吗？为何他的脑子里没有一点关于他发疯时干的事情的记忆？

"对，他当时肯定是疯了，"维罗尼克坚信，"是的，那是一种丧失了理智后的行为。奥诺丽娜没错……他失去理智……而现在恢复了。啊！弗朗索瓦……我的弗朗索瓦……"

她整个身心和灵魂都颤抖着，倾听那可能带给她愉悦或是失望的一字一句。

也许等待她的是更广阔的黑暗，迷雾越发浓重；要不就是她苦苦挣扎了十五年的无边的黑夜即将结束，光明就要重现。

"当然，"孩子继续说，"'杜瓦边'，我们一致同意。但如果你有些确切的消息，我将更高兴。我不明白让你带给外祖父和奥诺丽娜的信，为什么一点回音都没有；另外，令我不安的是斯特凡的不知所踪。他被关在哪儿了？他没有饿死，对吗？喏，'杜瓦边'，回答我，前天你把饼干弄哪儿去了？怎么回事，怎么了？你好像神色不宁？你瞧那儿干什么？你要走？不？那又是为什么？"

孩子静默。一会儿后，又低声问：

"有人来了？在墙根下？"

小狗噘地低吼一声，安静下来，弗朗索瓦也在听。维罗尼克激动异常，甚至担心她的心跳会将她暴露。

他轻轻地问：

"是奥诺丽娜，对吗？"

四周一片寂静。

他又说：

"对，是你，我肯定……这儿有你的呼吸……你怎么不说话？"

维罗尼克激动不已。当听说受害的人中有弗朗索瓦及被关起来的斯特凡时，她眼前豁然明亮开来，一些模糊的猜想便闪过脑中。那么她该怎样回答，怎样回答这种呼叫呢？问她话的是她的儿子，她的儿子！

她喃喃说道：

"弗朗索瓦……弗朗索瓦……"

"啊！"他说，"……有回应了……我知道……是奥诺丽娜吗？"

"不是，弗朗索瓦，"她说。

"不是？"

"是奥诺丽娜的朋友。"

"我们不认识吧？"

"不认识……但我是你的朋友。"

他犹豫了一阵。

"奥诺丽娜怎么没有陪你一起来呢？"

这个问题出乎意料地冒了出来，但她很快想到，还不能把真相告诉孩子，因为如果刚才她无意间做的假设正确的话，将会很麻烦。

于是她答道：

"奥诺丽娜外出回来后又走了。"

"去找我的吗？"

"对，对，"她忙说道，"她以为你和你的老师被绑架，离开了撒勒克岛。"

"那外祖父呢？"

"也离开了，岛上的人走后离开的。"

"唉！就为了棺材和十字架那故事吗？"

"没错。他们认为，你失踪后，灾难便开始了，受着恐惧的驱赶，他们离开了岛屿。"

"你呢，夫人？"

"很久之前，我就认识了奥诺丽娜。我们一起从巴黎来，在撒勒克岛上休息。我不会离开这里，这些迷信的说法吓不倒我。"

孩子没有吱声。他觉得这些回答似是而非，不够有说服力，因而加重了疑心。坦率地说道：

"听我说，夫人，你应该知道一件事。十天之前，我就被关在这儿了，开始那几天，这里没出现任何人，也没有任何的声音，可打前天起，每天早晨，就有个女人来到我的房门外，打开上面的小窗口，她伸手进来，给我食物。那手……那……是不是这样？"

"所以，你以为这个女人是我？"

"对，我只能这样认为。"

"你认得那手吗？"

"噢！认得，那是一双干瘦的手，胳膊的皮肤是黄色的。"

"看，这是我的手，"维罗尼克说，"能像'杜瓦边'一样伸进洞口里边。"

她挽起衣袖，就这样，裸露着胳膊，一弯曲就顺利地伸进去了。

"噢！"弗朗索瓦立刻说道，"这不是我见过的那只手。"

接着他放低声音说：

"这只手多漂亮啊！"

忽然，维罗尼克感觉到他握住了她的手，紧接着他大声喊道：

"这不可能！不可能！"

他翻转着这只手，掰开了她的指头，手掌露了出来。然后他咕哝着：

"伤疤……这儿有伤疤……白色的……"

这时维罗尼克心里慌了。她想起斯特凡·马鲁的记事本，弗朗索瓦一定读过其中的一些细节。有部分就讲到了这个伤疤，一个旧伤疤。孩子在吻她的手，先是轻轻地，后来变成了热烈地和着眼泪的狂吻，她的感觉清楚明晰，孩子在轻轻地呼唤：

"噢！妈妈，亲爱的妈妈，我亲爱的妈妈。"

七、弗朗索瓦和斯特凡

他们就这样长时间地在分开他们的墙的两边跪着，离得那么近。通过欣喜若狂的眼睛，他们互相看着，掉着泪水热吻着。

他们同时不停地说着话，相互询问，随意回答，沉浸在喜悦之中。他们在向对方倾诉自己的生活，渴望被对方接受。母子间的深情和信任将他们牢牢地联系在了一起，世界上没有任何力量能够割断。

"噢！是的，'杜瓦边'，我的伴儿"弗朗索瓦说，"你扮鬼脸吧，我们是在哭，我们要不停地哭了，是吗，妈妈？"

维罗尼克再也不会去想那些令她恐怖的情景了。她儿子不是凶手，她儿子没有杀人，她绝不容许自己再误会他了，甚至不能承认她儿子曾发了疯。一切终将得到解释，只不过，要通过另一种方法。然而，她并不急于知道。她只想着离她很近的儿子，隔着墙，他们互望着，两人的心在一起跳动。他还活着，一个温顺、亲切、可爱、纯洁的孩子，是母亲想象中的样子。

"我的儿子，我的儿子，"她不停地说，仿佛永远也说不够……

"我的儿子，是你呢！我以为你死了千万次了，确定无疑地死了……你却还活着！还在这儿！我摸到你了！噢！天哪！这可能吗？我有个儿子……他还活着……"

他的感情同样热烈，急切地说：

"妈妈……妈妈……你让我等了好久！你并没有死，而一直以来我只能看着岁月在企盼中流逝，成为一个没有母亲的孩子，这多可怜啊！"

谈话持续了整整一个小时，关于过去以及现在发生的一些事，还有无数他们认为的世上最令人关切的事；之后又聊到了别的话题，力图了解更多彼此在生活上和心灵上的秘密。最后，弗朗索瓦开始去理顺他们谈话的思路。

"听着，妈妈，我们有太多话要说，今天就到此为止吧，以后也不要再说了。现在我们长话短说，谈谈非说不可的事，因为时间所剩无几了。"

"你说什么？"维罗尼克不安地说，"我绝不离开你。"

"我们先要聚集在一起才能不再分开。然而我们需要打开许多障碍，比如分开我们的这堵墙。另外，因为受人监视，所以一旦听到人来的脚步声，我就不得不叫你走，就像'杜瓦边'一样。"

"什么人在监视你？"

"那些抓我们的人，就在我和斯特凡发现了黑色荒原高地下的岩洞入口的那天。"

"那些人，你看清了吗？"

"没呢，他们在暗处藏着。"

"他们是些什么人呢？这些敌人到底是谁？"

"我不知道。"

"你猜想是……"

"德鲁伊教徒？"他笑道，"……传说里的先人？我想应该不是。神灵吗？更不可能。他们绝对是现代人，有血有肉。"

"那么他们就在那里面生活？"

"是吧。"

"你看见他们了吗？"

"没，恰恰相反，他们好像是在等待我们，窥视我们。我们沿着石阶一路下去，出现了一条很长的过道，两旁有许多岩洞，或者说是小房间，大约八十个，木门都朝向大海，门总开着。我们在黑暗中往回走上石阶时，突然有人从旁边上来捉住了我们，前后不过一分多钟的时间，我们就被绳索捆住了身子，蒙上了眼，塞住了嘴。我猜我们是被带到了过道的尽头。后来，我挣脱了绳索，扯掉了蒙眼布，才发现我被关进了一个小房间，肯定是靠尽头的一间，这样已经有十天了。"

"可怜的孩子，你受苦了！"

"没有，妈妈，在屋角，总是有一杯水，所以饿不着。另一角落则铺着稻草，睡得也很好。我只静静地等待着。"

"等什么呢？"

"你不能笑，妈妈，行吗？"

"笑什么，乖乖？"

"笑我要说的事情。"

"你怎么会这么想呢？"

"那好，其实我是在等那个人，我和他谈撒勒克岛的一切故事，他答应替我把外祖父找来。"

"是谁呢，我的孩子？"

孩子迟疑了一会儿说：

"不，你肯定要笑我，妈妈。我以后再细细说吧。而且，他没有来……尽管有时我想……是的，你想想，这墙上的两块石头被我搬开了，连这个洞也堵上了，而看守居然没有发现，听，有个声音……抓墙的声音……"

"是'杜瓦边'吗？"

"是'杜瓦边'，它突然从对面走来。在这儿，你发现它很受欢迎是吗？不过，我十分惊讶，竟没有一个人跟它来这儿。不管是奥诺丽娜，还是外祖父。没有铅笔和纸，我无法给他们写信，但找到我很简单，跟着'杜瓦边'就好。"

"这不可能，"维罗尼克应声道，"因为大家都以为你被绑架后离开了撒勒克岛，确定无疑，所以你外祖父走了。"

"就是啊，他们怎么会这样想呢？根据最近发现的资料，外祖父应该知道我们在哪儿，因为那地道的洞口，他指给我们看过。他没告诉你吗？"

那孩子叙述着，维罗尼克一边倾听，一边沉浸在无比的幸福之中。既然他是被绑架关押在这里的，那么杀害戴日蒙先生、玛丽·勒戈夫、奥诺丽娜、柯雷如及其同伴的恶魔就不会是他啦。她之前就模模糊糊地看到了事实的真相，现在看得更清楚了。虽然还有一层薄雾隔着，但已看得见大部分是什么模样。弗朗索瓦无罪。其他人穿上他的衣服假扮他，还有一个人假扮成斯特凡，是这两人犯下的罪恶。噢！其他的无关紧要，不论是似是而非和互相矛盾的东西，还是所谓的证据和亲眼所见，等等。维罗尼克再不去想了。明白心爱的儿子是无辜的，这才是唯一重要的事情。所以，她不会透露任何使他扫兴的事情。

她肯定地说："没，我们没有见到面。奥诺丽娜事先和你外祖父说了我要来，可是后来出了事……"

"难道在岛上，你就一个人待着吗？可怜的妈妈，你就是想找到我，对吗？"

"对，"她犹豫了会儿说道。

"就你一人，'杜瓦边'呢？"

"噢，前些天，我没怎么注意到它。今天早上我才想到可以跟它走。"

"从哪条路来的呢？"

"就在马格诺克花园的不远处，从隐蔽在两块石头之间的地道洞口来的。"

"怎么，两个岛相通吗？"

"是的，木桥下面的悬崖把它们连在了一起。"

"好奇怪！斯特凡、我和其他任何人都没有想到……除了这位杰出的'杜瓦边'，只有它找到了他的主人。"

他停了会儿，又接着说：

"听……"

一会儿后，他又说：

"不，时候还没到。不过，得快点了。"

"我要怎么办呢？"

"很简单，妈妈。在挖这个洞的时候，我发现只要再搬开相邻的三四块石头，这个洞口就足够宽了。但这些石头很坚固，必须要用到一些工具。"

"好，我这就去拿……"

"嗯，妈妈，你到隐修院的左边地下室去，那儿有个工具房，马格诺克把他整理花园的工具存放在那里。你在里边找一把短柄的十字镐。天黑时送来。我连夜动手，明天一早，我就可以拥抱你啦。"

"噢！但愿真如你所说！"

"我肯定。我们接着要做的就是救斯特凡。"

"你老师？你知道他被关在哪儿？"

"差不多。外祖父给我们讲过，地道有上下两层，每层最后一间是牢房。我现在住着一间，斯特凡住在我下边的另一间。我担心……"

"什么?"

"是这样,外祖父说过这两个牢房以前是刑讯室……外祖父叫它'死囚牢'。"

"什么?多可怕啊!"

"怕什么,妈妈?你也看到啦,他们并不想折磨我。只是我不知道斯特凡怎样了,我打发'杜瓦边'送去点吃的,以防万一,'杜瓦边'肯定找着了路。"

"没,"她说,"'杜瓦边'不懂这些。"

"为什么,妈妈?"

"它以为你要它送东西到斯特凡·马鲁的房间去,所以东西都在他的床底下放着呢。"

"唉!"孩子不安地叹息着,"斯特凡过得怎么样?"

他很快补充说:

"你瞧,妈妈,如果要救斯特凡和我们自己,那就得赶快。"

"你在担心什么呢?"

"什么也没有,只是我们要赶紧行动了。"

"可是,还是……"

"真的什么也没有,我向你保证。我们肯定会扫平所有的障碍。"

"如果还有其他的……我们预料不到的危险,又该怎么办呢?"

"到时候,"弗朗索瓦笑道,"该来的那个人就会来保护我们。"

"你瞧,乖乖,你也承认需要别人救助……"

"可是,没事,妈妈,我想让你放心。不会有任何事。瞧,让一个刚刚找到妈妈的孩子又失去妈妈,怎么舍得呢?这怎么受得了呢?现实生活中,这是有可能的,但我们不在现实中生活,而在传奇故事中,在故事里,一切总是安排好了的。你问问'杜瓦边',是不是,伴儿,胜利属于我们,我们定将欢聚一堂,是吗?'杜瓦边',你是这么看的,对吗?好的,走咯,伴儿,带上妈妈。我来堵住洞口,以防有人来查房。这个洞堵着,就千万别进来,'杜瓦边',知道吗?那会有危险。走吧,妈妈,下次来的时候,不要弄出声响。"

来回没花多长时间。四十分钟后,维罗尼克就带着工具来了,并把它塞进了洞口。

"还没来过人,"弗朗索瓦说,"但,没有多久了,所以,你最好离开。我可能要连夜赶工,一有人巡逻,我还得停下来。那么你明天早上七点钟要到。噢!我刚才听到了声音,证实了斯特凡就关在我底下的房间,我考虑了一下,这儿的窗户很窄,我钻不出去。你那儿,窗子会不会宽点?"

"不会,不过可以掀掉两头的石块,扩大窗口。"

"好的。你到马格诺克的工具房里,找一个头上有铁钩的竹梯,明天早上顺便带来。再带些吃的和被盖,在洞口的树丛中放着。"

"为什么这么干呢?乖乖?"

"我有我的打算,以后你会明白的。再见妈妈,好好休息,养精蓄锐。明天将是劳累的一天。"

维罗尼克答应了。

第二天,她再一次踏上去地道的路,心里满怀希望。这次她是一个人来的,"杜瓦边"又闹独立了。

"轻点,妈妈,"弗朗索瓦语气极轻,她差点听不到,"他们盯得很紧,我老觉得过道里有人走动。活儿,我差不多干完了,石头已经松动了。再有两个小时就可以收工了。梯子呢?"

"在这儿。"

"把窗子旁的石块推开……争取点时间……因为,真的,我怕斯特凡……可别弄出声音。"

维罗尼克走开了。窗户离地最多一米,一点也不高,是用一些碎石块码起来的,和她估计的一样。石块掀掉后,窗口变得很宽。她轻而易举地把竹梯勾在窗台上了。往下看是三四十米深的大海,海面泛着白色的浪花,由撒勒克岛那成千上万的岩石守护着。窗子下边的花岗岩微微向外突起,所以她看不到岩底,梯子也不能完全垂直地挂住。

"这对弗朗索瓦有利,"她想。

然而,这么干还是太危险,她心想应当替儿子冒这个险。而且弗朗索瓦可能是弄错了,斯特凡可能不在这儿,或者那可能是个窗口小得进不去的牢房。要真是这样,时间就白白浪费了啊!一个无谓的冒险!这时,她表达对儿子的爱的方式就是真诚而迅速的行动,她下定决心,义无反顾,像是要承受一项义不容辞的责任。她毫不迟疑,梯子的铁钩没有完全张开，梯子没有完全挂住厚厚的窗台，这些她都没有察觉。她无视脚下的深渊。在她脚下，一切都变得矮小。必须行动，赶快行动。她用别针别好裙子，跨过窗户，转过脸，身子趴在窗台上，用脚探着悬崖的边上，踩住梯子。全身颤抖，她的心在胸膛里猛烈地跳动，像敲鼓似的。

壮了壮胆子，她抓住梯子的横杠向下爬去。她数过，梯子一共二十级，不长，她知道。当她下到第二十级的时候，她望了望左边，无比喜悦地轻声叫道：

"噢！弗朗索瓦……我的儿子……"

她看见了挖在悬崖上的一个洞口，离她至多一米远。

她叫道：

"斯特凡……斯特凡……"

声音太小，即便斯特凡·马鲁在那里也不可能听见。

她停了会儿，两腿直哆嗦，完全失去了力气，既不能往上爬回去，又不能像这样悬在那里。冒着把挂钩弄出来的危险，她借助了几块粗糙不平的石头，挪动了梯子的位置，成功了，太神奇了。她抓住一块突起的尖石，把脚伸进洞口，拼尽全力，猛地一跳，她跳进了洞里。只见一个人躺在稻草上，身上捆着绳子。洞小，不深，洞的上部有别于其他的洞，朝向天空，远处望去就像一个石坑。四周无遮无拦，阳光直射着照进洞里。

维罗尼克走上去看到，那人睡着了，一动不动地躺着。她俯下身去，童年的画面中慢慢涌现出一丝朦胧的记忆，尽管她不一定认识他。虽然印象不深，但这张有点像女孩子的温柔脸庞，线条匀称，金色的头发梳在后边，露出的前额宽阔而苍白。这使她回忆起一张可爱的面孔，一个在战前死去的修道院里的女朋友的面孔。

她轻巧地解去他手腕上的绳子。那人像是还没醒，不过，他伸开胳膊，准备好了已经十分熟悉的姿势，这一切并不妨碍他继续睡着。大概人家让他准备吃饭时，需要像这样帮他解开绳子，对，就是这姿势。并且那是在夜里，因此他呢喃道：

"到点了……可我还不饿……天都还亮着呢……"

他十分惊讶于自己的这种反应。他睁开眼睛，立刻坐了起来，看着这个女人，在大白天第一次出现在自己面前的这个女人。他并不太意外，因为他以为这可能是一个梦，一个幻觉，他轻声说道：

"维罗尼克……维罗尼克……"

在斯特凡的灼灼的目光下，她显得有点窘迫，她只顾解绳子，当他确实感到自己手上和腿上的绳子正被解开，并出于这位少妇之手时，他才明白过来，她的出现是真实的，而后激动地说：

"你！你！这是真的吗？噢！你说一句话……只一句话……真是你？"

紧接着，他又说：

"是她……就是她……瞧，她就在这儿……"

很快他又变得不安，说：

"你！夜里……这些天夜里……来这儿的是你吗？是其他女人，对吗？也可能是一个敌人？唉！原谅我，问你这个……但，这……我弄不清楚……你从哪里来的呢？"

"那儿。"她用手指向大海说道。

"噢！"他说，"真是奇迹！"他含情脉脉地看着她，仿佛觉得这种意外的情景是上天显圣。

斯特凡掩饰不住激情的目光让她心慌意乱地重复着：

"是从那儿来的……是弗朗索瓦告诉我的……"

"我没问他，"他说，"你在这儿，那他肯定已经逃出去了。"

"还没，"她说，"不过再过一小时，他就可以重获自由了。"

一阵长时间的沉默让她慌乱不堪，她不得不说些话：

"他会自由的……并且不久后你们会相见……但是不要吓着他……一些事他还不清楚……"

她笑了，因为她发现，他默不作声，只是笑着，显然不是在听她讲的内容，而是在听她说话的声音，大概这声音使他如痴如醉，进入了一种忘我的状态。

之后，她逼问他：

"你认识我，对吗？因为你很快地叫出了我的名字。我好像……对，你使我想起一个死去的女友……"

"叫玛德琳娜·弗朗兹？"

"对，是玛德琳娜·弗朗兹。"

"也许你还会想起她的弟弟，他经常到学校会客室去，从远处望着你，呵，一个腼腆的中学生……"

"对，对，"她肯定地说，"……我真的想起来了……我们还一起聊过几次天……你总是脸红……对，对，是这样……我们叫你斯特凡……名字是马鲁，对吗？"

"玛德琳娜和我是同母异父的姐弟。"

"噢！"她说，"我搞错了。"

她向他伸出了手。

"好吧，斯特凡，既然我们早就相识，现在又再次见面，回忆的事留着以后再说吧。眼下，最紧急的就是离开这儿。你还有力气吧？"

"我并没有太受苦，有的是力气……可怎么出去呢？"

"顺着我刚才来的路离开……我架了把梯子通到上面的牢房过道……"

他站了起来。

"你这么勇敢？胆子这么大？"他说道，才明白她做了那么大胆的一切。

"噢！这并没有多难，"她说，"弗朗索瓦很担心！他断定你们都在以前的刑讯室……死囚牢里……关着。"

他们猛然间如梦初醒，发觉在这里说话简直是疯了。

"走吧！弗朗索瓦判断得对……唉！如果你知道你将会冒多大的危险！我求你……我求你……"

仿佛即将来临的危险让他惊慌失措了。她尽量安慰他，但他求她说：

"你不要再留在这儿，再耽搁一秒钟就会没命的……我被判处一种最可怕的刑罚，是死刑。你瞧，我们站着的这个地面……这种地板……不，一切都是徒劳的……啊！我求你……走吧……"

"我们一起走，"她说。

"是的，我们一起。但必须保证你的安全才是。"

她停了停，然后坚决地说：

"斯特凡，我们必须保持镇静，这样才能得救。现在，我们要重复我刚才来时所做的一切，控制好我们的动作、我们的情绪……你准备好了没?"

"好了，"他说，她的镇静深深折服了他。

"那好，跟上。"

她一直走到悬崖边上，探下身去。

"为了使我保持平衡，"她说，"拉住我的手。"

她转过身去，另一只手贴着岩壁摸索着。梯子摸不着了，她抬了抬头。

梯子移位了。维罗尼克想到，肯定是跳向洞口时用力太猛，梯子右边的挂钩滑了出来，只剩下左边一个挂钩了，因此梯子像个钟摆不停晃动着。现在他们已经够不着梯子下边的那几级横杠了。

八、惶　恐

维罗尼克表现得非常勇敢，是因为她不是一个人，假如不是这样，她性格中的软弱就会在和命运的抗争中不可避免地表现出来。然而，她觉得斯特凡比自己更软弱，那一定是长期的囚禁造成的。她只得尽力克制自己，故意把话说得很干脆：

"梯子移位了……够不着。"

斯特凡看着她，显出吃惊的神色。

"这样……这样……完了。"

"我们怎么就完了？"她笑着说。

"不可能逃脱了。"

"怎么？不。我们还有弗朗索瓦哩！"

"弗朗索瓦？"

"是啊。不用一个小时，弗朗索瓦就可以逃出来了。他看到梯子后，就会知道我走的路线，那时，他会叫我们的。而且我们会很容易地听到。现在耐心等待就行了。"

"耐心等待！"他带着惊恐的腔调说道，"……一个小时！可在这段时间里，他们会来监视的。"

"那好吧，我们别出声。"

他指着那个带小窗的门。

"每次，他们都打开这个窗口，"他说，"透过铁栏杆就能看见我们。"

"我们关上那里的护窗板。"

"这样他们就会进来。"

"那就不要关上。我们满怀信心地等着，斯特凡。"

"只是我担心你。"

"既不要为我担心，也不要为你……即便遇到最糟的状况，我们也还有自卫的能力。"

她补充说，并拿出了自己从父亲武器柜中取来的手枪，她一直带着它。

"唉！"他说，"只怕，他们会用其他方法，到时我们根本无法自卫。"

"什么方法？"

他不作声，朝地上迅速地扫了一眼，维罗尼克就察看了一下地板的结构。墙壁四周一圈的花岗岩本身粗糙而不规则。在花岗岩里，嵌着一大块四边带有很深裂缝的正方形木板。主梁磨损了，裂开很多口子，却依然厚重结实。第四边相距悬崖壁最多二十厘米宽。

"那是个活门门洞吗？"她哆嗦了一下，说道。

"不，不，它太沉了。"他回答。

"到底是什么呢？"

"我也不知道。可能只不过是一处不起任何作用的古代遗迹而已。不过……"

"不过什么？"

"昨天夜里……应该说是今天早晨，那下边发出了噼里啪啦的声音……大概有人在做试验，但又很快停止了，何况这时间也太久了……不，它应该是没用了，他们也无法使用它们。"

"他们又是谁？"

他还没回答，她又接着说：

"听着，斯特凡，我们所剩的时间，可能比我预计的短些，但总还有。一旦弗朗索瓦获得自由后，会来救我们的。我们先利用这点时间安安心心地聊聊我们各自的情况。眼下我们不会有危险。这样不会把时间浪费了。"

维罗尼克一副很放心的样子，事实上她并不感到安全。她毫不怀疑弗朗索瓦能够逃出来，可是谁都不能担保他一定会走近窗前，看见那把挂着的竹梯。他要是没有看到妈妈，会沿着地道跑回隐修院去吗？而她依然克制着，不露一丝忧虑。她意识到有必要做些解释，她立马坐在一块花岗岩坐凳上，开始向斯特凡讲述关于她的一些故事，在其中她扮演了重要的角色，故事以她在一间荒郊的小屋发现马格诺克的尸体作为开头。

斯特凡听着她讲述的这些骇人听闻的故事，满怀恐惧，但没有打断她，只是用手势来表示愤怒，表情绝望而忧伤。听到戴日蒙先生和奥诺丽娜，这两个他最爱的人的死，他怒不可遏。

"喏，斯特凡，"维罗尼克说道，"接下来谈的一切你都要了解。我向弗朗索瓦隐瞒了这一切，你应当知道，这样我们才能与敌人斗争。"

接着她就谈到她对阿尔希纳姐妹遇难的不安，谈到发现地道以及和弗朗索瓦见面时的一切，他点头默许。

"敌人什么样？"他说，"你说了许多，可我还是要提出一样的问题。在我看来，这场演了许多年，许多世纪的大悲剧，在我们卷入其中的时候，已经快要结束。而卷入其中仅仅因为这几代人经过准备而发生的空前劫难。当然，也许是我错了，这一切可能只不过是一些毫无关联的灾难事件或是一个荒唐的巧合。期间，我们被捉弄，仅此而已，再不可能有别的解释。其实，我并不比你知道得多。我也是同样云里雾里，同样痛苦悲哀。所有这一切都是癫狂、没有节制的疯狂、反常的激动，是野蛮的罪行，是蛮族年代的暴烈。"

维罗尼克深表赞同：

"对，是蛮族年代，难以理解的一点，感受尤为强烈！从过去到现在，加害我们的人与早前住在洞穴里的人究竟是什么关系，为什么他们总是如此令人费解地作用于我们？听了奥诺丽娜和阿尔希纳姐妹的述说，我才知道所有这些传说究竟有些什么关系。"

他们轻声说话，耳朵还一边在倾听。斯特凡听到了走道上的声音。维罗尼克看着悬崖那边，想要听听弗朗索瓦是否有信号传来。

"传说难以说清，"斯特凡说，"十分复杂，人们无法辨别迷信与真实。从胡言乱语中，我们最多可以理出两种思路，三十口棺材的预言是其一，再有就是关于财宝，或者更确切地说是关于神奇石头的传说。"

"那，马格诺克的那张画上的内容以及仙女石桌坟上的那些话，是一种预言吗？"维罗尼克说。

"对，那是一种预言，可以追溯到无限久远的过去，几个世纪以来，它一直笼罩在撒勒克的历史和生活中。老早人们就相信，有那么一年，岛边围绕着的三十个暗礁——人称三十口棺材，会找到三十个受难者，其中的四个女人会被钉死在十字架上，其余的也无一例外地暴死，从来没有人怀疑过这个已经定论、无可争议、世代相传的传说。它由仙女石桌坟上的石刻短句流传下来：

三十口棺材，三十具尸体……四个女人钉死在十字架上……"

"无论如何，人们的生活还是一样正常而平静。恐怖为什么今年突然爆发呢？"

"这主要是因为马格诺克。他是一个神秘的怪人，是巫师，又是土法的接骨医生，一个江湖郎中。他通晓天文以及草药的性能，因而关于远古和未来的事情，人们都愿意向他讨教。然而不久前，马格诺克宣称，一九一七年将是不祥的一年。"

"为什么？"

"是预感、预见和先知先觉，哪种解释随你选择。马格诺克赞同使用最古老的巫术，他会通过鸟翅膀或鸡内脏的使用，回答你的问题。不过他的预言都以某种可靠的事情为前提。他说过，他年幼时，从撒勒克岛的老人那里得知，上世纪初刻在仙女石桌坟上的最后一行字，并没有被磨损掉，'女人十字架'的短句依稀可见：

'撒勒克岛，十四加三年……'"

"十四加三，就是十七，最近几年来，马格诺克及其朋友们对这一说法，反应更加强烈；这个数字分成两半，恰恰一九一四年爆发过战争。因而，马格诺克的预见让他自己越来越重视并相信，同时也使他愈来愈担心，他甚至宣称，戴日蒙先生会紧随自己死去，这便是灾难临头的信号。于是随着一九一七年的到来，真正的恐怖便笼罩在了撒勒克岛。灾难降临了。"

"但……但……"维罗尼克说道，"这一切都很荒唐。"

"确实荒唐，不过，自从马格诺克对比了刻在石桌坟上的只言片语的预言及纯粹的预言后，一切都蒙上了格外令人恐慌的色彩！"

"他真这么做了吗？"

"对。他在隐修院的废墟下，在一间密室周围的乱石堆里，发现了一本很破旧的弥撒经，里面留有几页还很完好的纸片。特别是其中的一页，你看到过，更确切地说，你在那个荒郊小屋中已看见了它的复制品。"

"复本是我父亲弄的?"

"是你父亲弄的,包括他书房壁柜中所有的复制品。戴日蒙先生喜爱画画,水彩画,你还记得吧。他复制了那页彩画,并在画上配着仙女石桌坟上的预言诗。"

"那么为什么那个被钉在十字架上的女人那么像我呢? 你说说吧。"

"我从未见过原画,马格诺克给戴日蒙先生看后,他小心翼翼地保存在房间里。连戴日蒙先生也说像。他说,在复制画时,他想起了你由于他的过错而受苦受难,所以情不自禁地强化了相像的程度。"

"可能是吧,"维罗尼克轻声说,"他是否还记得另一个关于沃尔斯基的预言:'你将在一个朋友手中死去,你的妻子将上十字架。'是吧? 这一奇妙的巧合对他影响至深……竟至于把我少女时代的签名写在了那人头上: V. d'H……"

然后她又轻声说了一句:

"预言所说的——应验……"

他们都沉默了。他们没有去想这些文字,其实几个世纪前就留在了弥撒经和石桌坟上了。假使画中撒勒克岛的三十口棺材,暂时只装了二十七具尸体的话,那么,不正好留着三个,听凭祭司主宰的被监禁着的人,去补充祭品数吗? 假如说大橡树旁的山冈只出现了三个十字架,那么第四个就会很快出现了吧?

过了一会儿,维罗尼克说道:

"弗朗索瓦好慢"。

她走近崖壁看了看。梯子还是没有动,够不到。

斯特凡说:

"弗朗索瓦怎么还没有来……他们就要到门口了。"

虽然不安,但是他们彼此都不想表露出来,维罗尼克接着镇静地说:

"财宝? 关于那天主宝石? ……"

"又一个难解之谜。"斯特凡说。刻在石桌坟上的最后一句话这样写道:

天主宝石赐生或赐死。

"天主宝石到底是什么呢？据说是一块奇异的宝石，戴日蒙先生说过，一切不过是远古时代流传的一种信仰。某些石头能创造奇迹，这一说法在撒勒克人中根深蒂固。中世纪的时候，人们来这儿，让畸形羸弱的孩子躺在那块石头上几天几夜，起来时，那些孩子就变得身强体壮；这种方法同样适用于那些不孕的妇女，她们可以就此恢复生育；同样，老人、伤员和身心衰弱的人也能够得到康复。不过，朝圣的地方不同了，据说，石头也挪了位置，有人说石头消失了。十八世纪时，人们朝拜石桌坟，有时在石桌坟上，还放着患瘰疬的孩子。"

"但，"维罗尼克说，"石头能赐生或赐死的话，也就是说它也有坏作用？"

"是的，如果接触它之前，未经看护和供奉它的人的允许，就会灾难临头。这里边的神奇性更复杂，传说有一种宝石，一种神奇的首饰，它会发出火来，使用它的人将会被烧，受到入地狱的刑罚。"

"奥诺丽娜说过，马格诺克就是这样……"维罗尼克困惑不解地应和。

"是的，"斯特凡回答，"但都发生在现代，在此之前，我对你说的两个传说：预言的传说和宝石的传说，都是过去的神话。马格诺克的遭遇预示着现代故事的开始，它和古代的传说一样难以理解。显然，我们永远也不会知道马格诺克到底发生了什么。经过一个星期的闷闷不乐和怠工，一天早上，他跑进戴日蒙先生的书房，号叫着：

'我摸了它！我完了！我摸了它！我用手摸它……我像被火烧了一样，可还想留着它……唉！这几天我的骨头也已经烂了。地狱啊！地狱！'"

他出示他的手掌给我们看，全部烧坏了，像患癌症了一样。当我们要治疗他时，他却像疯了一样，结巴道：

"'第一个受难者是我……圣火快烧到我的心脏了……继我之后，还有别人……'"

"当天晚上，他一斧头砍断了手。一星期后，恐怖在岛上传播开来，他离开了。"

"他去了哪里？"

"你发现他尸体的地方，法乌埃教堂。"

"你认为是谁杀死他的呢？"

"肯定是那些隐藏在地道内的人，他们在小房子里干着我们不知道的事情，并且通过一路书写信号进行联络。"

"就是袭击你和弗朗索瓦的那些人，是吧？"

"是，想要装扮成我和弗朗索瓦的样子，所以就穿上从我们身上剥下来的衣服。"

"目的是？"

"为了进入隐修院方便些，然后，如果不成，就换个方向搜索。"

"关在这里以后，你见过他们吗？"

"我只是隐约看见过一个女人。她夜里来给我送吃的和喝的，解开我手上的绳子，并松开我腿上的绳子，两个小时以后她又会来。"

"你们谈话了吗？"

"有那么一次，第一天夜里，她轻声告诉我说，如果我喊叫或我试图逃跑的话，弗朗索瓦就将成为我的替死鬼……"

"可是，受到袭击那会儿，你没能看出些什么？"

"关于这点，我比弗朗索瓦知道得要少。"

"对于这次突袭，事先你们没有一点觉察吗？"

"一点也没有。那天早上，戴日蒙先生收到两封重要信件，都是关于他对这些事情的调查。其中一封信出自布列塔尼的一个同保皇党有关系的老贵族之手，他从其曾祖父的文书中找到的珍贵资料也附在其中：朱安党人在撒勒克岛时，地道房间的图纸曾落在他们手里。显然，德鲁伊教徒就住在这些小岩洞里边。图纸上标明了黑色荒原上有一入口，住所有两层，刑讯室安排在每层的末尾。我和弗朗索瓦特前来侦察，往回走时，他们袭击了我们。"

"打那以后，你就再没任何发现？"

"没有。"

"可是弗朗索瓦说他在等待救助……有人要帮他？"

"噢！太幼稚了，这只是弗朗索瓦的想法，当然还和戴日蒙先生当天上午收到的第二封信的内容有关。"

"是些什么内容呢？"

斯特凡沉默了一阵。他察觉到了某种迹象，似乎有人在门口窥视他们。因此他走近小窗口看了看，走道里一个人也没有。

"噢！"他说，"有人来救我们的话，就得快，不然，他们很快就会来了。"

"那么真有人来救我们？"

"是！"他说，"我们别抱太大希望，这事甚至有点怪。你知道，有过几次，军官和专员们视察撒勒克，勘查了岛的四周，看是否有潜艇基地。最后那次，帕特里斯·贝尔瓦上尉见了戴日蒙先生，他是从巴黎来的特派员兼荣誉军人。戴日蒙先生告诉了他有关撒勒克岛的传说以及我们因此产生的不由自主的恐惧。这天是马格诺克走后的第二天。贝尔瓦上尉对故事很感兴趣，他答应戴日蒙先生，会和巴黎的一位朋友谈谈，这位朋友不是西班牙贵族就是葡萄牙贵族，叫唐路易·佩雷纳，十分出众，擅长侦破最复杂的疑案，行为也极为果断。

"贝尔瓦上尉离开几天后，戴日蒙先生收到我同你说的那封信，是那位唐路易·佩雷纳写来的。很遗憾，我们只被允许读到开头的部分：

先生，我认为事态相当严重，当然指的是马格诺克事件。请你一有情况，就给帕特里斯·贝尔瓦拍电报。即使我认为有证据显示，你已濒临深渊，或者你真的要坠入深渊，也请你一点也不要害怕，只要我能及时得到通知。从这一刻起，不管发生什么事，甚至你感到一切都完了，即便真是一切都完了，也还有我担待。

至于天主宝石之谜，真是幼稚可笑。我十分惊讶于你提供给贝尔瓦的那些十分充足的材料，竟然还称它为第二个不解之谜。下面几句话就能解释那几代人的困惑不解……"

"那又是怎么回事呢？"维罗尼克迫切想知道。

"我说过了，戴日蒙先生没让我们看信的结尾部分。在我们面前读信时，他惊愕地说，'有可能吗？当然，当然，这么……真奇怪！'于是我们请求他说说，他答道，'今晚告诉你们，孩子们，等你们从黑色荒原回来之后再说。你们只要明白，这人是真的了不起就行了，他直截了当地向我披露了天主宝石的秘密。没有多费笔墨，卖关子什么的，他还讲到了它所在的确切地方，而且非常符合逻辑，叫人无可置疑'。"

"晚上呢？"

"晚上，有人绑架了我和弗朗索瓦，戴日蒙也被杀害了。"

维罗尼克想了想说：

"可能是有人想窃取这封如此重要的信吧？因为在我看来，我们遭受一切灾难的原因最终只能通过天主宝石的盗取得以说明。"

"我也这样想的，可是戴日蒙先生听从了唐路易·佩雷纳的看法，当着我们的面撕了信。"

"这么说，这位唐路易·佩雷纳最终还是没有预见到现在出现的情形？"

"没有。"

"那弗朗索瓦呢？"

"弗朗索瓦没有收到外祖父死了的消息，因而他相信戴日蒙先生会发现他和我失踪了，并且肯定会报告唐路易·佩雷纳的，而他一定会毫不迟疑地到来。还有另一个原因，令弗朗索瓦觉得应该等待他。"

"有道理吗？"

"不，弗朗索瓦还小。他读过很多惊险小说，它们引发了他的想象。贝尔瓦上尉把许多有关唐路易·佩雷纳的神奇事迹同他讲了，此后，弗朗索瓦就把唐路易·佩雷纳看成是亚森·罗宾。因此他绝对相信，极其肯定，那种神奇的援助会应时出现在他们遇到危险之时。"

维罗尼克忍不住地笑了笑……

"他真是个孩子，但还是应当重视有些孩子的直觉……更不用说这样会使他勇敢和乐观了。他这么小，怎么能承受得了没有希望的考验呢？"

不安的感觉在她心里又搅动起来了，她小声说道：

"不管援救来自何处，只要它来得及时，不至于使我的儿子沦为这些恐怖者的牺牲品！"

好一会儿了，他们还沉默着。因为敌人的不可见，因为敌人的无所不在，他们的心像压上了一块大石头。岛上都是敌人，他们是岛的主人，天生的主人，控制着所有的一切，不论是陆地和树林、周围的海面，还是石桌坟和棺材。他联通残酷的现在与过去，使得历史的延续按照古代宗教仪式进行，使得曾经千百次预言过的灾难变成了现实。

"这到底是什么原因？有着什么样的目的？这一切又代表什么呢？"维罗尼克绝望地问道，"现代的以及过去的人到底是些什么关系？现代人又同样野蛮地干起了那些勾当，这又如何解释呢？"

他们又沉默了。因为除开那些已经说过的话和难以解答的问题外，她心头的一个想法一直挥之不去，她说：

"唉！要是弗朗索瓦在这儿就好了！我们三人联合起来斗争多好！他发生了什么？他怎么留在了那间房里？发生了什么意外，阻碍他逃出？"

斯特凡安慰道：

"阻碍？怎么这样想？没有任何阻碍……只不过这活儿有些费时……"

"对，对，你说得对……这活儿费时间，有难度……噢！我保证，他绝不会气馁！他开朗又自信！他对我说：'母子重逢就不能再分离。我们可以被迫害，但永远不再分离。胜利终将属于我们。'他说得对，是吧？斯特凡？我不能刚找到又失去他！不，不，这太不公平了，那是无法忍受的……"

斯特凡看着她，显得十分惊讶，她突然沉默了下来，想听他说。

"怎么啦？"斯特凡问。

"有声音……"她说。

他也一样听到了。

"对……对……是真的……"

"弗朗索瓦的声音，"她说，"……可能在上面……"

她将起身之际，他按住了她。

"不，脚步声是从走道里传出来的……"

"那？那？"维罗尼克说。

他们互相对视，惊慌得不知所措……脚步声临近了。

敌人肯定没有察觉到什么，因为这是那种毫不掩饰自己走近时发出的脚步声。

斯特凡慢吞吞地说：

"我不能让人家看到我站着……我要回到原来的位置上……你大致

捆住我一下……"

他们彷徨踯躅，似乎希望危险自己离去，真是异想天开。突然，维罗尼克惊醒过来，不再麻木，意志也变得十分坚定。

"来……他们过来了……快躺下……"

他顺从地照做。她在几秒钟之内就把绳子绕在他身上，捆好了他，同她起初见到的一样，只是没来得及打结。

"把脸转过岩石那边去，"她说，"藏起手……不然会被发现。"

"那么你呢？"

"别担心。"

她弯下腰，紧挨着门底下，躺着。门上的窥视小窗口装着铁栏杆并凹向里面，因此她不会被发现。就在这时，敌人在门外停住。维罗尼克发现上面有人在看她，那人的裙子发出窸窸窣窣的声响。尽管隔着的铁门很厚。

好可怕的一分钟啊！有任何一点风吹草动都会引起敌人的警觉。

"噢！"维罗尼克心想，"她为什么会停在这里？是否因为发现我在这儿了呢？是我的衣服？"

她又想，也许是斯特凡躺得不自然，或是绳子捆得与原来的不同。突然，外边发出一阵声响，人吹口哨的声音，轻轻地响了两声。接着，一阵脚步声从走廊的远处响起，在寂静中，声音显得越发响亮，到门口时，停了下来。他们交谈着，商量了会儿。维罗尼克不声不响地在口袋里掏出了手枪，手指扣着扳机。一有人进来，她就挺立起身，毫不迟疑地连续击发。不能有任何的犹豫，否则就会失掉弗朗索瓦。

九、死 囚 牢

假如门朝外开着，也就很容易被敌人发现，那么她的估计就是正确的。所以，维罗尼克察看了一下门板。忽然，她发现这门是不合乎常规的，它的下边有一个稳固粗大的门闩。能不能把它加以利用呢？她听到了钥匙的声音，在她还没有来得及考虑这种打算的利弊时，紧接着就是开锁的声音。

就要发生的清楚的场面，令维罗尼克有些心烦意乱。对于入侵者的突然到来，她一定会手足失措的，她可能由于惶恐而瞄不准，打不中的。如果那样他们就会关上门，迅速跑到弗朗索瓦的房间去。这个想法的出现使她几乎发疯，她无意识地迅速地关紧下边的门闩，同时又关上了小窗口的铁护板。这样，外边进不来，也看不到。但是她马上又意识到这一举动是非常荒唐的，这根本阻挡不了敌人的威胁。斯特凡突然跳到她的面前，说：

"我的上帝！你这是做什么？要知道他们是晓得我不能动弹的，那他们会立刻明白不是我一个人在这里了。"

"对，"她想为自己找到辩解的理由，"这样他们会来砸门，我们也就有了充足的时间。"

"充足的时间有什么用？"

"用来逃跑。"

"怎么逃？"

"弗朗索瓦会告诉我们……弗朗索瓦……"她的话还没讲完，就听到了迅速向走廊远处走去的脚步声。

毫无疑问，敌人是不管斯特凡的，他们觉得他不可能逃跑，于是就到上面去了。他们猜测，这两个朋友间已经有了默契，这个孩子正在斯特凡这里，因此堵住了门？维罗尼克的这种做法，会让事情朝着她更加担忧的方向发展：弗朗索瓦正在准备逃跑时被抓住。她被吓得呆住了。

"我为何要到这儿来呢？"她轻轻地说道，

"在上面等着不是比这更省事！我们两人一起救你会更保险的……"

在这种胡思乱想中，忽然闪过一个念头：她不是因为知道斯特凡爱着她，才着急来救他吗？不是那种不光彩的好奇心驱使她这样做的吗？真是个可怕的想法，她急忙避开它，说道：

"不，我一定要来的，这是命运使然。"

"别有这种想法，"斯特凡说，"一切都会好起来的。"

"太晚了！"她摇了摇头，说道。

"为什么？谁能说弗朗索瓦还没离开小屋？刚才你自己不是估计他早已离开了……"

她没有再说话，脸却很苍白地抽搐着。因为十分痛苦，使她产生了一种威胁她安全的不祥感觉。到处充满着危险，灾难即将临头，这比从前还要可怕。

"我们被死亡包围着，"她说。

他勉强笑了笑。

"你和撒勒克人说得一模一样。你和他们一样害怕……"

"他们害怕是有道理的。而你对这一切不也感到十分恐慌吗？"

她冲到了门口，拔下门闩，试图打开门，可是，大门是用铁板加固而成的，面对着如此厚重的大门，她没有任何办法。

斯特凡抓住她的臂膀。

"等一下……听……好像有人在讲话……"

"是的 ，"她说，

"他们在上面敲击……在我们的上边……弗朗索瓦的房子……"

"不，不对，你听……"

一段很长时间的寂静后，从厚厚的岩石里又传出响声。是从他们的下面传出的。

"早晨我听到的就是这个响声，"斯特凡惊慌地说。

"……是刚才我与你说的那种响声……噢！我明白了！"

"明白了！你在说什么？"

这个响声不停地、有节奏地响着，后来就没有了。紧接着是一种粗重的声音，不间断地响着。其中还夹杂着刺耳的吱嘎声和噼啪声。就像有人在启动一部机器，仿佛是海上打捞船只的那种绞盘的响声。维罗尼克仔细地听着，惶恐地等待着就要发生的事情，从斯特凡的眼睛中，猜测着事情的征兆。他站在她面前，望着她，好似在危难中端详着自己心爱的女人。忽然，她的身子摇晃了一下，因此用一只手扶着墙壁。这时，整个悬崖和岩洞在空中都震荡起来。

"噢！"她喃喃地说道，"是我在发抖吗？是我被吓得全身在抖吗？"

她用力地抓着斯特凡的双手，问道：

"回答我……我很想知道……"

他没有答复。

在他含满泪水的眼神中没有一点的惧怕，只有无限深情的爱和无限的失望。他心里只想着她。而且，他自己有必要解释发生的事吗？真相不正在随着时间的逝去而越来越清晰了吗？奇怪的是，它极其寻常，超过了人们对罪恶的想象。维罗尼克已经看见怪事的征兆，但却坚持不去证实它。

这块装在岩洞中间的巨大地板，形状是正方形，它像一个逆转的翻板活门。它以悬崖边做接合点为不动轴向上翻起。向上时，一点知觉都没有，就像揭开了一个大盖子，也像一个从外到里的大跳板，坡度非常小，人们比较容易保持平衡……开始，维罗尼克认为敌人要把他们碾死在地板和拱形花岗岩顶的中间。后来她明白了，这台像吊桥似的可怕机器是要把他们推进深渊。它会圆满地完成它的任务。结局就像是注定的一样，没有选择。任凭他们怎样地拼命抓住峭壁，吊桥都会要竖起，笔直地竖起，成为陡峭岩壁的一分子。

"太可怕了……太可怕了……"她说。

他们紧紧地把手握在一起。斯特凡无声哭泣着。

她呻吟着：

"一点办法都没有了吗？"

"没有。"他说。

"可是，地板边上有空地。岩洞是圆的，我们可不可以……"

"空地太小了，假如我们站在地板与岩壁中间，我们也许会被压得粉身碎骨，这些我都考虑很长时间了。"

"那么，如何是好？"

"等待。"

"等待？等待谁呀？"

"弗朗索瓦。

"啊！弗朗索瓦，"他哭泣着说，"可能他也注定……或许在找寻我们时，掉入陷阱。总之，我们不会再和他见面了……他一无所知。在他临死前还不能见他妈妈一面……"

她紧握住他的手，说：

"斯特凡，我们中如果有人逃出死亡——我但愿是你……"

"那肯定是你，"他坚决地说，"我甚至感到吃惊的是，敌人让你与我一起受罚。他们肯定不知道你就在这儿。"

"我也纳闷，"维罗尼克说，"……为我准备好另一种刑罚……可我并不在乎这些，反正我再也看不到我的儿子了！斯特凡，我把他托付给你，行吗？我早就知道你为他所做的一切……"

地板在不停地、缓慢地升高着，并且不均匀地颤抖着，有时还跳动。坡度越来越陡峭。还有几分钟，他们就不能这样平静自在地聊天了。

斯特凡回答道：

"如果我能够活下来，我向你发誓，我一定坚决完成任务。我向你发誓，以此怀念……"

"对我的怀念，"她说，语气十分坚决，"为了怀念你所认识的……你所爱的维罗尼克。"

他充满激情地看着她：

"那么你早就知道了吗？"

"嗯，坦白地说，我看过你写的日记……我明白你爱我……而且我接受你的爱……"

她忧伤地微笑着。

"可怜呀，你曾把爱情给了一个不知去向的女人，而现在你又要把它献给一个即将死去的女人……"

"不，不，"他充满激情地说道，"你不要这样……救援可能马上就到了……我有预感，我的爱情不属于过去，而是属于未来。"

他想亲吻她的手。

"抱抱我，"她说着，把脸伸向他。他们都把一只脚踏在悬崖边上，跳板第四边顶在窄窄的花岗岩石上。他们神情严肃而庄重地拥在一起。

"再抱紧些吧，"维罗尼克说。

她尽可能地向后仰，把头抬了起来，用低沉的嗓音喊道：

"弗朗索瓦……弗朗索瓦……"

上面的洞口没有人。梯子还是一个钩子挂在那里，仍是够不着。维罗尼克朝海上看了看。那里，很少的岩石向外突出，她看到飞溅着浪花的暗礁中间，有一湾小湖，平静而又深邃，深不见底。

她想道：死在那儿要比撞在尖利的岩石上要舒服些，于是她突然想快点死去，等待对于她来说是痛苦的，她对斯特凡说：

"为什么要等待？与其这样受罪，不如早些死掉……"

"不，不，"面对要失去维罗尼克，他心中感到十分愤慨。

"你还指望什么？"

"为了你，要坚持到最后。"

"我不再希望什么。"她说。

他也不再抱有什么希望，但是他尽力解除维罗尼克的痛苦，由他一人来承受一切最痛苦的考验！地板不断地再升高，震动消失，地板的坡度增加了，已经到了小窗下，已经有门的一半高了。这时，突然有个东西猛地撞了一下，又开动了一个机关，小窗口被完全覆盖住。人没办法站立了。

他们顺着斜坡躺下，用脚抵在花岗岩边。接着又震动了两下，每震动一下，地板就猛往上升，已经触到洞顶了。这个大家伙沿着洞顶一点点地向外翻转着。很显然，这个翻板将准确地扣到洞口，像吊桥那样把它封得严严实实。当初开凿时岩石已被计算好，让这种惨事做得不留一丝余地。

他们没说一句话，只是紧握着手，听天由命了。从遥远的古代，人们发明了这个机器，又经过了后人的重建和校正；多少世纪以来，在一个个看不见的操纵者手中，它把死亡带给了罪犯、无辜者，带给阿尔莫里克人、高卢人、法兰西人和外族人。这个大怪物把战俘、犯渎圣罪的修士、遭迫害的农民、朱安党人、共和国士兵和大革命的战士，一个一个都推向了深渊。

今天，轮到了他们！

甚至他们的怨恨和仇恨都得不到宽慰。这一切恨谁呢？他们死得不明白，在彻底的黑暗中，他们连敌人的样子都看不到。他们只不过是为了一个一无所知的阴谋而死，简单地说，他们的死就是为了凑个数字，为了验证那荒唐的预言，那愚蠢的意志，就像执行凶神和狂热的祭司们的口令一样。奇怪的是，他们做了赎罪的祭礼以及为某个残忍的宗教神明做祭品。

他们身下的那块地板在升高，还有几分钟就变成垂直的了。死亡就在眼前。

很多次斯特凡都拉住了维罗尼克，恐惧不断地增加，打乱了这个年轻女人的心，她想跳下悬崖……

"我求你，"她说道，"放开我……我受不了啦……"

因为没能再见到儿子，她要坚持下去。可是弗朗索瓦的形象总扰乱她的心绪，孩子肯定和她一样被抓了，在受着折磨，和他母亲一样，成了恶神祭坛上的贡品。

"不，不，他就会来的，"斯特凡坚定地说，"……你一定会得救……我相信……"

她茫然地答道：

"他和我们一样被关了起来……他正在被他们用火烧……用箭射……撕扯他的肉……唉！我可怜的孩子！"

"他很快会来的，我的朋友……他不是同你说过吗，什么也不能把你们重逢的母子分开……"

"我们只能在死亡中重逢……死亡使我们团聚。死神快点降临吧！我不愿让他再受苦……"

实在是痛苦极了，维罗尼克用力地挣脱斯特凡的手，刚想跳下去。她却大叫一声倒在了吊桥上，斯特凡也惊叫了一声。有个东西在他们眼前忽然晃过，就消失了。从左边过来的。

"梯子……那是梯子……对吗？"斯特凡说道。

"是的，是弗朗索瓦……"维罗尼克说，心中顿时充满希望。

"……他得救了……他救我们来了……"

翻板这时几乎垂直了，在他们身后无情地抖动着。

岩洞消失在他们身后。他们贴着岩壁，紧紧地抓住突出的部分。维罗尼克低头又看了看。梯子摆过来了，然后停了下来，被两个铁钩固定住。

上面的洞口出现了一张孩子的脸，他笑着打着手势。

"妈妈，妈妈……快……"

呼唤热烈而急切，两只胳膊伸向了他们。

维罗尼克呻吟着。

"啊！是你……是你，亲爱的……"

"妈妈，快，梯子被我扶着呢……快……没有危险的……"

"我来了，亲爱的……我来了……"

维罗尼克抓住最近的一级横杠。她在斯特凡的帮助下，没费太大力气就爬上了最下面一级。她对斯特凡说：

"你呢，斯特凡？你快上来呀？"

"我马上，"他说，"你快上……"

"不，你答应我……"

"我向你发誓，你快上去……"

她爬了四级，又停下来说：

"你来呀，斯特凡？"

斯特凡转身向着悬崖，左手插进翻板与悬崖间的窄缝，右手抓住梯子，他把脚放到了最下一级梯子，他也获救了。维罗尼克爬得非常轻捷！虽然她的脚下是万丈深渊，对她也不能构成威胁，因为她的儿子在等她，她终于能把他抱到怀里了。

"我来了……我来了……"她说，"……我来了，亲爱的。"

很快她把上半身钻进了窗口。孩子拉了她一把。她跨过窗台。终于来到了儿子身边！他们彼此拥抱着。

"啊！妈妈！这是真的吗？妈妈！"

胳膊还没有搂紧，维罗尼克就向后退了。因为她有一种局促不安的感觉，这阻止了她的激动。

"来，来，"她说着把他拉到窗前明亮的地方，"来，让我看看你。"

孩子很顺从地走过去，只看了他两三秒钟，维罗尼克就没再多看，突然惊慌地喊道：

"原来是你？原来凶手是你？"

太可怕了！她又见到了那个面孔，当着她的面杀害戴日蒙先生和奥诺丽娜的那个恶魔！

"你认出我啦？"那人讥讽地说道。

听到这个与自己孩子一样的声音，维罗尼克知道自己弄错了。他不是弗朗索瓦，而是穿着弗朗索瓦的衣服，扮成弗朗索瓦样子的另一个孩子。

他讥讽道：

"啊！夫人，你明白了！你知道我了，是吗？"

那张凶狠面孔抽搐着，变得更加可恶、残酷。

"沃尔斯基！沃尔斯基！"

维罗尼克吞吞吐吐地说，"你好像是沃尔斯基……"

他大声笑着：

"我就是……你以为我和你一样背叛爸爸？"

"沃尔斯基的儿子？他的儿子！"维罗尼克不停念叨着。

"大哪！他的儿子！是的，他当然可以有两个儿子，他是一个正直的男人！先有我，后来才有那个温柔的弗朗索瓦。"

"沃尔斯基的儿子！"维罗尼克重复说了一次。

"一个十分厉害的小伙子，夫人，我发誓，我和我的爸爸一样，训练有素。你看到了，嗯？这不算什么……仅仅是个开头……喏，你想不想让我再试试？好，你瞧瞧这傻帽儿教师吧……看看我动手后是什么结果！"

他跳到了窗台上。斯特凡刚露出头来，那孩子搬起一块石头，用力地向他砸去。

维罗尼克起初还不明白他要做什么，过了一会儿，她冲上前去，抓住那孩子的胳膊。一切都太晚了。斯特凡早已不见了，竹梯的挂钩也松脱了。紧接着听到了一声大的响声，然后是落入水中的声音。维罗尼克迅速地跑向窗口。看见到那片平静的小湖上漂浮着竹梯。可根本看不到斯特凡落水的地方，水面上没有浪花，连一丝波纹都没有。

她喊道：

"斯特凡！斯特凡！"

没有动静。四周是一片寂静，海风停了，大海如同睡着了一样。

"你这卑鄙的家伙，你在做什么？"维罗尼克一字一顿地说。

"不要哭，夫人，"他说，"……你的儿子被这个斯特凡教成了一个傻瓜。你现在该笑而不是哭。是不是还要拥抱我？你愿意吗？爸爸的太太？瞧，你怎么板着脸！哦！你恨我？"

他走过来，伸开胳膊。维罗尼克连忙掏出枪。

"滚开……滚开，否则我就像打死疯狗一样打死你。滚开……"

那孩子的脸变得更残忍了。他一步一步地往后退，咬着牙说：

"哦！你会偿还我的，美丽的太太！怎样！我拥抱你……完全是出于好意……而你却向我开枪？你将以流淌着的鲜红的血来偿还我，血……血……"

他说起这个字时，好像非常开心，他重复说了好几次，然后发出了一阵凶恶的笑声，接着向通往隐修院的地道跑去，嘴中还喊道：

"弗朗索瓦的血，维罗尼克妈妈……你心爱儿子的血……"

十、逃　　跑

维罗尼克浑身颤抖，她不知如何是好，那孩子的脚步声消失了。该怎么办？斯特凡的遇害使她一时忘记了弗朗索瓦，现在她又很担忧了。她的儿子现在怎样了？她应该回隐修院去找他吗？保护他不再有危险吗？

"你看，你看，"她说，"我都晕了头……什么？好好思考一下……几小时前，弗朗索瓦隔着牢房的墙与我说话……那一定是他……一定是弗朗索瓦，昨天他还握着我的手亲吻……作为母亲我是不会弄错的，当时的我因为爱抚而激动……但是从……从那时起，他难道还没离开牢房吗？"

她又想了一会儿，慢慢地说：

"是这样……应该是这样的……在下边一层我与斯特凡被发现，他们立刻发出警报。这个魔鬼，沃尔斯基的儿子，于是赶紧去查看弗朗索瓦。在牢房他们没看到人，发现了墙上挖的洞，他就爬过去。对，就是这么回事……要不然他是从哪儿来的？到这儿以后，他先跑到窗口，他想窗子是朝海的，弗朗索瓦选择了从这儿逃跑。于是，他发现了那个竹梯。然后低头他看见了我，认出了我，所以喊我……而现在……他应该去隐修院了，这样肯定会遇上弗朗索瓦……"

然而维罗尼克并没动，她预感到危险应该不在隐修院，而是在这里——牢房。她心想：弗朗索瓦真的逃跑了吗？会在洞没挖完时，就被他们抓走了，打死了吗？

太可怕了！她低头观看，洞口加宽了，她想从那儿爬过去，可是那洞只有一个孩子的宽度，对于她来说就显得太窄了。她坚持着要过去，衣服被挂破了，身上也被尖利的岩石划破了，她终于坚持着钻了过去。牢房里是空的。面向走廊的门敞开着，维罗尼克感到，通过窗口透进来的微光——好像有人从这扇门走了出去。她看到那个模糊、几乎看不清的身影，判断那是一个女人，她躲在走廊里，她的突然到来把她吓跑了。

"他们的同伙，"维罗尼克想到，"同杀害斯特凡的那个孩子一起来的，一定是她带走了弗朗索瓦……也可能弗朗索瓦还在这儿——在我身边，而我却被她监视着……"

这时的维罗尼克，适应了黑暗中的光线，她清晰地看到，那扇朝里敞开的门，一个女人的手正在拉门。

"为什么她不一次就把门关紧呢？"维罗尼克心想，"她明显是要在我们中间设置一道障碍，这是为什么？"

维罗尼克很快知道了答案，因为她听到门下面的一块石头被压得咯咯响。一旦排除障碍后，门就会关上。维罗尼克十分果断地走向前，她抓住门上的大铁把手用力拉。手不见了，却仍在拉门。在门的另一边一定还有一个把手。

很快，一声哨声响了起来，是那女人在求救。几乎在同时，走廊中离那女人不远的地方，传来了一声呼唤：

"妈妈！妈妈！"

啊！这一声呼唤使维罗尼克全身激动了起来！是她儿子，她最爱的儿子在叫她，他还在牢房，他还活着！这是一份超乎寻常的喜悦啊！

"妈妈在这儿，孩子。"

"妈妈，快点，我被他们捆住了。哨声，这是他们的信号……他们很快就来了。"

"我在这儿……妈妈来救你了！"

救出儿子她一点都不再怀疑。突然间她像有了无穷的力量，什么都抵挡不住她体内爆发出来的能量。因此，对方的力越来越弱，终于松开了手。战斗结束了，门被打开了，维罗尼克走了过去。

那个女人早已逃到走廊里，她用绳子绑着孩子，拖着孩子往前走。维罗尼克很快来到她面前，手里举着枪。那个女人很快放开了孩子，敞开的牢房中透出的光照到了她的身上。她一身白色毛料衣裙，胳膊半裸着，腰上系着腰带，脸很年轻，但却十分憔悴、瘦瘪。金黄色的头发中已长有白发，眼睛中透着可怕的仇恨目光。

两个女人的眼睛对视着，一言不发，就像两个仇敌在开战之前对峙着。维罗尼克得意扬扬地笑着，这是一种挑衅性的微笑。最后，她说：

"如果你敢碰我的孩子一下，我就打死你。走吧！"

那个女人一点也不害怕。她似乎在思考，在倾听，在等待着救援。但是没有人来。于是她低着头看了看弗朗索瓦，动了一下，想把她的战利品拉走。

"别动！"维罗尼克大声喝道，"别碰他，不然我就开枪了！"

那女人耸了耸肩膀，说：

"你不用威胁我。如果我想杀死他，你的儿子早就死了。时间还没到，他也不该由我来处死。"

维罗尼克听后不由自主地浑身抖起来，说道：

"那么应该由谁来处死他呢？"

"我的儿子。你知道……你已经见过他了。"

"那是你的儿子，凶手……魔鬼……"

"他是……的儿子……"

"住口！住口！"维罗尼克厉声喝道，她明白这个女人一定是沃尔斯基的情妇，不愿她在弗朗索瓦面前说出来，"你不要说这个名字。"

"该提的时候就要提，"那女人说，"啊！你知道，我吃了你多少苦吗？维罗尼克，现在该轮到你啦，你的才刚开始！"

"滚！"维罗尼克喊道，武器始终举在手中。

"你别威胁我，"那女人又说了一次。

"滚开，不然我真的开枪了。我以我儿子的头发誓。"

那女人向后退去，最终她还是害怕了。但很快一股怒气又涌上她心头，她抡起两只拳头，声音嘶哑地喊道：

"我要报仇……走着瞧吧，维罗尼克……十字架……知道吗……十字架早已竖起来了……你即将被钉在十字架上……是那样的复仇！"

她的拳头干瘪而又骨节突出，她不停地晃动着，说道：

"啊！我恨死你了！十五年的仇恨！十字架即将为我报仇……我，我将亲手把你钉到十字架上，等着瞧吧……十字架已经竖了起来……"

她在手枪的逼迫下慢慢地挺直身躯走了。

"妈妈，不要开枪，好吗？"弗朗索瓦说道，他想他母亲的内心里一定正激烈地斗争呢。

维罗尼克好像如梦方醒，她答道：

"不，不，别害怕……然而，我们可能应当……"

"噢！妈妈，求求你，让她走，我们也走吧。"

没等那女人消失，她便把儿子扶了起来，把他抱进了牢房，就像抱一个婴儿一样。

"妈妈……妈妈……"他说。

"我在，宝贝，妈妈在这儿，现在不会有任何人从我手里再夺走你，我发誓。"

这时，维罗尼克也不顾锋利的石头划破皮肉，一下子就从墙洞中钻了过去，然后又把孩子也拉了出来，这时她才有时间给弗朗索瓦解开绳子。

"这里暂时不会有危险，"她说，"因为他们只有通过这间小屋向我们进攻，而我可以守住这个出口。"

噢！他们紧紧地拥抱着！现在什么也不能把他们分开，他们彼此凝视着。

"天哪！你长得多么英俊啊，我的弗朗索瓦。"维罗尼克说。

她很奇怪，为什么奥诺丽娜会把两人搞混。因为他与那个恶魔孩子没有任何相似之处，她不停地称赞他有真诚、高贵、温柔的面孔。

"而你，妈妈，"他说，"你说，我怎么会想象得到有一个这样美丽的母亲呢？即使当你像仙女一样出现在我的梦中时，也不曾这么漂亮。但是斯特凡经常对我讲……"

她打断了他：

"孩子，快，我们必须躲开他们的追杀。必须离开这儿。"

"对，"他说，"我们尤其要离开撒勒克。我计划了一个逃跑方案，一定会成功。不过，这之前，斯特凡……他怎样了？我刚才听到了我房子底下的声音，就是我和你说过的那种声音，我怕……"维罗尼克没有理他，拉起他的手就走。

"我有很多事要跟你讲，孩子，一些难过的事，你必须知道。不过要等一会儿……我们先躲到隐修院去，那女人找人救援，他们一定会追赶我们的。"

"她不止一个人，妈妈，我在挖墙洞时，她突然跑进来，抓住了我。

还有个人和她一起……"

"是一个孩子吗？一个与你一般高的男孩吗？"

"我没有看清。那个女人和他冲到我面前，把我捆住就往走廊里拖，后来那女人离开了一会儿，他也回到屋里去了。他十分熟悉这条地道和通往隐修院的洞口。"

"是的，我知道，但制服他我们很容易，先把这洞口堵住。"

"但是还有连接这两个岛的桥。"弗朗索瓦反驳道。

"不，"她说，"我已经烧毁了它们。隐修院与外界已经隔绝。"

他们走得很快，维罗尼克急急忙忙，而弗朗索瓦却对母亲的话有点担心。

"是的，是的……"他说，"其实我心里清楚，有很多事我都不知道，你担心把我吓着而隐瞒了不说，妈妈。你烧了这座桥……用事先准备好的汽油，对吗？是同马格诺克决定的那样，在危险时刻，对吗？他们已经威胁到你，斗争转向你了，是吗？还有那女人充满仇恨所说的那些话！还有……尤其是，斯特凡现在怎样了？刚才，他们在我的房间里小声谈到他……这一切都使我不安……我没有看到你拿来的那个梯子……"

"我求你，宝贝，别浪费时间了。那个女人会找人来的……他们正在跟踪我们。"

孩子干脆站住：

"什么？你听到什么了？"

"走路的声音。"

"你确定？"

"嗯，有人正迎着我们过来……"

"啊！"他低沉地说，"是凶手从隐修院回来……"

维罗尼克拿着手枪，随时准备好。她把弗朗索瓦推到了右边的一个黑暗角落，是她刚才来时发现的，这也许是地道的另一个出口，应该已被堵死。

"那儿……那儿……"她说，"我们躲到那儿去……他看不到我们。"脚步声临近了。

"缩进去些，"她说，"不要动……"

孩子小声地说：

"妈妈，你的手里是什么？手枪……啊！你千万不要开枪，好吗？"

"我也许……我……"维罗尼克说，"那是一个魔鬼！和他的母亲一样……我早就该……我们也许会后悔……"

她不觉又说了一句：

"你的外祖父被他杀死了。"

"啊！妈妈……妈妈……"

她扶着他，以免他摔倒，在黑暗中，她听到了儿子在哭泣，嘴里还断断续续地说着：

"不管怎么样……不要开枪……妈妈……"

"他来了……宝贝……不要出声……他来了……看……"

他走了过去。走得很慢，猫着腰，耳朵专心地听着。维罗尼克看见同她的儿子一样高，这一次她看得更仔细了些，对于奥诺丽娜和戴日蒙先生会看错人，她不奇怪了，他们俩真的长得太相像了，再戴上弗朗索瓦那顶红色的帽子，就更像一个人了。

他走得很远了。

"你认得吗？"维罗尼克问。

"不，妈妈。"

"你从没看见过他吗？"

"是的。"

"就是他和那女人扑向你的。"

"嗯。他还无缘无故地抽我嘴巴，是抱着真正的仇恨抽的。"

"啊！"她说，"这一切真让人难以理解。我们何时才能逃离这场噩梦呀？"

"快些，妈妈，路上没人，趁这个机会我们快走。"

在亮处，她看见孩子的脸色十分苍白，双手冰冷，然而他却很快乐。

很快，他们又出发了，他们穿过连接两岛的悬崖，然后上了阶梯，走出洞口，来到马格诺克花园的右边。天早已黑了下来。

"我们得救了。"维罗尼克说。

"是的，"孩子说，"但是，要使他们无法从原路来追赶，我们只有堵住这个洞口。"

可是怎样堵呢?

"等等,我去隐修院找工具。"

"啊!不行,我们再也不要分开,弗朗索瓦。"

"那妈妈我们一起去吧。"

"可如果敌人来了怎么办?不行,必须守住这个出口。"

"那,妈妈,你帮我一下……"

他们急忙观察了一下四周的情况,洞口上边有一块石头,不是很稳固。他们没有费什么劲就挪开了它。石头便沿着阶梯滚了下去,洞口很快被土石填满了,这样通行起来就十分困难了。

"我们就在这里待着吧。"弗朗索瓦说,"直到我们去执行我的计划。放心吧,妈妈,我的主意很好,我们的目的很快就能实现了。"

他们两个人都筋疲力尽了,他们都需要休息。

"妈妈,躺下吧……来,在这里……在这块岩石下面有一块青苔,和地毯一样,也不凉,像一个舒服的窝儿,在那儿你像个王后一样。"

"啊!宝贝,我的宝贝,"维罗尼克心中溢满了幸福。现在两人正好交谈。维罗尼克把一切告诉了儿子。孩子听到自己爱的人和熟悉的人都惨死的事情,非常伤心,母子重逢的喜悦被冲淡了。因此,维罗尼克一面说着,一面安慰他,擦干了他的眼泪,她认为她要把他失掉的一切爱都补偿给他。尤其是斯特凡的死,对他的打击很大。

"但是,你确定吗?"他说,"毕竟没有人向我们证实斯特凡已经淹死了。斯特凡的游泳技术很好……因而……肯定,妈妈,别绝望……相反……瞧,恰好来了一位朋友,它总在悲伤的时候来,向你表明,不是一切都令人绝望的。"

"杜瓦边"真的跑过来了。看到了主人,它并不感到意外。什么事情都不会令它感到过分惊奇,事情总是自然地发生着,既没有妨碍它的习惯,也不影响它的活动。只有眼泪能引起它的关注。此时的维罗尼克和弗朗索瓦并没有哭泣。

"瞧,妈妈,'杜瓦边'同意我的看法,什么也不会失去的……可是,说真的,我的老伙计'杜瓦边',你有灵敏的嗅觉。那么,你说说看,如果我们不带你离开小岛,怎么样?"

维罗尼克看了看儿子。

"离开小岛?"

"是的,越早越好。这是我的想法,你认为怎样?"

"可怎么离开呀?"

"乘船。"

"可这儿哪有船呢?"

"有。"

"在哪儿?"

"就在这附近的撒勒克岬角上。"

"可在悬崖陡壁上,怎么弄下来?"

"就在最陡峭的地方,那被称作暗道,它引起了我和斯特凡的兴趣。因为叫暗道,所以它一定会有出入口。后来我们把情况搞清楚了,在中世纪的修士时代,隐修院一带都被围墙围着。因此,可以想象出那个暗道是用来控制出入海的。我们和马格诺克一同考察过,结果在一个悬崖上我们发现了一道裂缝,或者叫一道沟,里面有满满的沙子,两边用很多碎石筑起的围墙拦着。一条小路蜿蜒曲折,在临近海的墙上有个窗口,顺着小路直通到了小海湾,这里就是暗道的出入口。我们把它修复好,船就被挂在了悬崖脚下。"

维罗尼克的脸上此刻起了变化。

"这样,我们这次真的得救了!"

"千真万确。"

"敌人不会追到这儿吗?"

"不会。"

"可他们有一条汽艇的。"

"他们现在都没来,就说明他们不知道这个海湾的存在,更不知道那个出入口,因为出入口是看不见的,它被无数的暗礁保护着。"

"那么谁会成为咱们的阻碍呢?"

"黑夜,尽管我是个优秀的水手,也熟悉离开撒勒克的所有航道,但我却不能担保没有触礁的可能。因此,妈妈,必须要到天亮。"

"要等这么久啊!"

"耐心等待吧,妈妈。我们在一起等几个小时! 天一亮,我们就上船离开。顺着悬崖底一直划到牢房下面，在那儿把斯特凡接上，他一定在附近的某个海滩在等我们，然后我们四个一起逃走，是不是，'杜瓦边'？中午时分，我们会在蓬—拉贝上岸。这就是我的计划。"

维罗尼克心中充满了喜悦，赞不绝口。令她感到吃惊的是，她的孩子在磨难面前居然表现得这样沉着！

"非常好，亲爱的，你说得对。好运绝对会转向我们的。"

一夜平安。然而出了一点小意外，在堵着地道的碎石下面发出了声响，一道光从缝隙中射了出来，吓得他们出发前一直保持着高度警惕。但是，他们的好心情并没有受到影响。

"当然，当然，我放心，"弗朗索瓦说，"从我再次见到你时开始，我就知道，我们不会再分开，永远在一起了。我们还有一个美好的愿望，是吗？斯特凡和你说了吗？说出来你可能会笑的，我对一个从没有见过的救星充满信心……好吧，我告诉你，妈妈，即使将来匕首放到我的脖子上，我也坚信，你听着，我绝对相信，会有一只手把它制止。"

"唉！"她说，"可这只天意的手却没有制止住我与你说过的灾难啊。"

"但他一定会阻止威胁我母亲的灾难，"孩子坚定地说。

"怎么阻止呢？这个陌生的朋友并不会得到预报啊。"

"他一定会来的。他不需要预报就会知道有大危险。他肯定会来。因此，妈妈，答应我，不管有什么事发生，你都要坚定信心。"

"我坚定信心，亲爱的，我答应你。"

"你得好好干，"他笑着说，"因为我成了首领了，怎样的首领呢？嗯，妈妈，从昨天夜里开始，为了让事情成功，为了让我的妈妈不再挨冻受饿，一旦我们下午时上不了船，我们就需要吃的和睡的！于是，我准备了这些东西，今晚就派上用场了，为了安全考虑，我们不能放弃这个据点，也不能去隐修院睡觉。妈妈，你把拿来的包裹放哪儿啦？"

两个人的晚饭吃得很开心，胃口非常好。弗朗索瓦把妈妈安排好，给她把衣服裹好，自己也睡了，他们相互偎依着，心中充满了幸福，没有一点担心。

清晨，维罗尼克被清新的空气唤醒，一抹红霞在天边。此时，弗朗索瓦睡得十分安详，就像一个受到保护而不做噩梦的孩子。她端详了很长时间，并不感到厌烦，太阳早已在地平线上升起了，她还在凝视着他。

"干吧，妈妈，"他睁开双眼拥抱了维罗尼克说，"地道里没有人吧？没有，那我们上船的时间比较充足。"

他们迈着轻快的脚步，背上被子和食品，向着岛上岬角处的暗道走去。岬角外面是堆积如山的岩石，平静的海面发出了猛烈的撞击声。

"希望船还在那里，"维罗尼克说。

"你低头看一下，妈妈。你看，它就在那儿，就挂在那块凸起的岩石上。只要我们转动滑轮，把它放到水中就可以了。啊！一切就绪，亲爱的妈妈……你不用担忧……只是……只是……"

他停了下来，想了想。

"出什么事了？有问题吗？"维罗尼克问。

"哦！没什么问题，要稍微耽搁一下……"

"可是，究竟……"他开始笑了。

"作为一个即将出征的头儿，妈妈，我承认我有些可笑。你想，我居然忘了一件事，没有桨。它们被放在隐修院里。"

"这真可怕！"维罗尼克喊道。

"没什么可怕的！我跑去拿，到隐修院十分钟就能回来。"

维罗尼克脑海里忽然闪出了种种可怕的事。

"如果这时他们从地道里出来，怎么办？"

"瞧，妈妈，"他笑着说，"你答应过我的，要充满信心。他们挖开地道，要花一个小时，而且我们也会听到的。别说了，我亲爱的妈妈。一会儿见。"

他飞快地跑开了。

"弗朗索瓦?！弗朗索瓦?！"

他没再回答。

"唉！"她想着，又产生了一种不祥的预感，"我发誓不再离开你一秒钟的。"

她远远地跟着他，在仙女石桌坟与鲜花盛开的骷髅地之间，有一个小山坡，她停了下来。在那儿她看见了地道的出口，也看见她儿子沿着草坪跑去。他先跑进了隐修院的地下室，桨肯定没放在那里，很快他就跑出来向着大门走去，打开大门走了进去。

"最多一分钟就够了，"维罗尼克心想，"桨就应放在门厅里……要是放在楼下，两分钟就足够了。"她一秒一秒地数着，同时观察着地道的出口。三四分钟过去了，可是大门却没再打开。

此时，维罗尼克的信心开始动摇了。她简直快要发疯了，想想自己没有陪着儿子，而且她不该同意一个孩子的想法。她离开地道口，也不顾自己有没有危险，朝着隐修院跑去。然而，她突然产生了一种可怕的感觉，在梦中遇到的那种感觉，两条腿就像瘫痪了一样，走也走不动，然而敌人却在向前推进，并向她发起了进攻。

突然，在石桌坟前，她看到了一个奇怪的场景，她还没有明白过来。在右边的橡树脚下，在半圆形的地上堆起了一些刚被砍下的树枝，树叶还是鲜绿的。

维罗尼克抬起头一看，惊呆了。一棵橡树被砍下了树枝。在四五米高的粗大树干上，有一支箭钉着一块牌子，上面写着：V. d'H。

"第四个十字架……"维罗尼克说道，"……十字架上写着我的名字！"

她想：爸爸已死了，我少女时的签名肯定是敌人写的，而且应该是最主要的敌人，在刚发生的一系列事件后，此时，她第一次想起了迫害她的那女人和孩子。这个敌人的形象在她的脑海中勾勒了出来。

但这只是个短暂的、假设的和不确定的形象，她并没有完全形成意识。一件更恐惧的事情令她大惊失色，她突然明白：十字架既然早已竖起，那荒原与地道里的那些人，那些魔鬼，那孩子和女人的同谋也应该来了。毫无疑问，他们在早已毁坏的桥上又架起了一座新桥。隐修院也被他们控制了。弗朗索瓦又落入他们手中！

于是，她拼尽力气向前冲去。她也穿过那布满废墟的草坪，朝着大门奔去。

"弗朗索瓦！弗朗索瓦！弗朗索瓦！"

她撕心裂肺地叫嚷着。大声地向敌人宣告自己的到来。她就这样一路跑到隐修院。一扇门半张着，她用力推开门冲了进去，喊道：

"弗朗索瓦！弗朗索瓦！"

喊叫声响彻了整个房子，可是仍无回音。

"弗朗索瓦！弗朗索瓦！"

她冲到楼上，随意地打开房门，跑到儿子的房间、斯特凡的，还有奥诺丽娜的房间，可是连个人影都没有。

"弗朗索瓦！弗朗索瓦！你听见了吗？他们是不是在折磨你！啊！弗朗索瓦……"

她重新回到楼梯口，正对着戴日蒙先生的书房。她冲到门口，却又立刻退了回来，就像看到了地狱的可怕景象。有个男人站在那儿，交叉着手臂，似乎是在等她。他——就是看到那女人和那孩子出现时想到的那个男人。

他是第三个魔鬼！她怀着无比恐慌的心情说了一句：

"沃尔斯基！沃尔斯基！"

第二部　奇特的宝石

一、天　　祸

沃尔斯基！沃尔斯基！那个令她的记忆充满恐惧和羞辱的卑劣家伙，那个魔鬼沃尔斯基竟然还活着！所谓这个间谍被同伙杀害并葬在枫丹白露公墓的说法纯属谎言，那居然是讹传！现在的事实是：那家伙还活着！

维罗尼克经历过无数场面，但是没有哪个场面比眼下更可怕：沃尔斯基稳稳地站在那儿，两手交叉着，两个肩膀中间长着他的脑袋。他还活着，活生生的！维罗尼克有勇气面对一切，但就是无法接受他。她认为自己有能力、有勇气应对任何敌人，但这个敌人并不包括在内。沃尔斯基，这个无耻的家伙，丧心病狂，他永无休止地作恶，手段极其残忍。而这个人还爱她。

她的脸突然红了。因为沃尔斯基正贪婪地盯着她的双臂和肌肤，上衣破烂了，使其裸露在外。他仿佛在盯着一个猎物，无论如何也无法移开他的视线。维罗尼克一动不动地站在那里，身边没任何用来遮挡的东西。面对他的兽欲，维罗尼克挺起胸，向他投去鄙视的眼光，他有些怯懦地转过脸。

维罗尼克马上激动地喊道：

"弗朗索瓦在哪儿？我要见我的儿子！"

他答道：

"夫人，我们的儿子用不着怕他的父亲。他对于我来说是神圣的。"

"我要见他。"

他把手举起发誓道：

"你会见到他，我发誓。"

"是不是，他可能死了！"她低声说。

"夫人，他活着，和你我一样。"

又是一阵沉默。

显然，沃尔斯基在字斟句酌，准备他们之间无法调和的战斗。他身体强壮，胸肌发达，但两腿有些罗圈。脖子很粗，肌腱突出，头很小，两缕金发贴在两边。这副模样使人想起他以前的粗犷有力和与众不同，但随着年龄的增长，现在他变了，变得像个粗俗的在擂台上的职业斗士。往昔让女人为之痴迷的魅力荡然无存了，有的只是一副粗暴、残酷的面孔。他用故作镇定的笑容来掩饰着他的冷酷。

他放下胳膊，顺手拉过一把椅子，朝着维罗尼克鞠了鞠躬：

"夫人，我们将要进行一次长谈，而且还有些痛苦。你坐下好吗？"

他等了会儿，可没回音，他并没觉得局促不安，接着说：

"小圆桌上备了些吃的东西，你吃块饼干，喝点香槟或陈酒，这对你或许有好处……"

他表现得彬彬有礼，想以这种日耳曼式的半开化礼节，表明他对文明的细节并不陌生，也表明他熟悉一切文明中的礼节，甚至在他有权对一个被征服的女人施暴时，他也不会忽略这种儒雅和礼数。就从这些细节，使维罗尼克又清楚地看到了丈夫的本性。

她耸了耸肩，沉默不语。

"那么，"他说，"你是让我就这样站着，像绅士那样显示自己的教养啦。另外，请你原谅的是，在你面前，我的穿着太随便了。在集中营和地洞那种地方，根本不适合穿制服。"

他穿了一件羊毛红背心，撕破了，下身是一条补丁裤。外面罩着一件白色亚麻祭服，半敞开着。腰上系着一条绳子。这身装束实际是精心设计的，再配上他那戏剧性的表演动作，以及他踌躇满志、得意扬扬的表情，使整个人看上去很怪诞。对自己的开场白他似乎很满意，于是迈

114

着方步，背着手，似乎在碰到最严峻的情况，也会有条不紊地思考问题似的。然后，他停下来，慢条斯理地说：

"夫人，我觉得我们必须抓紧时间，先用几分钟时间总结一下我们过去的共同生活。好吗？"

维罗尼克还是沉默着。他又用同样的语气说：

"当年你爱我的时候……"

维罗尼克做出了一个反感的动作。他坚持说道：

"可是，维罗尼克……"

"哦！"她厌恶地说，"你不许……不许再提我的名字！我不许你……"

他笑了笑，用一种包容的口气说道：

"夫人，请不要怨恨我，不管我采用了什么方式，我对你还是尊敬的。让我继续说吧。应当承认，当年你爱上我时，我是一个无情无义、狂放不羁却又不失风度的人，做事总是走极端，不具有同你结婚所要求的品质。这些品质本来在你的影响下很容易具备，因为我爱你爱得发疯。我为你身上的那种纯洁痴狂，你的魅力和天真令我如醉如痴，我不曾在别的女人身上见过。如果你对我多一点耐心，多一点温柔，你完全可以改变我的。遗憾的是，从我们不愉快的订婚开始，你就只想着你父亲的痛苦和怨恨；结婚后，我们之间就存在着不可弥补的不和。你被迫接受了一个强加于你的未婚夫。你对丈夫有的只是仇恨和厌恶。这正是像沃尔斯基那样的男人所不能忍受的。多少女人，多少高贵的女人都称赞我的高尚，所以我没理由检讨自己。而你这个小资产阶级的女人却怨恨我，结果就更糟糕。沃尔斯基是随心所欲、重感情的男人。这样的性格，这样的情感你厌恶，是吗？随你吧，夫人，我自由了，又获得了我的生活。只是……"

他停顿了一下，接着说：

"只是我一直深爱着你。一年后事情有了很大的变化，失去儿子让你进了修道院，而我，孤独地怀着这份未能满足的、炽热而痛苦的爱情生活着。你想象得到：我曾想通过放荡、暴力和冒险的生活把你从我的心中驱赶掉，可是都失败了。后来，却又有了希望，人们提供给了我一些线索，我投入全身心又去寻找你，却又一次陷入孤独和绝望中。于是我又寻找到你父亲和你儿子。知道他们在这里隐居，我监视他们，我亲自监视或者由那些人代替，那些人完全忠于我。我努力的唯一目的就是要找到你，它成为我行动的最崇高的理由，这时，战争却爆发了。八天后，因为我未能逃出国境，被投进了集中营……"

他停住了。他那张冷酷的脸此时变得更加冷酷了，接着他大吼道：

"哦！在那儿我过起了地狱般的生活！沃尔斯基！沃尔斯基！国王的儿子，居然同那些咖啡馆的跑堂和日耳曼的流氓在一起！沃尔斯基变成了俘虏，受人谩骂和虐待！虱子爬满了沃尔斯基的全身，污秽肮脏！我忍受了，我的上帝！我们且不再说它。为了活命，我所做的一切都是对的。如果有一个人替代我去挨匕首，如果有一个人以我的姓名埋葬在法兰西的某个角落，我也无怨无悔。要么是他，要么是我，必须要做出抉择。我做了。这不只是对生活的向往和渴望驱使我这样，还有其他，特别是一件新鲜的事情，一线未曾想到的光明，从我的黑暗世界中骤然升起，它早已令我目眩。不过，这是我的秘密。如果你想了解，我们可以以后再聊。现在……"

面对这个夸夸其谈、自以为是的演员，维罗尼克始终无动于衷。他满是谎言的表白并没有打动她。她似乎没在听。

他走到她身旁，为了吸引她的注意，他又用一种挑衅的口气说：

"你好像并不认为我的话很重要，夫人。可我的话的确很重要，而且会越来越重要。但是，在说那些可怕的事情以前，我想最好不要说它，我想唤起你的不是和解的愿望——因为我们之间根本就没有和解的可能——我是想唤醒你的理智，唤醒你面对现实……因为你竟然不了解你所处的现实环境，还有你儿子所处的环境……"

他确定，她没在听。毫无疑问，她的思想全部集中到她儿子身上，他讲的这些话，对她毫无意义。他愤怒了，语气中掺杂着不耐烦，他又说道：

"我的建议十分简单，我希望你别拒绝。我以弗朗索瓦的名义，并本着人道主义的同情心和怜悯心，请你把现实与我刚刚讲述的过去连在一起。从社会角度看，联系你我的纽带从来就没有停止过。从法律方面看，你始终……"

他把话停住了，看了维罗尼克一眼，然后双手用力压住她的肩膀，吼道：

"可恶的女人，你听着！沃尔斯基在说话。"

维罗尼克一下失去了平衡，急忙抓住椅背，重新交叉胳膊，目光中充满着蔑视，站立在敌人面前。这次，沃尔斯基控制住自己。刚才的表现是他情不自禁，一时冲动。但他的语气中透着专横和恶意。

"我再重复一遍，过去是永恒不变的。不管你承不承认，夫人，你仍然是我的妻子。正是基于这个无法改变的事实，我才希望你这样来看待你自己。我们来确认一下：即使我得不到你的爱情，我也不允许恢复我们之间曾有过的敌对关系。我再也不想要一个像从前那样傲慢和冷酷的妻子。我要……我要一个妻子……一个温柔的、忠实的、专一的、真心真意的妻子……"

"一个奴隶吧，"维罗尼克低声地说。

"对！"他大叫起来，"奴隶，就是你说的。我说到做到。奴隶！为什么不呢？奴隶懂得自己的职责，就是服从。手和脚捆在一起。这个角色，你高兴了吧？身体和心灵只能属于我，你愿意吗？至于你的心灵，我不在乎。我所要的……我所要的……你很清楚……是吗？我要的是我未曾得到的。你的丈夫？啊！啊！我当过你的丈夫吗？即使我在生活中寻找，在感情和愉悦的高潮中寻找，我所能得到的，只是记忆中两个敌人之间的无情斗争，别无其他。我望着你总像是在看一个陌生人，现在和从前一样陌生。好啦，既然时来运转，我抓住了你，以后就不要再那样。从明天起，不，从今夜起就不要再那样了，维罗尼克。我是你的主人，你必须接受，你同意吗？"

他没等回答，又提高嗓音说：

"你同意吗？不要回避，也别做虚伪的承诺。你究竟同意不同意？如果同意，你就跪下，画个十字，大声宣告：'我同意。我将做一个温柔顺从的妻子。我将听从你的所有命令，即使牺牲生命也在所不惜，你是我的主人。'"

她耸了耸肩膀，什么也没说。

沃尔斯基愤怒地跳了起来，额头上的青筋也涨了起来。但他最终还是控制住自己。

"好吧。我早就预料到了。但你拒绝的后果非常严重，我想再做最后一次尝试。也许，你认为是在拒绝一个逃亡者，一个看起来穷途末路的人。或许事实将改变你的想法，这个事实非常美妙神奇。就像我与你说的，想象不到的光明是从我黑暗的生活中升起的，沃尔斯基——国王的儿子被光明照耀……"

沃尔斯基谈论自己时喜欢用第三人称，维罗尼克很了解这点，那是他难以掩饰的虚荣心的表现。她看着他，从他的眼睛中看到了他兴奋时特有的光芒，这种目光是因为酗酒习惯带来的，另外，她好像还从这目光中看到了他短暂的神经错乱。事实上，他不是早就疯了吗？随着时间的推移是不是又加重了呢？他接着又谈论了起来，这一次维罗尼克认真听了：

"战争期间，我把一个人留在了这里，他忠实于我，我让他跟踪你父亲，继续我的监视工作。一个偶然的机会，我们发现了一个出口，它在荒原下面的山洞中。我最后一次从战场逃出来，就隐居到这儿，那是个安全的地方，通过截获信件，我了解到你父亲的一些发现，和他对撒勒克秘密的探索。我加强了对他的监视，尤其是随着事情越来越清晰，我发现了一些情况，它与我生活中的奇怪的巧合相联系。怀疑很快被消除，命运安排我到这里来，单枪匹马地完成一项必将成功的使命……这个使命只有我才有权力参与。知道吗？多少世纪以来，就注定是我沃尔斯基。沃尔斯基是上帝的选择。沃尔斯基最终将载入史册。沃尔斯基具备所需的一切品质，必不可少的方式和头衔。一切准备就绪，我毫不怀疑地遵照命运的指示行动。我义无反顾地上路了：光明的灯塔在路的尽头早已点燃。所以，我必将沿着预先开辟的道路走下去。今天，沃尔斯基只剩下摘取劳动的成果。沃尔斯基只需伸伸手就可以了。这只手的目标就是荣誉、财富和无限的权力。几个小时后，国王之子沃尔斯基就会成为世界之王。他将献给你的是王位。"

他表演得越来越像个喜剧演员了，夸大其词，故弄玄虚。他弯下腰对维罗尼克说：

"你想当王后吗？像沃尔斯基那样统治着男人的世界，你，高高的位于一切女人之上吗？就像你已经是美丽的王后那样，成为金钱和权力的王后，你愿意吗？你虽身为沃尔斯基的奴隶，但却是沃尔斯基统治之下所有人的主人，你愿意吗？你要放聪明些！对于你来说，不单单是做出个决定的问题，而是从两个决定中选择其一。你要明白，拒绝我是要付出惨重代价的。你就接受我献给你的王位吧，否则……"

他停顿了一下，然后斩钉截铁地说：

"否则就是上十字架。"

维罗尼克听后浑身发抖。她又听到了那个恐怖的词。现在她明白那个幕后杀手是谁了！

"十字架，"他又说了一遍，脸上浮现出得意的笑容，"由你选择，一种是享受人生的快乐和富贵荣华，一种是野蛮惩罚下的死亡之旅。选择吧！二者之间只能选择一种，没有别的办法。请注意，这并不是显示我的残酷和权威。不是，我就是一个执行工具而已。旨意高于我个人之上，它来自命运本身。为了执行神的意志，维罗尼克·戴日蒙必须死，而且是死在十字架上。这是确定无误的。人不能违背上帝。除了沃尔斯基，任何人都无计可施，因为任何人都没有沃尔斯基的果断和足智多谋。在枫丹白露的森林中，沃尔斯基既然能用一个假沃尔斯基替代他去死，既然也能够逃离少年时代注定死于朋友刀下的命运，那么他也就有足够的智慧去执行神的旨意，以及让他所爱的人逃离死亡的命运。前提是她必须服从。我把活的希望留给我的妻子，把死亡之神留给我的敌人。你是什么人？我的妻子，还是我的敌人？你选择一下吧，同我在一起生活，享尽人间的幸福和荣华……还是死亡？"

"死亡。"维罗尼克毫不犹豫地回答。

他立刻做出一个威胁性的动作。

"那不单单是死。而是酷刑。你选择什么？"

"酷刑。"

他又恶意地补充说：

"可你不是一个人！你好好想想，你还有儿子。你死了，他还活着。你一死，他就成了个孤儿。更糟糕的是，你死去把他留给我。我是他的父亲，我有一切权利。你选择哪个？"

"死。"她又重复了一遍。

"选择死，好。但如果是换成他死呢？假如我把你的弗朗索瓦带到这儿来，带到你跟前，假如我把刀架在他脖子上，我最后再问你一次，你选择什么？"

维罗尼克把眼睛闭上。她从未像现在这样悲痛过，沃尔斯基抓住了她的痛处。

她依然低声说：

"我愿意去死。"

沃尔斯基愤怒了，不再注意礼貌和礼节，用侮辱性的词语大骂起来：

"啊！你这个坏女人，居然这么恨我！一切，一切，你能忍受一切，包括你最爱的儿子的死，你也不肯妥协。身为母亲竟然会杀死儿子！你这样做，等于在亲手杀死你的儿子。你为了不顺从我，为了不把你的生命献给我，却宁可夺走他的生命。啊！真是深仇大恨啊！不，不，这不是真的，我不信你我之间有这么大的仇恨，仇恨是有限度的。一个像你这样的妈妈！不，不，这一定有原因……可能是另一种爱？不，维罗尼克是不会爱别人的。是这样吗？那么是渴望得到我的怜悯？我的软弱吗？噢！你并不懂我。沃尔斯基会变得软弱吗？沃尔斯基会大发慈悲吗？可你是看见我所做的一切的。我在履行可怕使命时，手软过吗？撒勒克不正如预言所说的那样遭受了劫难？船只不就沉没了吗？人不是个个都死了吗？阿尔希纳姐妹不也被钉到了老橡树树干上吗？我什么时候心软？我告诉你，当我是个孩子时，我的两只手就捏死过狗和小鸟，剥了活生生的山羊和家禽。啊！同情心？你知道我母亲是怎么形容我吗？'阿迪拉'，每当她有了神秘的灵感时，就在我的手掌上占卜未来，或使用塔罗纸牌占卜，'阿迪拉沃尔斯基，天祸也，你将成为神的工具，成为刀刃，匕首尖，枪弹，绳结。天祸！天祸！你的名字一笔一画刻在天书上。它在你诞生时的星宿里闪烁着。天祸！天祸！'而你指望我两眼泪汪汪吗？行了吧！刽子手是不会哭泣的！只有软弱的人才哭泣，害怕受到惩罚的人、罪有应得的人才会哭泣。而我，你们的祖宗我只怕一件事，那就是怕天塌了压着头。我没什么好怕的。我，我是上帝的同谋！芸芸众生中他选择了我。这是上帝对我的恩赐，日耳曼的上帝，德国的上帝，对于他来讲，有关他儿子的重大事情时，就不管好坏了。而我的心中只有罪恶，我喜欢恶，我愿意作恶。你死定了，维罗尼克，我看到你被钉在了十字架上，我会大笑的……"

他大笑了起来。开始踱来踱去，大步踏下去，在地板上发出咯咯的响声，他向上举起了手。

维罗尼克全身不停地颤抖起来，她从沃尔斯基充血的双眼知道，他疯狂了，他丧失了理智。

沃尔斯基向前走了几步，逼近了她，他克制住自己，用带有威胁的口气说：

"维罗尼克，跪下，乞求我的爱，唯有我的爱才能拯救你。我既不悲悯，也不惧怕。但我爱你，任何时候我的爱都不会退却。维罗尼克，珍惜吧，向过去呼救！像孩子似的恢复到以前的温顺吧，有一天或许我会来向你下跪。维罗尼克，不要抛弃我……像我这样的男人你不应该抛弃的……不要让爱你的人落空……我深爱着你，维罗尼克，我多么爱你……"

她差点叫了出来。她裸露的胳膊被那双可恶的手抓着。她想挣脱沃尔斯基，可是他却用力地抓着不放，沃尔斯基喘着气叫嚷道：

"不要抛弃我……这很荒唐……是发疯……你知道，我是无所不能的……怎么样？十字架，那是可怕的……你的儿子即将死在你面前……你愿意吗？接受不可避免的事情……我就会救你……沃尔斯基会让你过上世界上最美的生活……啊！你这样地恨我！可是，好吧，我接受你的恨……我爱你的恨……我爱你蔑视我的嘴唇……这比你主动送上嘴唇更爱……"

他不说话了。他们之间正进行着不可调和的斗争。维罗尼克的手被抓得死死的，她想挣脱掉可是没用。她软弱无力，注定是要失败的。她的双腿摇摇晃晃的。她的面前，沃尔斯基那双充血的眼睛死死地盯着她，她能感觉到恶魔呼出的气息。她被吓坏了，朝着沃尔斯基狠狠地咬了一口，慌乱之时，她挣脱了出来，向后退了一步，连忙掏出手枪，朝沃尔斯基的方向连射几枪。在沃尔斯基的耳边两颗子弹呼啸而过，他身后的墙土被子弹打得四处飞扬。因为射击太快，没有击中。

"啊！你这可恶的女人！"他喊道，"差点我就被你打死了。"

他走向维罗尼克一下就把她抱住，用一个不可抗拒的动作，把维罗尼克扔到了长沙发上。然后掏出一根绳子，把她捆得牢牢的。接下来，是短暂的缓和与沉默。沃尔斯基把额头上的汗擦去，喝光了一大杯酒。

"这样很好吧，"他一边说，一边把脚端在了她身上，"这样很好，是吧？各居各位，美人儿，你这样像个猎物似的被捆住，我站着，就可以随意蹂躏你了。哦，我现在可不是闹着玩呢，你该知道我是认真的了。哦！别怕，你这个坏女人，沃尔斯基可不是那种随便欺骗女人的男人。噢，不，那是在玩火，会断送了我的情欲。我不会那么愚蠢！怎样才能让我以后忘掉你呢？那就是让你死掉。只有这样才能让我忘却和得到平静。既然我们说好了，那一切就都好办。我们达成了一致意见，是吗？你愿意死，对吗？"

"是的，"她坚定地说。

"你愿意让你儿子死吗？"

"是的，"她说。

他搓着手。

"好，我们达成协议了，现在说正经事，说话算数，以为我之前说的都是废话，是吧？你所看到的撒勒克岛冒险行动的前面部分，都仅仅只是孩子的游戏而已。现在好戏开始了，因为你把全身心都已投入进来，这可是最可怕的，你美丽的双眼曾经哭泣过，但那不是我要求的眼泪。可怜的美人儿。你愿意吗？我再重复一遍，沃尔斯基不是残忍无情的。他只是服从，而你是命运不济。你的眼泪？有什么用！你必须比别人多哭千倍才行。你死吗？废话！但在你死之前，得让你千万次地死去活来。你可怜的心流的血，要远远超过世界上最可怜的女人和母亲流淌的血。你准备好了吗，维罗尼克？你将要听到的是真正残酷的话，而且会一句比一句残酷。啊！命运对你不公，我的美人儿……"

第二杯酒，又一饮而尽，接着他背对着维罗尼克坐下，低下头小声地说道：

"亲爱的，听好，我要向你做一次小小的忏悔。在你之前，我结过婚……哦！不要生气！对于一个妻子来说，有比重婚更大的灾难，对于一个丈夫来说，有比重婚更大的罪孽。那就是在第一次婚姻，我就有了一个儿子……你见过他，在地道里你和他说过几句客套话……我们私下说，那真是个无赖，这个优秀的雷诺尔德，是个彻头彻尾的坏东西，从他身上我看到了我的影子，那是最优良的天性和品质得到了最大限度地继承。他就是第二个沃尔斯基，青出于蓝而胜于蓝，我有时都有点惧怕他。真是个该死的恶魔！我和他差不多大时——十五岁多点——与他相比真是个天使。然而，这个家伙注定要和我的另一个儿子——我们亲爱的弗朗索瓦，进行较量。我承认，这是命运再次的捉弄，我是一个具有真知灼见、对事物的洞察细致入微的评论家。当然，这不是一场持久的普通的斗争。相反……它是激烈的、短暂的、具有决定性的战斗，比如说是决斗。对，就是一场决斗，你清楚，这是一场严肃的战斗……绝不只是以抓破皮肉而结束的……不，不是的，是一场，简单地说是一场生死决斗，最后只剩一方留在战场上，有胜者就有败者，简单地说，就是有活着的，也要有死去的。"

维罗尼克把头略微转了一下，她看到他在笑。她从未像现在这样感到他在发疯，他想到他的两个儿子间进行生死的搏斗，居然还在笑。这太荒谬了，这倒让维罗尼克并不感到痛苦了。这超出了人所能承受的痛苦极限。

"还有更妙的，维罗尼克，"他一字一句，清清楚楚地说，"……还有比这更妙的……对，命运又设计了一幅精彩画面，我对此也很反感，但我必须要像忠实的奴仆那样去执行。它允许你去观赏这场决斗……肯定地，你——弗朗索瓦的妈妈，一定要去看这场决斗。说实话，我想命运会不会在残酷的形式下，通过我降福给你呢，你同意吗？而我将亲自把这求之不得，甚至不公平的恩惠赐福给你，因为，雷诺尔德比弗朗索瓦要更强健，更训练有素，按道理说，弗朗索瓦肯定会被杀死。假如让他知道，他搏斗时有他母亲在场的话，将增添他多少勇气和力量啊！他会像勇士那样，为了胜利努力地去拼搏。儿子获得胜利能拯救母亲……至少他是这么认为的！事实上，好处很多！你还可能感激我呢，维罗尼克，如果这场决斗——我敢确定——如果不让你心跳加快的话……除非我不把这个狠毒的计划进行到底……啊！到时，我那可怜的乖乖……"

沃尔斯基一把抓起她，让她站在他面前，脸对着脸愤怒地说：

"如何，还不妥协吗？"

"不！不！"她喊道。

"你永远不妥协吗？"

"永远！永远！永远！"她愈来愈用力地喊道。

"你对我的恨胜过一切吗？"

"是的，我对你的恨超过对儿子的爱。"

"你说谎！你说谎！"他咬牙切齿地说，"你说谎！你的儿子才是高于一切的……"

"我对你的恨超越一切！"

这时维罗尼克的反抗和愤怒全暴发了出来，她不再顾及他会如何对她，她冲着他喊道：

"我恨你！我恨你！就让我眼睁睁地看着我儿子死去吧！让我看着他断气吧！我宁愿承受一切，也不要看到你的存在。我恨你！你杀了我父亲！你是一个狠毒的凶手……一个野蛮愚蠢的疯子、犯罪狂……我恨你！"

他用力地把她拖到窗前的地上，有些结巴地说道：

"跪下！跪下！惩罚开始了。你尽管嘲笑吧，你这个坏女人。好，等着瞧吧！"

沃尔斯基让维罗尼克跪下后，又把她推到墙边。把窗户打开，脖子和胳膊被他用绳子捆住，然后又把她的头固定在窗框上，最后又用头巾堵住了她的嘴。

"现在请看，"他喊道，"……就要拉开帷幕了！小弗朗索瓦即将登台！啊！你恨我！啊！你宁可去爱地狱，却不要我沃尔斯基的一个吻！好！亲爱的，你即将品尝到地狱的滋味。我给你讲个小故事，是我杜撰的，但不俗气。接下来，你知道，现在没有任何办法了，事情已到了无可挽回的地步。即使你再求我，要求宽恕，都没用了……一切都晚了！决斗，然后上十字架。看，那是布告。祈祷吧，维罗尼克，乞求上帝吧！呼救吧，即使它捉弄了你。我懂得，你的孩子在等待一个大救星、一个职业演员，冒险的堂吉诃德。让这个人来吧！沃尔斯基会给予礼貌地接待。让他来吧！这样更好玩，更刺激。让神明亲自来参加，让他们保护你！我不在乎。这不关他们的事，是我与维罗尼克的事。这也不是撒勒克问题，大秘密的问题、财宝问题，及有关天主宝石秘密的事！这是我的事！你唾弃沃尔斯基，沃尔斯基要复仇。他要复仇！现在最美妙的时刻到了，多令人惬意！像他人行善那样心地坦荡地作恶！作恶！枪杀、暴力、拷打、杀害、蹂躏！啊！施暴的享受，这就是沃尔斯基！"

沃尔斯基在房间中捶胸顿足，大声地拍打着桌椅。那双眼睛惊慌地四处搜寻着。他想立刻开始毁灭性的行动，去扼杀一个猎物，使他那双嗜杀成性的手有事可做，以便执行他那疯狂的指令。

突然，他掏出手枪，疯狂地对着镜子开起枪，把画框和窗玻璃都打坏了。

然后就是手舞足蹈，这个场景，令人不禁毛骨悚然；他打开门叫嚷着走出去：

"沃尔斯基要复仇！沃尔斯基要复仇！"

二、哥尔戈达山

时间过去了二三十分钟，维罗尼克还是一个人在房间里。绳索绑得太紧陷进了皮肉，她的额头也被窗框划破了。嘴被堵得出不来气，两条腿弯曲着，跪在那儿支撑起全身的重量。这种令人难以忍受的姿势，把她折磨得要命……但是，她之所以能忍受，很明显是因为她失去了知觉。肉体上的疼痛超越了她的意识，精神上承受的痛苦太多了，令她对肉体的这种感觉早已麻木了。

她不再想什么。偶尔会说一句："我要死了。"她已感觉到了冥冥之中的那种安宁，就像在暴风雨来临之前，人们体会到避风港的宁静。从此时起到她完全解脱之前，肯定还要忍受一些暴力。但她的大脑早已不再思考这些，就是儿子的生死在她心中也只是一闪而过，很快就消失了。

事实上，尽管她的意识已不那么清醒，但她还是希望有奇迹出现。这种奇迹会在沃尔斯基身上出现吗？虽然不指望恶魔幡然悔悟，但面对这种弥天大罪，他会不会有所触动呢？父亲是不该杀儿子的，除非他有该死的理由；可是，沃尔斯基没理由去杀死一个无罪、善良的孩子。他的仇怨是人为的。希望奇迹出现的渴望，安抚着她那颗早已麻木的心灵。房子中又响起了各种声响：辩论的声音、急促的脚步声，等等。在维罗尼克看来，好像不是在为已宣布的事情做准备，而是为毁灭沃尔斯基的魔鬼计划这一奇迹发信号。她想起亲爱的弗朗索瓦说过的，什么都不可能把他们分开，即使在绝望时，也必须要保持信心！

"我的弗朗索瓦，"她反复地说，"我的弗朗索瓦，你不会死的，我们还会再相见的……你答应过妈妈的。"

外面大橡树上的天空，乌云滚滚。在她面前，同样是她父亲出现过的这个窗户外面，她与奥诺丽娜来的那天，穿过草坪的那片地方，出现了一块新沙地，是刚平整过的，就像竞技场一样。她儿子会不会要在那里与人决斗呢？她突然有了这个预感，心马上紧缩了起来。

"原谅我，亲爱的弗朗索瓦，"她说，"原谅我……所有一切都是对我以前所犯错误的惩罚……这是救赎……儿子替母亲救赎……原谅我……原谅我……"

这时，楼下的一扇门打开了，传来了说话声，她听出其中沃尔斯基的声音。

"那么，"他说，"就这么定吧，我们各领一边，我从右边，你们两个从左边。你们领这个孩子，我领另一个，我们决斗场上见。你们充当第一个孩子的证人，我是第二个孩子的证人，一切都合乎规则。"

维罗尼克把双眼闭上，因为她不愿看到自己的儿子受虐待，像个奴隶那样被带上决斗场。她听到了人们走过两边草坪的脚步声。恶魔沃尔斯基大声笑着，队伍绕场站在了两边。

"别再靠近了，"沃尔斯基大声嚷道。

"两个对手各就各位，都停在那儿。好。别再说话，听到了吗？谁再说，我打死谁，决不留情。准备好了吗？往前走！"

可怕的决斗开始了。按沃尔斯基的安排，在母亲面前决斗，儿子当着她的面决斗。她怎能不看呢？于是，她睁开了双眼。她看到他们两个扭打在一起，然后又互相推开。可她对这个场景并没立刻明白过来，至少她不懂得确切的含义。她看着两个孩子，究竟哪个是弗朗索瓦，哪个是雷诺尔德？

"啊！"她喃喃地说道，"那个很凶狠……不，我弄错了……不可能……"

她没搞错。两个孩子穿着同样的衣服，丝绒短裤一样，白法兰绒衬衣一样，皮腰带也一样。头上都蒙上红色的丝巾，像风帽一样，只有眼睛的部位留着两个孔。

弗朗索瓦是哪个？雷诺尔德又是哪一个？这时，她想起了沃尔斯基的威胁，莫名其妙的威胁。称作完全执行他所制定的计划，这也就是他提到的那个小故事中的情节。不单单是儿子当着母亲的面决斗，她根本就不知道哪一个是她的儿子。真是个狠毒的策划！正像沃尔斯基讲的那样，再也没有什么比这令她更痛苦的了。

实际上，她所一直企盼的奇迹就在她身上，就在她赋予儿子的爱中，她的儿子在她面前决斗，她相信儿子不会死。她保护着他免遭敌人的袭击和暗算。她将使他不被匕首刺中，并使儿子逃过死亡。她赋予他坚强不屈的毅力，进攻的意志，无穷无尽的力量，计算并把握好时机的才能。但是现在两个人都蒙着头，那该向哪个施加影响呢？为谁祈祷？又该反对哪个呢？

这一切她都不知道。没有可供她辨认的任何标记。其中一个高一点、瘦一点但更敏捷一些，他会是弗朗索瓦吗？另一个则有些矮胖，强壮一些，但却笨拙一些。那这个是雷诺尔德吗？她不敢判断。只要他露出一点脸，或是看到一个瞬间表情，她就能看明真相。可是她如何能穿越面具呢？

决斗在进行着，这对她来说，比要看到她儿子的脸孔更加可怕。

"好！"沃尔斯基嚷道，他为一次进攻叫好。他欣赏着这场决斗，装出很公平的样子评论着两人的一招一式，但却希望占优势者获胜。但他要判处死刑的是他另一个儿子。

他对面站着的两个家伙，样子粗野，大鼻子上都架着眼镜，全是秃顶，一个特别瘦，另一个也很瘦，但肚子却特别大。这两人没有鼓掌，他们用一种毫不关心的态度在一旁看着，可能是对强加给他们的这份差事不太满意。

"好！"沃尔斯基称赞道，"反击得很好！你们都是棒小伙，勋章该颁发给谁呢？"

他围着两个对手东奔西跑，用嘶哑的嗓子喊着加油，维罗尼克回忆起他过去在酒精作用下的一些事情。这个不幸的女人，用尽浑身的力气用她被捆绑的手向他示意：

"行行好！行行好！我受不了啦……可怜可怜我吧！"

这种刑罚不能再继续了。她的心腾腾地跳着，身体也颤抖起来，她几乎晕过去了。这时一件事把她唤醒了。两个孩子中的一个，在猛地一击后向后一跳，快速地包扎起流血的右腕。维罗尼克从这个孩子手中，看到了弗朗索瓦用的蓝条小手帕。她确定无疑，这个又瘦又敏捷的孩子比另一个气质高贵，有风度，也举止更和谐。

"是弗朗索瓦……"她喃喃地说，"……是的，是的，是他……是你吗，我的乖孩子？我认出你了……那一个粗俗而笨拙……是你，我的孩子……啊！我的弗朗索瓦……我亲爱的弗朗索瓦！"

的确，假如说两个人势均力敌的话，那这个孩子就在努力使自己不变得如此野蛮和疯狂。准确地说，他只是尽量去刺伤对方，攻击只是为了保全自己免遭死亡。维罗尼克心急如焚，她轻声地念叨着，似乎是在说给他听。

"不要对他宽容，我的孩子！他也是一个魔鬼……啊！我的宝贝，你如果仁慈，你会死的。弗朗索瓦，弗朗索瓦，小心！"

刀光在那个孩子的头上闪烁着，她被堵住的嘴嚷叫着想要提醒他。弗朗索瓦躲避了这一击，她相信她的叫声他一定听见了，于是继续本能地喊叫着，给他出主意。

"休息一下……喘口气……尤其要看住他……他在准备了……就要向你发起攻击了……他过来了！啊！我的孩子，你的脖子差点被他刺中。当心啊，宝贝，他是个狠毒的家伙……他会使用各种诡计……"

可怜的母亲尽管不愿承认，可她还是感到那个被她视为儿子的孩子已经有些乏力了。有些招数已经没有抵抗力，而另外那个孩子却显得激烈而有力量。弗朗索瓦向后退，退到了赛场边上。

"嗨！小家伙，"沃尔斯基讥笑道，"你是想逃走吗？用力呀，见鬼！腿要站稳……记住我们的条件。"

孩子重新振作向对方冲过去，另一个孩子退却了。沃尔斯基拍着手。而维罗尼克却低声地说：

"他这是在为我玩命。恶魔对他说过，'你掌握着你母亲的命运。如果你获胜，她就能活。'他发誓要取胜。他知道我一定在看着他。他在听我说话。我亲爱的孩子，我为你祈祷。"

决斗进入了最后时刻。维罗尼克颤抖着，她因为恐惧、担心、激动而筋疲力尽了。她的儿子一次次败下阵来，又一次次冲上去。有一次两人扭打在一起，弗朗索瓦失去了平衡，仰面倒在地上，右胳膊被压在身子下面。对手立刻扑上来，用膝盖压住他的胸膛，举起手中闪着寒光的匕首。

"救命！救命！"维罗尼克几乎窒息了。她不顾皮肉被绳子勒的疼痛，用墙支撑起身子。窗框划破了额头，她感到自己就要死掉了，随着儿子的死去而死去！沃尔斯基这时走过，站在决斗者身旁一动不动，一张冷酷的脸。二十秒钟……三十秒钟过去了。弗朗索瓦用左手挡住对手。但对方的胳膊越逼越近了，刀尖距离脖子只有几公分了。

这时，沃尔斯基弯下腰。站在了雷诺尔德身后，两个孩子都看不到他，他聚精会神地看着他们，似乎他早就打算好要在这种情况下干预似的。那他究竟会帮谁？他会帮弗朗索瓦吗？

维罗尼克的呼吸似乎停止了，眼睛睁得大大的死盯着，就像她也面临着生死关头。刀尖已触到脖子，也许划破了些皮肤，但仅仅是刚刺着的程度，弗朗索瓦又用力顶住了。沃尔斯基把腰弯得更低了，这场肉搏战被他遥控着，他不眨眼睛地盯着看。

突然，他从口袋里掏出一把小刀，打开后等待着。几秒钟后，匕首又向下压去，此时，他向着雷诺尔德肩膀狠刺了一刀。

雷诺尔德因为疼痛大叫一声后，松开了手，弗朗索瓦这时重获自由，靠挣脱出来的右手站了起来，他发起了进攻，他没看到沃尔斯基，更不清楚刚发生了什么，逃脱死亡的他，拼尽全身力气冲过去，怀着对敌人的仇恨，朝雷诺尔德脸的方向猛刺过去。雷诺尔德重重地倒下了。这一切也就十秒钟的事，这个戏剧性的变化却出乎人的意料，维罗尼克因此不知如何是好，不知该不该高兴。她以为死去的是弗朗索瓦，而且是沃尔斯基杀死了他，她晕了过去，没有了知觉。

时间慢慢地过去，维罗尼克也渐渐地恢复了知觉。她听到了四声钟响。她说：

"弗朗索瓦死了两小时了，死的肯定是他……"

她不怀疑决斗的结果。沃尔斯基决不会让弗朗索瓦获胜，而让雷诺尔德死去。所以她刚才的祈福肯定不利于她不幸的孩子，她是在为恶魔做祈祷！

"弗朗索瓦死了，"她不断地念叨着，"沃尔斯基杀死了他……"

这时，门开了，是沃尔斯基的声音。

他走进来，步子有些踉跄。

"亲爱的夫人，很抱歉，我想沃尔斯基肯定是睡着了。维罗尼克，这是你爸爸的错误！在他的酒窖里藏有一瓶苏密尔酒，这该死的苏密尔酒被孔拉和奥托找到了，我被弄得醉醺醺的。不要哭了，我们要挽回时间……一定要在半夜解决。那么……"

他靠近了一些，大声说：

"啊！混蛋沃尔斯基居然把你捆在这儿？沃尔斯基真是野蛮！你肯定不舒服吧！天呀，看你苍白的脸色！说话呀，你没有死吧？这可不是闹着玩的！"

沃尔斯基抓起维罗尼克的手，她拼命地挣脱掉。

"好！现在你还仇恨微不足道的沃尔斯基。那么，会有办法的，你这是要和我顽抗到底了。"

他仔细地听着。

"干吗？谁叫我？是奥托？进来吧。奥托，有事吗？我刚才睡着了，该死的苏密尔酒……"

他的一个同伙跑了进来，那个大腹便便的家伙就是奥托。

"有新情况吗？"他问道，"对，刚在岛上我看到一个人。"

沃尔斯基听了大笑起来：

"奥托，你也喝醉了？该死的苏密尔酒……"

"我没醉……我看见……孔拉也看见了。"

"哦！哦！"沃尔斯基表情严肃地说，"你和孔拉在一起啦！那你们都看到了什么？"

"一个白色人影，看见我们后，就藏起来了。"

"哪儿？"

"村子和荒野之间的那个小栗树林中。"

"在岛的那边吗？"

"是。"

"很好，我们要小心一些。"

"怎么小心？他们也许有很多人……"

"他们即使有十个人也没什么好怕的，孔拉在哪儿？"

"在我们新修的天桥那儿。他守着呢。"

"孔拉很机灵，桥被毁掉，我们被阻隔在岛那边，天桥如果再烧了，还会造成障碍。维罗尼克，我想一定是有人来救你了……你所企盼的奇迹……希望的救助……可是太晚了，美人儿。"

他解开绑在窗框上的绳子，把她抱到沙发上，取出堵在嘴里的东西。

"你休息吧，尽情地睡吧。到哥尔戈达山的路只走了一半，上山的路会很艰难。"

沃尔斯基说着玩笑走开了。维罗尼克听到他同两个同伙的谈话，知道这二人是配角，对此事一无所知。

"这个被虐待的坏女人到底是谁？"奥托问。

"和你无关。"

"但是，我和孔拉总该有些了解吧。"

"为什么？"

"为了知道实情。"

"你们两个是白痴，"沃尔斯基答道，"我把你俩带出来，给我当差的时候，就已经把我的计划尽可能地和你们说了。你们同意了我的条件，你们就必须跟我进行到底……"

"否则？"

"否则，留神后果！我讨厌耍赖的人……"

几个小时过后。现在，在维罗尼克看来，那种她所希望的结果是不能避免的。奥托所讲的那种救援她并不希望出现。她甚至连想都不想了。她的儿子死了，她现在的愿望就是赶快和他团聚，即使是受最恐惧的刑罚。况且，这种刑罚有什么了不起呢？受刑的人，体力有限，她已经达到体能的极限了，那她的死也不会拖太久了。

她开始祈祷。脑海中浮现出了过去的各种记忆，她觉得以前的种种错误才铸成了今天的不幸。

她祈祷着，筋疲力尽，感觉身体透支得厉害，她对什么都不感兴趣，最后竟昏然睡去了。

沃尔斯基回来时她还没醒，他把她叫醒。

"孩子，到时间了。祈祷吧。"他把声音压得很低，怕他的同伙听到，沃尔斯基贴着她的耳朵把从前的一些事讲述了一遍，都是些无任何意义的事，语气中还带有极力讨好的味道。最后，他大声说：

"现在天还太亮。奥托，你去厨房找些吃的来，我饿了。"

他们吃了起来，但是不一会儿，沃尔斯基站起来说：

"孩子，别这样看着我。你的眼睛让我不自在。你说对吗？我一个人时并不很敏感，可是当你那双美丽的、具有穿透力的眼睛看我的时候，我就十分敏感，把你的眼睛闭上，我的美人儿。"

他把维罗尼克的眼睛用一块手帕蒙起来，在脑后打了个结。可还不行，他又把窗户上的窗帘拿下来，把她的头和脖子一起包了起来。然后坐下继续吃喝。他们三人不再说话，有关岛上的行动和决斗的事只字未提。况且维罗尼克对那些事情早已没有了兴趣，即使听到了，也绝不会再激动。一切与她都不再有联系。即使听到只言片语，也毫无意义。她只想死。夜幕降临时，沃尔斯基下令出发。

"你决定了吗？"奥托语气里带着敌意地问道。

"早决定了。你为何这么问？"

"不为什么……但是，无论如何……"

"无论如何什么？"

"好，那就直说吧，我们对这件事只有一半的兴趣。"

"不可以！我说先生，你才知道啊，先前不是开着玩笑就把阿尔希纳姐妹吊起来了吗！"

"那是因为我喝醉了。我们被你灌醉了。"

"那你就再醉一次吧，伙计。喏，这是白兰地。把你的酒壶盛满，让我们安静些……架子弄好了吗，孔拉？"

他又转向维罗尼克。

"亲爱的，我要好好照顾你，这是你儿子玩过的两个高跷，用它捆起来……很舒适的……"

八点半时，这个多灾多难的队伍就出发了。沃尔斯基手中举着灯走在最前方。两个同伙抬着架子。下午，乌云密集起来，又浓又黑，在小岛的上空翻滚着。天很快黑了下来。狂风呼啸着，烛光在灯里被风吹得忽闪忽闪地跳动着。

"哎呀，"沃尔斯基低声说道，"凄惨呀……这真是在攀登哥尔戈达山之夜。"

一个黑乎乎的东西突然窜到他身旁，他被吓了一大跳，赶紧闪到一旁。

"什么东西？哦，原来是一只狗……"

"是那个孩子的狗。"奥托说。

"啊！对，是那个有名的'杜瓦边'，这个畜生来得正好。等会儿吧，该死的畜生。"

他踢了"杜瓦边"一脚，它闪开了，没有被踢中，狗叫了几声，继续跟着这些人向前走。

路十分难走，绕过草坪，仙女石桌坟方向的小路却看不到了，他们中总有人走偏路，常被常春藤和荆棘绊倒。

"停！"沃尔斯基说道。

"歇一歇，奥托，把酒壶给我，我的心好激动。"他喝了几大口。

"奥托，你喝吧，你不喝？为什么？"

"我看见岛上的人了，他们一定在找我们。"

"让他们找吧！"

"假如他们是坐船来的，一定从悬崖上的那条路走，今早晨这个女人和孩子就想从那儿逃走，被我们发现了，是吧？"

"我们真正怕的是从陆地上进攻，而不是海上。那座桥既然被烧了，就没有通道了。"

"黑色荒原下地道的洞口如果被他们发现了，沿着地道来到这里，怎么办呢？"

"他们会发现这个洞口吗？"

"不知道。"

"嗯，假如被他们发现了，当时我们不是把洞口堵死了吗，并毁掉了梯子，把里面都弄得乱七八糟了吗？即使他们打开那个洞，也要花很长时间。我们半夜就能干完，不用等到天明，我们就离开撒勒克了。"

"很快这就结束了，在我们的良心上又多了一个罪恶。可是……"

"可是什么？"

"财宝呢？"

"哦！财宝，被遗忘的字眼，原来是它把你搞得心神不安，是不是？强盗。好，你放心，正如在你口袋中已装好了你那份儿一样。"

"你说的是真的吗？"

"当然！你以为我在这儿，干这些肮脏的事心里就舒服吗？"

他们继续前进。一刻钟后，下起了雨，还有雷声。但暴风雨好像还很远。他们艰难地攀登着崎岖不平的山路，沃尔斯基有时还要拉同伙一把。

"终于到了，"他说，"奥托，把酒壶给我……好……谢谢……"

维罗尼克被他们放到了被砍去树枝的橡树底下。一束光照到了上面的字：V．d'H。沃尔斯基拿起早就准备好的一根绳子，把梯子靠在树干上。

"像对待阿尔希纳姐妹那样做，"他说，"我把绳子缠到粗树枝上去，用来当滑轮。"

突然，他停止了说话，向一旁闪去，因为这时发生了一件意想不到的事。他喃喃地说：

"那是什么？怎么啦？你们听到嗖的一声响了吗？"

"听见了，"孔拉说，"从我的耳旁飞过的。好像扔过来一个东西。"

"你疯了？"

"我也听到了，"奥托说，"好像有东西砸到树上了。"

"哪棵树？"

"肯定是这棵橡树！似乎有人向我们射击。"

"不是枪声。"

"那就是石头，一块石头砸到树上了。"

"这很容易搞清楚。"沃尔斯基说。

他用灯一照，就大骂了起来：

"见鬼！看……在名字下面……"

他们顺着他手指的方向看去，是一支箭，箭尾还在颤动着。

"一支箭！"孔拉喊道，"不可能啊？一支箭！"

奥托咕哝道：

"完蛋了，有人向我们射击。"

"射箭的地方离我们不远，"沃尔斯基察看着，"睁大眼睛……现在找找……"

他用灯向黑暗处照了照。

"停，"孔拉着急地说，"靠右边一点……看见了吗？"

"嗯……嗯……看到了。"

离他们大约四十步的距离，橡树干被雷击过的地方，靠近鲜花盛开的骷髅地方向，他们看到了一团白色的东西，似乎是一个晃动的人影。他们这样认为，于是立刻躲进了灌木丛中。

"别讲话，别动，"沃尔斯基喝道，"不要让他发现我们知道他来了。孔拉，你跟着我。奥托，你留下，握紧枪，看好了。假如有人来抢她，你就开两枪，我们会立刻跑回来的，明白吗？"

"明白。"

他朝维罗尼克弯下腰，给她松了松头巾。她的眼睛和嘴仍被蒙着。她这时呼吸困难，心跳得很弱、很慢。

"时间来得及，"他轻声地说，"但要让她按照预定方式死去，还得要抓紧时间。她似乎不感到痛了……她丧失知觉了……"

沃尔斯基把灯笼放下，领着孔拉悄悄地走了，两人走在最黑暗的地方，朝着白影子移动。

但是，很快沃尔斯基发现，一方面，这个影子看起来没动，可是似乎与他们又同时移动着，使二者间的距离保持不变；另一方面，一个小黑影跟在白影子旁边跳动着。

"是那只讨厌的狗！"沃尔斯基骂道。

他加快了脚步，但并未缩短距离。他跑，影子也跑。最奇怪的是，这个影子跑起来，脚底下的树叶和泥土都不曾发出任何声响。

"见鬼！"沃尔斯基咒骂道，"他在捉弄我们。孔拉，我们朝他开枪吧？"

"距离太远，子弹根本打不到他。"

"但是，我们不能老这样……"

他们被这个影子领到岬角，又下到地道口，来到隐修院附近，顺着西边悬崖又走到正冒着黑烟的天桥边。然后又转了回来，到了房子的另一边，踏上草坪。狗这时发出了欢快的叫声。沃尔斯基非常愤怒，无论他们怎样追赶，就是追不上。这样追了大概一刻钟的时间，沃尔斯基大骂了起来：

"不是孬种的话，就给我站住！你想干什么？想让我上你的当？为什么？噢，你是想救那女人？晚了，她不行了，你也不必费神了。你这个混蛋，我一定会捉住你的！"

突然，孔拉拉他的衣服。

"怎么啦，孔拉？"

"你看，他不动弹了。"

果然，黑暗中那个白影子变得越来越清晰，透过树丛看到，那影子张开了胳膊，弯下腰，两腿弯曲，好像趴到了地上。

"他也许摔倒了。"孔拉说。

沃尔斯基一边走上前，一边喊道：

"想让我开枪吗？你这个无赖，我的枪早瞄准了。举起手来，否则我真的开枪了。"

然而，一点动静都没有。

"你真是活该！你如果顽抗到底，你就完蛋了。我数三下，就开枪。"

他走到距离影子二十米远的地方，胳膊高举着，数着数：

"一……二……准备好了吗，孔拉？快射击！"然后连开了两枪。

接着，听到了一声痛苦的叫声。那影子仿佛倒了下去。两人向他跑过去。

"你这个无赖，你完蛋了！沃尔斯基不是好惹的！啊！混蛋，让我追得好辛苦！我要和你算账。"

与那人有几步远的距离时，沃尔斯基把脚步放慢了，因为怕遭到伏击。那个陌生人没有动，沃尔斯基上前从近处看了看，那人看上去一点活气都没有，身体也变了形，就像是具尸体。于是沃尔斯基跳到了他身上。他这么做着，还一边开着玩笑：

"这次围猎战绩不小，孔拉，收拾猎物。"

但是，忽然他大惊失色了，因为手里抓住的根本不是什么猎物，而是一件衣服，衣服下什么也没有，陌生人把衣服挂在了树丛上，趁机逃跑了。那只狗也没有了。

"见鬼，真是活见鬼！"沃尔斯基骂道，"他耍我们，浑蛋！他妈的，为什么呀？"

他气急败坏地发起了脾气，双脚践踏着衣服。这时他脑海中闪过了一个念头。

"究竟是为什么？他妈的，就像我说过的是一个陷阱、一个阴谋，调虎离山计，这样他的同伙好去袭击奥托。呀！我真傻！"

黑暗中他们又上路了，当沃尔斯基看见石桌坟时，大喊道：

"奥托！奥托！"

"站住！谁？"奥托慌张地问。

"是我……见鬼，不要开枪！"

"谁？你？"

"喂！是的，是我，笨蛋。"

"是你刚才打了两枪吗？"

"弄错了……一会儿告诉你……"

他走到橡树底下，拿起灯笼照着维罗尼克看。她没动，静静地躺在那儿，头上还裹着布。

"啊！"他说，"我先歇口气。活见鬼了，真是吓人！"

"你怕什么？"

"怕她被人抢走！"

"不是有我在这儿吗？"

"你比别人勇敢不了多少……一旦有人攻击你……"

"我会开枪的，你们就听到信号了。"

"谁知道！好在没出事！"

"没什么事。"

"那女人闹了吗？"

"开始有点闹，她不停地呻吟，把我烦死了。"

"后来呢？"

"后来……她就没怎么闹……我一拳把她打晕了。"

"啊！你这畜生！"沃尔斯基嚷道，"如果她被你打死，那你也得死。"

他赶紧蹲下去，把耳朵贴到那可怜女人的胸口上。

"没死，"他听了一会儿说道，"心脏还在跳……但也许持续不了多长时间了。干吧，伙计们，十分钟内结束。"

三、主啊，主啊，你为什么要把我抛弃？

准备时间不长，沃尔斯基也参与到其中。他把梯子靠在树干上，用绳子的一头绑住维罗尼克的身体，另一头搭在上面的树枝上，然后爬到了梯子的最上面一级，向他的同伙命令道：

"站好，你们只需要拉绳子，先让她立起来，另一个人扶住她保持平衡。"

他等了一下。奥托和孔拉在下面小声交谈着。

他又喊道：

"你们两个能快些吗？准备好了吗？如果这时有人用子弹和箭射击我，我就成了一个好靶子了。"

奥托和孔拉没有回答。

"喂！她早就僵了，又怎么啦？你们俩在干吗？"他跳到地上，训斥着他们。

"真是开玩笑。这样干下去，明天早晨也完不了……一切都要耽搁了。你们怎么不说话呀，奥托？"他拿起灯照着奥托的脸。

"喂，怎么了？想不干了吗？说话呀！孔拉呢？你们这是在罢工吗？"

奥托摇了摇头。

"说罢工，有些过分。但有些事我和孔拉要和你讲清楚。"

"讲什么？哪方面的？是有关这个该死的女人吗，还是那两个孩子？没有任何必要，朋友们。我雇你们是来做事的，而且我们说好了，'你们只需要闭着眼睛干，要做的事很难，会流很多血。但是事情干完后会有一笔丰厚的报酬。'"

"问题的重点就在这里。"奥托说。

"说具体点，蠢货。"

"这应该由你来说，我们的协议内容是什么来着？"

139

"你比我更清楚。"

"我为了让你记得，才请你重复的。"

"我的记性非常好，财宝只属于我，我会从我的财宝中给你们拿出二十万法郎的。"

"是这样，也不是这样。我们以后再说这事。先谈一谈财宝的问题。这段日子我们非常疲惫，累得筋疲力尽，干着各种罪恶勾当，每天都生活在血腥和噩梦中……可到最后，一无所得！"

沃尔斯基把肩膀耸了耸。

"可怜的奥托，你越来越蠢了。你知道，前提是必须做很多事。现在基本都完成了，就剩下一件事。这件事完成了，财宝就属于我们了。"

"我们能知道什么？"

"你认为我没有信心会去干这些事吗？这一切都是不可改变的，都是按照早已定好的次序进行的。最后一件事，也将在预定的时间完成，然后大门就将为我敞开。"

"是地狱之门吧，"奥托讥笑道，"马格诺克是这样称呼它的，我听到过。"

"不管如何称呼它，但它的门为我的财宝而开。"

"也许是吧，"奥托说，"就算你沃尔斯基有十足的把握，我也希望你是对的。可是谁能保证我们能得到自己的那一份呢？"

"你们一定会得到你们那份的，道理很简单，财宝的所有者已经有那么一大笔财富，何必为了区区二十万法郎的小钱而自寻烦恼呢？"

"这么说，我们得到你的承诺了？"

"当然。"

"你的承诺与我们定的协议条文同样有效吗？"

"当然。你什么意思？"

"是这样，你已经使用最卑劣的手段在耍弄我们，而没有尊重我们签订的协议。"

"啊！你胡说什么？你知道你在和谁说话？"

"同你，沃尔斯基！"

沃尔斯基抓起他的同伙。

"什么！你居然敢对我这样无礼！对我称'你'，对我，我！"

"为什么不敢呢，既然你偷了属于我的东西？"

沃尔斯基控制住自己的情绪，声音有些发抖地说：

"孩子，你说吧，可你要当心，你在玩火，说吧。"

"哦，"奥托说，"除了财宝，除了那二十万法郎，我们还约定，并且你还举手发誓：无论我们三人中谁找到了现金，都要分成两份，一份属于你，一份属于我和孔拉。对吗？"

"对。"

"那给我吧。"奥托伸出了手。

"给你什么？我什么也没找到。"

"你撒谎。在处死阿尔希纳姐妹时，从她们的衣服里你找到了她们的私房钱，而我们却什么也没找到。"

"胡说八道！"沃尔斯基有些尴尬地嚷道。

"这是千真万确的事实。"

"有证据吗？"

"那请你把小包包拿出来，就是用别针别在你衬衣里的那个。"

奥托用手指着沃尔斯基的胸口，又说道：

"拿出来！就是那个用细绳捆着的小包包，里面有一千法郎的钞票，共五十张。"

沃尔斯基没吱声。他惊得目瞪口呆。他搞不清这是怎么回事，他想搞明白，他们是怎么抓到这些把柄的。

"你承认吗？"奥托问道。

"我承认，"他答道，"我是想以后一块结算的。"

"马上就算清，这样更好。"

"如果我不同意呢？"

"你不会拒绝的。"

"我拒绝！"

"那沃尔斯基，你要小心了！"

"我怕什么，你们不过就两个人。"

"我们至少有三个人。"

"谁是第三个人？"

"第三个人就是那个不速之客，他愚弄了你，穿着白衣服射箭的就是他。"

"你要叫他来吗?"

"对!"

沃尔斯基知道力量相差悬殊。两个同伙包围了他,紧紧地抓住他,他妥协了。

"给,小偷!给,强盗!"他掏出小包包,拿出里面的钱,喊道。

"不用数了,"奥托说,突然一把抢走了他手中的钱。

"但是……"

"就这样,一半归我,一半归孔拉。"

"啊!你这畜生!简直是强盗中的强盗!你要偿还的。我不在乎这些钱,可你居然在树林中对我打劫!啊!我可不想像你那样,朋友。"他不停地大骂,忽然大笑了起来,是那种勉强的不怀好意的笑。

"总之,奥托,你干得很好!但你从哪里,又是怎么知道这些的呢?以后你告诉我吧,嗯?现在不要再耽搁一分钟了。我们在各方面都意见一致,对吗?那你还要干吗?"

"没不想干,既然你处理事情这么爽快。"奥托说。

接着,这个家伙又用一种阿谀的口气说:

"沃尔斯基,你真有风度,大绅士风度!"

"那你既然拿了钱,受雇于人的仆人。赶紧干吧,事情十分紧急。"

正如这个恶人所说的那样,事情进展得很顺利,一会儿就完工了。沃尔斯基又爬到梯子上,重新给他的两个同伙下命令,他们很快地执行了。把那个不幸的女人立起来,然后让她保持平衡,一面拉着绳子。

沃尔斯基接住这个可怜的女人,她的膝盖变得弯曲起来了,他强行把它弄直。于是她这样被紧贴在树干上,她的两腿和裙子紧贴着,两只手向两边伸开,身体和胳膊都被绳子捆着。她似乎还昏迷不醒,连声抱怨都没有。沃尔斯基想与她说句话,但这些话只能卡在喉咙里,无法说出来。紧接着,沃尔斯基想扶正她的头,但他没这么做,因为他没勇气碰这个垂死的人,她的头耷拉到了胸前,垂得很低。他很快就从树上下来,有些结巴地说:

"酒,奥托,把你的酒壶给我!该死的,真卑鄙!"

"现在还来得及。"孔拉说。

沃尔斯基喝了几口酒，说道：

"什么还来得及？救她吗？听好，孔拉，与其救她，还不如说，我更愿意……对，我更愿意去代替她。放弃我的事业吗？啊！你不知道，这是怎样的事业，以及我怀着怎样的目的！否则……"

他又喝了一口酒。

"好酒，但为了让我的心得到安宁，最好喝朗姆酒。孔拉，你有吗？"

"还有一点……"

"给我。"

因为怕人看到，他们蒙住灯，靠着树干坐下来，想安静会儿。可沃尔斯基刚喝的酒上了头。他兴奋地高谈阔论起来：

"要不我给你们讲讲这件事。即将死去的这个女人叫什么名字，已经无所谓了，你们没必要知道。你们只须知道，她是第四个死在十字架上的女人，这是命运的安排。不过，在沃尔斯基即将胜利的时候，有件事我与你们说说，甚至我有些自豪地告诉你们，因为，如果说到现在为止，所有一切都是靠我和我的意志完成的话，那接下来发生的这件事，也要凭着最坚强的意志，靠为沃尔斯基效劳的意志！"

他又讲了好几遍，好像这个名字说起来很过瘾：

"为沃尔斯基！为沃尔斯基……"

他站起来，在地上激动地手舞足蹈。

"沃尔斯基，命运的宠儿，沃尔斯基，国王的儿子，你准备好，机遇来了。这一切都是命运注定的。要么你只是一个双手沾满了别人鲜血的罪不可赦的卑鄙冒险家，要么就是一个被诸神宠爱的优秀预言家。你要么是超人，要么是盗贼。我们献给神灵的祭品是跳动的心脏，这又是一个至高无上的时刻。你们俩听好。"

他又爬上梯子，想听听那颗衰弱心脏的跳动声。但维罗尼克的头在左边垂着，他没办法把耳朵贴到她的胸口上，他又不敢去动她。静寂中，他听到了不均匀的呼吸声。

他低声说道：

"维罗尼克，你听到了吗？维罗尼克……维罗尼克……"

他稍微停顿了一下，说：

"你知道吗？……对，连我自己也不相信我所干的事，我也被吓坏了。但这是命运啊！那个预言还记得吗？'你的妻子将死在十字架上。'维罗尼克，你的名字本身，就让人联想到这个预言！你想想，圣维罗尼克用一块布为耶稣揩面，这块布上留下了救世主的圣迹……维罗尼克，你听到了吗，维罗尼克……"

他急忙从梯子上爬下来，从孔拉手中夺过朗姆酒，一饮而尽。然后，他又极度兴奋起来，说了半天胡话，他的同伙什么都听不明白。然后他又转向看不见的敌人，向他挑衅，亵渎和咒骂着神明。

"沃尔斯基了不起，掌握着别人的命运。神秘力量和神秘事件都由我指挥。一切得按我的意愿进行。我用最神秘的形式和法术获知最大的秘密，沃尔斯基期待着神明的训示。沃尔斯基收到了神意快乐的声音，不知道是谁，也看不到，但将带给沃尔斯基最大荣誉和祝福。让他准备好一切！从黑暗中走出来！从地狱中走出来！这就是沃尔斯基！在钟声中，在颂歌声中，向上天发出命运的信号，然而大地裂开，命运又被投进熊熊的火焰中。"

他不讲话了，仿佛静静地观看着他所谓的天空征兆，就像这一切自然现象应召了强盗的呼唤。

他的这些夸大其词和他蹩脚、滑稽的表演令他的同伙大惊失色。

奥托小声地说：

"太吓人了。"

"因为他喝了朗姆酒，"孔拉说，"但不管怎么说，他讲的那些事的确挺吓人的。"

沃尔斯基说：

"我的身边总游荡着这些事，"他的耳朵此时正搜寻着最微小的声音，"多少世纪以来流传着这些事情，就像分娩那样神奇。而我和你们两人说，你俩就是见证者。奥托、孔拉，你们俩准备好：大地即将颤抖，在沃尔斯基获得宝石的地方，一道熊熊火焰会冲天而起的。"

"不知道他在说什么。"孔拉嘀咕着。

"看，他又爬上梯子了。"奥托小声说。

"他中了箭也活该！"

沃尔斯基激动的情绪没办法控制住。濒临死亡的受难者，已痛苦到极点，她奄奄一息了。沃尔斯基小声地自言自语，似乎是说给自己听，后来声音却越来越大：

"维罗尼克，维罗尼克，你的使命已经完成……你攀登到了顶峰……光荣属于你！我所有的胜利要归于你的功勋……光荣属于你！听着！你听到了，对吗？隆隆雷声越来越近了。我打败了我的敌人，你不必再期望救援了！这是你最后一次的心跳声……这是你最后的怨恨声……'主啊，主啊，你为什么要把我抛弃？''主啊，主啊，你为什么要把我抛弃？'"

他大笑着，像发疯一样，像开玩笑时那样大笑着。随后，他安静了下来。雷声也停止了。沃尔斯基俯身下去，突然间，他在梯子上吼叫起来：

"'主啊，主啊，你为什么要把我抛弃？'诸神将她抛弃了……死神完成了他的使命。四个女人中的最后一个也死了。维罗尼克死了！"

他停了一会儿，接着又大喊了两次：

"维罗尼克死了！维罗尼克死了！"

又是死一般的寂静。

忽然，大地颤抖了，但不是因为雷声轰鸣导致的，而是来自大地深处的震动，它还引起了多次回荡，就像声音穿越树林和山谷时的回声那样。几乎在同时，在他们身旁的半圆形橡树林的另一端，有一道火光冲天而起，立即浓烟滚滚的，同时迸发出红、黄、紫三种颜色的烈焰。沃尔斯基一句话也说不出来。他的同伙也都惊得目瞪口呆。最后，他们中的一个慢吞吞地说：

"是那棵已被雷火烧过的腐烂了的橡树。"

虽然大火很快就熄灭了，可三个人的印象中仍保持着那棵老橡树被火舌吞噬时变得透明和五颜六色时的样子……

"那就是通往天主宝石的入口，"沃尔斯基一脸严肃地说，"命运就像我所预言的那样，在我的逼使下它发话了，它以前是我的主人，现在我是它的主人。"

他拿起灯笼向前走去。让他们惊讶的是，那棵橡树根本没有任何火烧的痕迹，只有一大堆枯叶，被下面几根树枝隔开，就像炉子没有点着火那样。

"真是个奇迹,"沃尔斯基说,"所有这一切都是不可思议的奇迹。"

"我们该怎么办?"孔拉问。

"进入到向我们指明的洞口中。拿上梯子,孔拉,用手摸摸这堆树叶。树是空的,我们试试看……"

"虽然树是空的,"奥托说,"它也总该有根,我不敢确定有通过树根的路。"

"再试试看。把树叶清理开,孔拉,把它弄走……"

"不,"孔拉果断地答道。

"怎么了?为什么不?"

"你还记得马格诺克吧!你想一想,他正是碰到了宝石,才被迫剁掉手吗?"

"但是天主宝石不在这儿!"沃尔斯基冷笑道。

"你难道不知道?马格诺克所说的地狱之门,指的就是这里吗?"沃尔斯基耸了耸肩膀。

"那奥托你呢,也怕吗?"奥托没回答,此时沃尔斯基也不敢贸然行动。

他于是说道:

"嗯,不必太急。等天明以后,我们用斧子把树砍倒,这样探明究竟,就知道该怎么办了。"

事情就这样定好了。可刚才的信号不单单他们看到,也会有别人看见,为了不让别人占先。他们在这棵树的对面,巨大的仙女石桌坟下边过夜。

"奥托,"沃尔斯基命令道,"去隐修院找点喝的来,再拿把斧子和绳子等有用的东西来。"

瓢泼大雨下了起来。于是,他们移到了石桌坟下面,大家轮流睡觉和守夜。一夜无事,但却是急风暴雨,掺杂着海浪的呼啸声。后来,一切平静下来。天刚蒙蒙亮,他们开始伐树,砍了一阵后,用绳子一拉,树就倒了。

他们看到树里面是一些破碎岩石和腐烂物,在树的根部有堆沙石向前延伸着一条通道。

他们用镐头把里面很快清理干净,这时露出了几级台阶,台阶有些破损。他们看到顺着陡峭的墙壁有一道阶梯，一直通向黑暗处。他们用烛火察看，发现下面有个岩洞。

沃尔斯基首先走下去。之后，那二人小心翼翼地跟在后面。开始的几级阶梯是用泥土和石子做的，后面的是直接在岩石上开凿的。他们进到的这个岩洞没什么特别之处，却更像是个门厅。果然，它紧连着一个拱形的地下室，用石头砌成的墙壁，很粗糙。地下室四周矗立着十二个未成型的糙石巨柱雕塑，每一根柱石上都有个马头骨骼。沃尔斯基摸了摸其中的一个马头，马头像灰土一样立刻掉了下来。

沃尔斯基说道：

"二十个世纪以来，还没有人到过这里。我们是第一个踏上这块土地的人，第一个见证藏有古迹的人。"

他又夸夸其谈地说着：

"这是个大首领的墓穴。他心爱的马和武器是他的陪葬品……哦，一把斧头，一把火石刀……我们还会发现其他的陪葬品的，比如这块木炭，还有烧焦的骨头，这就证实了……"

他激动得声音都变了，低声说：

"第一个走进这里的人是我……一个沉睡的世界因为我的到来而苏醒。"

孔拉打断他的话：

"那里还有个洞口，还有条路，能看见很远地方的亮光。"

他们被一条长长的过道引着走进另一个房间，从这里又到达第三个厅。这三个墓穴都是一模一样的。一样的立柱，一样的马头，一样地粗糙。

"这是三个首领的墓穴，"沃尔斯基说，"显然，在一个国王墓穴的前面是这三个墓穴，他们生前应该是国王的随从，死后成了国王的侍卫。肯定在这附近还会有一个墓穴……"

他不敢去冒险，不是因为恐惧，而是因为过度的兴奋和虚荣心，使他陶醉其中。

"我懂了，"他说，"沃尔斯基达到目的了，他只需轻轻举起手就可以得到他历尽千辛万苦和无数战斗后，所该得到的报酬了。天主宝石在这儿。多少世纪以来，人们就想揭开这个岛上的秘密，可是都未成功。

沃尔斯基来了，天主宝石属于他。宝石请出来吧，给我无穷的力量！在它和沃尔斯基之间，除了我的意志，什么也没有，什么也没有。我要得到它！从黑暗深处预言家走了过来。他来了。在这个寂寞的王国里，有哪个幽灵把我引向神奇的宝石，给我头上戴上金冠，那请这个幽灵就快些站出来吧！我沃尔斯基来了。"

他走了进去。

第四间墓穴比前面的三间大得多，屋顶呈帽状，有一处凹陷。在凹陷处的中央有个圆洞，不是很大，像是一个细细的管口，从那里射进一道微光，照到地上形成了一个明亮的光盘。光盘的中心是一些砧板似的图形，由一些石头组成。在这块砧板上面，仿佛为了供展览似的放着一根金属棍棒。

这间墓穴的其他方面和其余几间相同，也是一样的糙石巨柱、一样的马头装饰，以及祭奠的痕迹。

沃尔斯基的双眼盯着金属棍子。奇怪的是，这根金属棍棒干净得一尘不染，光闪闪的。沃尔斯基伸出了手。

"不要，"孔拉忙喊道。

"为什么？"

"马格诺克或许是碰到了它，才把手烧坏的。"

"你害怕。"

"但是……"

"我什么都不怕。"

沃尔斯基说着抓起那根棍子。这是一根用铅做的权杖，做工粗糙，却反映了当时的工艺水平。在权杖柄上有一个浮雕，绕着一条时而凹进时而凸起的蛇，蛇头很大，与蛇身不成比例，上面布满了祖母绿和银钉似的透明石子，这些构成了权杖柄的球形雕饰。

"难道这就是天主宝石吗？"沃尔斯基自语道。

他怀着敬畏的心情抚弄着，仔细地看着权杖。很快，发现权杖柄的球形雕饰微微有点活动。他转动着，向右转了一下，又向左转一下。忽然，一个开关启动了，蛇头脱落了下来。蛇头里面是空的，那里有一块细小的石头，淡红色，带有金黄色条纹，跟血管似的。

"是它！就是它！"沃尔斯基欣喜若狂地说。

"别碰它!"孔拉惊恐失措地说道。

"它只烧马格诺克,不烧沃尔斯基,"他郑重地答道。

他感到无比的骄傲和自豪,这块神奇的石头放到了他手中,握得紧紧的。

"烧我吧,我愿意!让我的血肉和它融为一体吧,我会很幸福。"

孔拉向他做了个手势,把手指头放到嘴唇上。

"怎么啦?"他问,"你听到了什么?"

"对,"孔拉说。

"我也听到了,"奥托肯定地说。

果然,他们很快听到一个有节奏的声音,音调忽高忽低,像跑了调的乐曲。

"这声音在附近!"沃尔斯基喃喃地说,"……仿佛在这间屋子里。"

他们很快毫不怀疑地断定,声音就在这屋子里。它很像人打鼾。孔拉第一个提出这个假设,他还笑起来。

沃尔斯基也说:

"对,你说得对,这很像人的鼾声。那这儿怎么会有人?"

"从这边传来的,"奥托说,"从这个黑暗的角落里。"

那边是石柱后面,光线照不到。后边有很多停尸间,非常昏暗。沃尔斯基拿起灯照了照,立刻被吓得大叫起来。

"有人,真的……有人……看……"

两个同伙向前走去。在墙角的一堆砾石上,有个人在睡觉,那是一个老人。长着白胡子,还留有一头长长的白发,脸和手上的皮肤都布满皱纹,闭着的眼皮四周有一道蓝圈。看上去他至少经历过一个世纪。

他穿着一件亚麻布破长袍,上面缀满补丁,一直拖到脚面。脖子上挂着一串被高卢人称作蛇卵的念珠,但实际上是由海胆穿起来的,一直垂在胸前。手边放有一把翡翠制成的斧子,上面画有一些符号,很难辨认。地上有尖尖的火石排列着,还有宽大的戒指、两条蓝色珐琅项链及两枚碧玉耳坠。

老人鼾声不断。

沃尔斯基低声说:

"又一个奇迹!他是个祭司,像古代的祭司——德鲁伊教时代的祭司。"

"怎么回事?"奥托问。

"他应该是在等我!"

孔拉说出一个大胆的想法:

"我看一斧头把他杀死算了。"

沃尔斯基火了:

"你动他一根头发,我就让你死。"

"但是……"

"但是什么?"

"他也许是咱们的敌人,说不定是昨天晚上追我们的那个人……想想看……白衣服。"

"你真是个蠢货!他这么大岁数,能用那么快的速度与我们赛跑吗?"

他俯下身,轻轻地拿起老人的胳膊,说道:

"醒醒,我来了。"

那人没有醒,一点反应都没有。沃尔斯基不停地叫着。

那人在石床上动了一下,说了几个字,又睡着了。

沃尔斯基有点烦躁了,又叫了一遍,非常用力,声音很高:

"喂,醒醒,我们来了!我们不会在这儿停留很长时间的,喂!"

他用力摇了一下老人。老人很生气地推开了这个不速之客,好久也没有醒过来。最后,老人不耐烦了,翻了个身,愤怒地咒骂道:

"啊!讨厌的家伙!"

四、德鲁伊教老祭司

这三个家伙都很熟谙法语的精妙之处，也精通各种行话，对老人这声意想不到的叹息的真正意思，他们很清楚。

沃尔斯基向孔拉和奥托问道：

"他在说什么？"

"哦，你听得很清楚……他说的是这个意思"奥托答道。

然后，沃尔斯基在老人肩上又尝试着拍了拍，那人在床上翻了个身，然后伸了伸懒腰，打了个哈欠，就又睡着了。

忽然，他又醒了，坐起来大声说：

"怎么啦！难道我就不能安安静静地在角落里睡上一觉吗？"

他的双眼被一道光照得睁不开，他吃惊地说：

"怎么回事？你们干什么？"

沃尔斯基把灯挂在墙壁的凸处，他的脸被照得十分清晰。老人大发雷霆，嘴里不停地说着话，等看清了对方，心情慢慢地平静下来，也变得和蔼可亲起来，他微笑着，伸出双手，大声说道：

"啊！沃尔斯基，原来是你啊！老伙计，你好吗？"

沃尔斯基听到这儿，浑身哆嗦了一下。老人居然认得他，还知道他的名字，不过他对这并不怎么惊讶，因为他有一种神秘的信念，作为一个预言家，他期待着被人认出来。可他作为一个先知，作为一个优秀的享负盛誉的传教士，被这个身负圣职的陌生老人称作"老伙计"，实在让他有些尴尬。

他有些犹豫，心里很不安，因为他不知道面前这是个什么人，他问道：

"你是谁？为什么在这儿？你怎么到这儿的？"

看到老人惊讶地看着他，他就大声地喊：

"回答我，你是谁？"

"是问我吗？"老人用颤抖且嘶哑的声音说，"我是谁？你是在以高卢神多塔代斯的名义在向我提问吗？你不认识我吗？想想看，那个塞若纳克斯……嗯！你想到了吗？维蕾达的父亲？夏多布里昂在他写作的《殉教者》第一卷中提到的塞若纳克斯，就是那个受雷顿人爱戴的法官？你好像现在记起来了。"

"你在胡说！"沃尔斯基大声说。

"我没胡说！我是在和你说我为何来到这里，以及造成我来这儿的伤心往事。我厌倦了维蕾达干的那些勾当，她与该死的于多尔'失足'了，按现在的说法——我就进了苦修院。我考过了德鲁伊教的学位考试。之后，又做了几件荒唐事。啊！其实也没什么，我到首都去了三四趟，先去马比耶，后去红磨坊。从此之后，我就必须接受这个卑微的职务了，你看到了：长眠的岗位、守卫着天主宝石……一个远离火线的岗位，就这些！"

沃尔斯基听了之后，非常惊讶，也很不安。他征求他同伙的意见。

"砍死他，我坚持我的想法。"孔拉说。

"奥托，你觉得呢？"

"我说要当心。"

"确实应该当心。"

德鲁伊老人听到了他们的谈话。他拿起身旁的棍子撑着身子站了起来，喊道：

"什么意思？当心我！它是硬的，把我看作骗子！没看到我的斧子吗？斧把上有个符号，这是最神秘的太阳符。看！这又是什么？（他指着他的海胆念珠）兔子屎吗？'你们有胆量！你们喊兔子屎、蛇卵，它们在鸣叫中会把体内的唾液和泡沫喷到空中。'这是布里纳说的！我希望你不要把布里纳看作骗子。好一个顾主！要当心我，我拥有所有老德鲁伊的证件、各种执照和公证书，上面有布里纳和夏多布里昂的签字。有这样的胆量！没有，说真的，在我那个时代，你能找得到真正的老德鲁伊人和老古董——年过百岁的白胡子老头。我，是一个骗子！我懂得各种传说，还知道过去的习俗！想不想让我跳老德鲁伊祭司舞，就像当年跳给恺撒大帝那样？想看吗？"

没等回答，老人一扔棍子，就跳起来了稀奇古怪的击脚舞和疯狂的快步舞，跳得非常灵活。这场面很滑稽，三个人看他跳着，旋转着，舞动着手，弓着腰、曲着背，长袍下的两条腿左蹦右跳，胡子也随着身体的舞动而飘扬，嘴里还不停地用颤抖的声音报着舞名：

"《老德鲁伊祭司舞》又称作《于勒·恺撒的欢乐》。喂！《神圣的槲寄生之舞》，又叫《圣槲寄生舞》！《蛇卵华尔兹》，它是由布里纳配乐……嘿！嘿！忧愁烦恼全消失了！《沃尔斯卡舞》，或叫《三十口棺材探戈舞》！红色先知的颂歌！颂歌！颂歌！光荣属于先知！"

他又跳了一会儿，突然在沃尔斯基面前停下，严肃地说：

"别废话了！你我认真地谈谈吧。我奉命移交天主宝石给你。你现在相信了吧，准备接收吗？"

三个人都惊得瞠目结舌。沃尔斯基感觉自己无法搞清楚这个老家伙究竟是谁。

"喂！安静！"他怒吼道，"你要干什么？你有什么目的？"

"我的目的？我刚才说过了，向你移交天主宝石。"

"你有什么权力？以什么名义？"

老人点了点头。

"对，我明白……事情并不像你想象的那样。很明显，是吗？你匆匆忙忙赶到这儿，为完成你的使命而感到骄傲与自豪。想想看……三十口棺材被你填满、十字架上钉上了四个女人、船只沉没、鲜血沾满你的双手、罪恶装满你的口袋。这绝不是区区小事，你希望有一个隆重的接收仪式，很大的排场，古代的唱诗班为你高唱，高卢僧侣和古代克尔特族人歌颂你的功勋，在圣体供奉台上摆放着活人祭品，总之，一切都是有模有样，高卢人的大排场……可与此相反，你只看到了一个在墙角里蜷缩着睡大觉的老德鲁伊祭司，而且直截了当地向你交货。这多么没面子，先生！你想怎样？沃尔斯基？我只做我该做的，每个人要根据自己的情况做事。我并不是长在钱堆里，我早与你说过，我除了能把几件白长衫洗洗，有十三法郎四十生丁买些孟加拉焰火，放点焰火，或者在夜间弄点小地震。"

沃尔斯基先是一惊，而后他明白了，气愤地吼道：

"你说什么？原来……"

"对，是我！你想是谁？圣·奥古斯丁吗？你认为是神明显灵，昨晚上，给你派来个穿白衣的天使，把你引到橡树下面……你如果这样想，那真是痴心妄想了。"

沃尔斯基紧握着拳头。原来昨晚那个穿白衣的人，就是眼前这个大骗子！

"啊！"他吼叫着，"我最讨厌别人耍我！"

"耍你！"老人叫道，"你开玩笑呢，孩子，昨晚我被谁当作野兽一样追赶，累得我喘不过气来？是谁又把我的白长袍打出两个洞？你这个家伙！因此我跟你学会了作怪！"

"够了，够了，"沃尔斯基怒吼道，"够了！我再问你一遍，你到底想干什么？"

"我也说得口干舌燥了。我是奉命移交给你天主宝石的。"

"奉谁的命？"

"这个，我一无所知！我只知道，有一天，会有一个叫沃尔斯基的日耳曼王子到撒勒克岛，他会杀掉三十个人，当第三十个受害者遇难时，我要按照约定发信号。我只不过是这个命令的执行者，所以我准备好我的小包袱，在布勒斯一家五金店里买了孟加拉焰火，是两个法郎七十五生丁一个的，还有几个爆竹。到了预定的时间，我就拿起蜡烛，爬上瞭望台准备好。当你在树上喊'她死了！她死了！'时，我就明白到时间了，于是我就点燃孟加拉焰火，使爆竹震动了大地。就这些，清楚了吧。"

沃尔斯基走向前，他举起了拳头。这一番话，这种泰然自若的态度，这种饶舌，这种心平气和的挖苦人的态度，这一切都使他愤怒了。

"你再说一个字，我打死你，"他吼道，"够了！"

"你是叫沃尔斯基吗？"

"对，怎样？"

"你是日耳曼王子吗？"

"是的，怎样？"

"你杀死了三十个人，是吗？"

"是！是！"

"那好！你就是我要找的那个人。有一颗天主宝石我要移交给你。我一定要交给你，我就是这样的人。你必须吞下它，这是你的宝石。"

"我不在乎什么天主宝石！"沃尔斯基跺着脚说，"我不在乎任何人。天主宝石！我已经有了，就在我手里。我拥有它了。"

"我看看。"

"这个，是吗？"沃尔斯基从口袋中掏出权杖球形雕饰里面的小圆粒。

老人吃惊地问："你从哪里找到的？"

"从这根权杖的球形雕饰里面，我觉得是就卸了下来。"

"那这是什么？"

"天主宝石的碎片。"

"你胡扯。"

"那么，你说是什么？"

"它是裤子上的纽扣。"

"啊？"

"裤子上的纽扣。"

"你怎么知道？"

"那是坏了扣眼的扣子，就是撒哈拉的黑人使用的扣子。我就有一副这样的扣了。"

"我看看，见鬼吧！"

"是我把它放在那儿的。"

"你为什么这样做？"

"为了把那颗宝石换下来，马格诺克想偷它，烧了手，结果砍掉了手。"

沃尔斯基没说话。他十分困惑。他不知该如何对付这个古怪的对手。

老人走近他，像慈父一样，用温和的语气对他说：

"孩子，你看，没有我的帮忙，你是拿不到它的。开锁的钥匙和密码只有我有。你还犹豫什么呢？"

"我不认识你。"

"孩子！如果我让你做一件坏事，或者有损于你名誉的事，那么我明白你的顾虑。可我的提议绝对不会伤害哪怕是最敏感的心灵。怎么样？还不行吗？我问你，以高卢神多塔代斯的名义，你到底想干怎么？

不信神的沃尔斯基，你觉得还会有奇迹吗？老爷，为什么你不早说呢？这些奇迹，我还可以如法炮制几十打。每天早晨，我喝牛奶咖啡时，我就玩些小小的奇迹。你想想，一个德鲁伊祭司！神奇吗？我的铺子里有很多，多得连我坐的地方都没有。你想要什么？想起死回生？想秃发再生？想占卜未来？总之，奇迹多得会让你无从选择。哦，你的第三十个遇难者什么时间咽的气？"

"不知道！"

"十一点五十二分。当时你太激动了，你看看，就连你的表都停了。"

这实在太荒唐了。一个人感情的变化根本不会影响到表。但是，当沃尔斯基情不自禁地拿出表时：它确实停在了十一点五十二分。他准备给表上弦，可是表早碎了。

德鲁伊老人还没等他转过神来，又说道：

"奇怪吧？但这对德鲁伊祭司来说，只要他稍微懂点法术，这个就太简单，太容易了。一个德鲁伊祭司可以看到别人看不到的东西，他还可以让令他高兴的人也看到。沃尔斯基，你想见识一下看不见的东西吗？你姓什么？我不是问你沃尔斯基这个姓，而是要你真正的姓，你父亲姓什么？"

"保密，"沃尔斯基拒绝道，"这是个秘密，我不会向任何人透露。"

"那么你为何要写它？"

"我根本没写过。"

"沃尔斯基，你用红笔把你父亲的姓写在了你随身带的小本子上，就在第十四页。你看看。"

沃尔斯基像一个被人支配的机器人，从背心的内袋中掏出一个夹子，里面装着一个白纸本，他翻到第十四页，惊讶地嘀咕着：

"不可能！谁写的！你怎么知道上面写着这个？"

"你想让我证实吗？"

"我再次要求保密！我不许你……"

"随你的便，老伙计。我做的这些，就是向你证明我的本领。这一切对我根本不算什么！一旦我开始制造奇迹，那就一发不可收拾了。为了证实我的话，我再来一个。你脖子上贴衬衣里面是不是带着一条银项链，有一个椭圆形的颈饰，是吗？"

"是的，"沃尔斯基答道，眼里放着光芒。

"这个项饰是一个相框，里面原来放着一张照片，对吗？"

"对，对……一张……"

"一张你母亲的照片……后来，你把它丢了。"

"去年丢的。"

"那是你以为丢了。"

"得了吧！相框是空的。"

"你以为是空的，它并没空。你再看看。"

沃尔斯基惊得目瞪口呆，他顺从地解开上衣扣子，把银链拽出来。相框里居然真的装着一个女人的肖像。

"是她，是她……"他慌张地说。

"没错吧？"

"没错。"

"那你对此有什么想法？嗯，这是真的……不是瞎说吧。德鲁伊老人有充沛的精力，你跟从他，好吗？"

"好。"

沃尔斯基信服了。他被征服了。他生来就迷信，对神秘力量十分信仰，以及性情急躁和精神失常，这些都使他对老祭司顶礼膜拜。虽还有些怀疑，但他还是绝对顺从。

他问道："远吗？"

"在旁边那间大厅里。"

奥托和孔拉听到两人的谈话，感到莫名其妙。孔拉想反对，但被沃尔斯基堵住了嘴。

"你害怕，就走开。再说，"他又补充了一句：

"我们手里有枪，一有情况，就开枪。"

"向我开枪吗？"德鲁伊老人冷笑着说。

"向任何一个敌人。"

"好，你前头走吧，沃尔斯基。"

德鲁伊老人看到对方想反驳，大声地笑起来。

"沃尔斯基，很滑稽吧？哦！我并不感到滑稽！只不过开个玩笑而已，那你为什么不敢走到前头？"

他们被他领到了墓穴的尽头，在黑暗中，灯光照到墙根凹进去的一条缝，这条缝向下延伸进去。

沃尔斯基有些犹豫，但还是走了进去。他跪着双腿，在这条狭窄而弯曲的过道里只能用两只手爬行着。很快，他爬到了一间大厅的门口。

他的两个同伙也跟了进来。

德鲁伊老人庄严地宣布：

"这里就是天主宝石大厅。"

大厅与上面的墓穴面积相同，但却显得高大而庄严。里面屹立着等量的糙石巨柱，同大庙里的巨柱一般，石柱的位置和排列形式与上面也相同，石柱被雕饰得缺少艺术性和对称性。地面铺着大石板，但没有规则，上面有一系列切割后的沟槽，沟槽里摆放着一个个互不相连的圆形光环，光是从上面照下来的。在大厅中央，马格诺克的花园下面，有一个断头台，由四五米高的巨石砌成，高台的上面是一个石桌坟，它由两条坚固的腿支撑着。石桌坟的桌面为椭圆形，由花岗岩做成。

"就是它吗？"沃尔斯基哽咽地问道。

老人没有直接回答他。

"你觉得怎样？它是我们古代建筑的杰作，多精巧啊！为防止泄密者看见和渎神者探寻，祖先做得真是谨慎！你知道光从哪儿来的吗？我们在岛的深层处，也没有朝天的窗户。从巨石柱上面射进光线来。这些石柱里面是空心管道，从上到下都是，上面小下面大，光从这儿射下来。正午太阳当头时，那景色才美呢。假如你是一位艺术家，一定会赞不绝口的。"

"就是它吗？"沃尔斯基又问了一遍。

"总之，这是一块神圣的石头，"德鲁伊老祭司平静地说，"它位于最显要的地下祭坛。但还有一个在下面，石桌坟挡着呢，在这儿看不到。人们在这块石头上宰杀选好的祭品。血沿着断头台流进沟槽，顺着崖壁，一直流向大海。"

沃尔斯基激动地问道：

"那它就在那儿？我们向前走吧。"

"别动，"老人说，语气坚定得使人害怕，"这还不是。还有第三块，你只要抬一下头就能看到第三块。"

"在哪儿？你确定？"

"当然！看好了，在那石桌上面，对，在天花板的拱顶里，仿佛一块被镶嵌着画的大石板，对吗？你看得见吗？一块单独的大石板……与下面的一样都是长方形，做工也一样……就如同两姐妹似的……但只有一个是真的，有制作标记……"

沃尔斯基有些失望。他原先期待在一个神秘的场所，进行一次复杂的见面。

"天主宝石在那儿吗？"他说，"可它并没什么特别之处。"

"这是从远处看，从近处看，可就不一样了。上面有彩色的条纹，有炫目的脉络，有那颗奇特的宝石——天主宝石。它的价值不在于它本身，而在于它神奇的功能。"

"怎么神奇？"沃尔斯基问。

"它能让人死也能让人复生，此外，还能给人很多其他的东西。"

"给人什么东西？"

"你问得太多了，我不知道了。"

"什么！你不知道……"

德鲁伊老祭司俯下身，神秘地说：

"沃尔斯基，你听好，我承认我有点吹牛了，我的角色很重要——守护天主宝石，这是我最重要最神秘的职位，但我却受到一个高于我力量的控制。"

"什么力量？"沃尔斯基看着他，感到很不安。

"维蕾达？"

"至少我是这么称呼的，我不知道她的真实姓名，她是最后一个德鲁伊女祭司。"

"她在哪儿？"

"在这儿。"

"这儿？"

"是的，她睡着了，在祭坛石桌上。"

"什么，她在睡觉？"

"她睡了很多世纪了，一直在睡着。我看见她一直睡在这儿，睡得宁静和端庄，就像丛林中的睡美人那样。她在等待着一个人来唤醒她，一个神指派来的人……"

"这个人是谁？"

"就是你，沃尔斯基。"

沃尔斯基皱起了眉头。这是一个怎样的充满诡异的故事？这个神秘的老人到底想干什么？

德鲁伊老人继续说：

"这让你有些担心，是吗？哦，虽然你双手沾满了鲜血，你的背上背着三十口棺材，但这些并不妨碍你是个可爱的王子。孩子，你太谦虚了。想不想再听我说件事？维蕾达美丽绝伦，是一种超脱世俗的美。小伙子，你心动了吗？没有？还没有吗？"

沃尔斯基犹豫着。他感到身边的危险不断地增加着，像潮水一样上涨起来，即将汹涌澎湃。但老人仍没放过他。

"我最后再说一句，沃尔斯基，我小声点，为了不让你的同伙听到。当你把你母亲用裹尸布包裹时，你遵照她的意愿把戒指戴在了她的食指上。那是一枚她从不离手的戒指，也是一枚带有魔法的戒指，中间有一颗绿松石镶嵌着，四周有一圈嵌在金珠中的小绿松石。我说得对吗？"

"对，"沃尔斯基手足失措地说，"没错，可当时除了我没有人在场，这是属于我一个人的秘密，谁都不知道……"

"沃尔斯基，如果说这枚戒指现在就带在维蕾达的食指上，你相信吗？你会认为你母亲从坟墓中走出来，委派维蕾达来见你，并让她亲手把这枚神奇的宝石交给你呢？"

沃尔斯基已向石桌走去。他快速地登上阶梯。他的头伸向了石桌。

"啊！"他踉跄地走着，一边说道，"戒指……戒指会在她手上。"

石桌祭台由两根石柱支撑着，在上面躺着女祭司。她被一件洁白的衣裙一直盖到脚。上半身和头朝向一边，头发被脸上的面纱遮住。她的胳膊很漂亮，几乎是裸露地伸展到石桌祭台上。那枚绿松石戒指正戴在她的食指上。

"是那颗戒指吗？"老祭司问。

"是，毫无疑问。"

沃尔斯基赶紧走到石桌祭台前，弯下腰，几乎跪下去，仔细地观看戒指上的绿松石。

"数量也对，其中一颗有了裂纹，还有一颗宝石的一半被压下的金叶子遮住了。"

"你没必要那么谨慎，"老人说，"她听不到，你吵不醒她。你先站起来，轻轻地抚摩她的额头。富有魅力地抚摩才能把她从沉睡中唤醒。"

沃尔斯基站了起来。但他却不敢去触摸这个女人。他无比的尊敬她，又无比的畏惧她。

"你们两个别去靠近，"老祭司对奥托和孔拉喝道。

"睁开双眼的维蕾达，只应看到沃尔斯基，而不能被其他场面惊扰！喂，沃尔斯基，你害怕吗？"

"我不怕。"

"你难受了。对你来说，杀人远比让人复活容易，对吗？快些，拿出点勇气来！掀开她的面纱吧，抚摩她的额头。天主宝石你唾手可得。开始吧，你是世界的主人。"

沃尔斯基开始行动了。他站到祭台前，俯看着女祭司。他俯身下去，洁白的衣裙随着呼吸的节奏，均匀地起伏着。他犹豫着，但双手还是揭开了面纱，他的腰又向下弯去，以便用另一只手抚摩她的额头。

这时，他的手却停下了，他愣在那儿，一动不动，像是在极力探索一件他搞不懂的事情，但最终还是一副一无所知的样子。

"喂，老伙计，如何？"德鲁伊祭司喊道，"你在发呆？事情进展得怎样？需要帮忙吗？"

沃尔斯基没有吱声。他傻傻地愣在那，惊讶、惧怕，渐渐地到极度的恐惧，汗珠大滴大滴地从他额头上冒出。他那双惶恐的眼睛似乎看到了世界上最恐怖的画面。

老人放声大笑。

"耶稣—玛利亚，瞧，沃尔斯基好难看！希望女祭司的神眼别睁开，不要看见他这副尊容！维蕾达，睡吧，睡一个纯洁无梦的觉。"

沃尔斯基非常气愤，话都讲不出来。他仿佛在闪电之下，明白了部分真相。话都到了嘴边，但没说出来，似乎说出来会让一个早已不复存在的人，一个死去的人活过来。对，这女人死了，虽然她还有呼吸，但她不可能没死，因为是他亲手杀死了她。

然而，他还是张开了口，极度痛苦地发出了每个音节：

"维罗尼克……维罗尼克……"

"你觉得像她，是吧？"老祭司嘲笑道，"真的，也许你是对的，嗯，是有些像她！如果不是你把她亲手绑到十字架上，如果不是你亲眼看到她咽了最后一口气，你一定会说这俩女人是同一个人，维罗尼克还活着，而且没受到一点伤！甚至身上一点伤痕都没有，绳子也没有在手腕上勒过伤痕……但是，你瞧，沃尔斯基，她睡得多么平静！多么安详！说实话，我起初还认为是你搞错了，你捆的是另外一个女人！你想一想……好啊！现在你怪罪起我来了！快救救我，多塔代斯。先知想杀我。"

沃尔斯基站起来，愤怒地面对着老祭司。他那张充满仇恨的脸上，表露出从未有过的愤恨表情……老祭司把他当孩子一样耍了一个多小时，而且还创造了一个大奇迹。现在，他成了自己最大、最危险的敌人。既然机会来临，就必须马上摆脱这个人。

"我完了，"老人说，"你想如何吃掉我？见鬼，看他那副吃人的样子！救命啊！抓凶手！瞧！他那副铁爪会掐死我！或是用匕首？或用绳子？不，用手枪。这更好，更快的结束痛苦。来吧，阿列克谢。我的第一件长袍已被你七颗子弹中有两颗已打穿。还剩五颗，来吧，阿列克谢。"

老祭司的每句话都是在火上浇油。沃尔斯基想快点结束，命令道：

"奥托、孔拉，你们准备好了吗？"

他伸出了胳膊。两个同伙也同时举起武器。他们距离老人四步远，老人在那儿笑着求饶。

"求求你们了，先生们，可怜可怜我吧，我只是个穷光蛋！我再也不敢了，我会乖乖的。放了我吧，好心的先生们……"

沃尔斯基又说了一遍：

"奥托、孔拉，听着！我数数，一……二……三……开枪！"

三个人同时开枪。老人在原地旋转了一圈，之后稳稳地站住，他对着敌人，凄惨地喊道：

"我被打中了！打中了！我死定了！全输了，老祭司！悲惨的结局！啊！我真是个可怜的饶舌老祭司！"

"开枪！"沃尔斯基又吼道，"开枪呀，蠢驴！开枪呀！"

"开枪！开枪！"老祭司说道，"砰！砰！砰！朝我的心脏打！使劲打！用力地打！孔拉，你快开枪，砰！砰！还有你，奥托。"

三个人同时对准靶心疯狂地射击着，枪声砰砰地在大厅回响着。他们被惊得目瞪口呆，又万分气愤。原来那个老人，刀枪不入地在跳着，蹦着，一会儿蹲下，一会儿又跳起来，身体十分灵活。

"我们在这儿玩得多起劲啊！你真是个笨蛋，沃尔斯基！你这该死的先知，去你的吧！破尿片子！不，你们怎么会相信呢？孟加拉焰火！爆竹！纽扣！还有你母亲的戒指！傻瓜！蠢蛋！"

沃尔斯基停了下来。他知道了，三支手枪都被卸掉了子弹，可如何卸掉的呢？又使用的什么神奇法术？这一切到底是怎么回事？这个老魔鬼到底是谁？沃尔斯基扔掉了他那支没用的手枪，盯着老人。抓住他，把他掐死？他又看看躺在祭坛上的女人，准备向她扑去。可是显然，他感到要长时间地对付这两个人，有些无能为力。因为他们不属于这个世界，也不属于现实生活。

于是，沃尔斯基很快转过身，通知他的同伙，从原路往回跑，老祭司追在后面嘲笑着：

"好哇！瞧瞧，他溜了！留下的天主宝石，我怎么处置啊？看，他像个兔子似的逃跑了！沃尔斯基，你的屁股着火了吗？哦！去你的吧，先知！"

五、地下祭厅

沃尔斯基从来就没有害怕过，而这次逃跑，或许并不全因为他害怕。但是，他却搞不清楚这是怎么回事。在他惊慌失措的大脑中，是一大堆相互矛盾，又毫无联系的思想，但最主导的思想就是，他感受到这是一次无法挽回的失败，而且是超越自然力量造成的。

沃尔斯基这个命运之子，深信魔法和奇迹，这一次他被剥夺了使命，被另一个命运之子替代。沃尔斯基与老祭司这两股神奇力量，此时狭路相逢，后者吞没了前者。维罗尼克复活，老祭司其人，他的高谈阔论、他的旋转舞、他的玩笑、他的所为和他刀枪不入的本领等，这一切都是那样神奇。他富有魔法和力量，这是远古时代墓穴中的那种神秘气氛造就的，它使人精神紧张甚至感到窒息。

他想立刻回到地面，呼吸新鲜的空气和看到外面的景物。他最想看到的就是那棵被砍光枝干的橡树，维罗尼克被捆在那儿，并在那儿断的气。

"她真的死了，"他在最大的那间墓室，即紧挨第三间墓室的狭小过道中爬行时，咬牙切齿地说道，"……她肯定死了……我知道什么是死亡……我常常亲手制造死亡的，我不会搞错。那么，这个魔鬼又怎么让她复活的呢？"

突然，沃尔斯基在他曾经拾起权杖的地方停了下来。

"除非……"他说。

孔拉跟在他的后面说道：

"快走吧，你别说废话了。"

沃尔斯基被人推着往前走，一边继续说：

"你想知道我的想法吗，孔拉？那个老家伙指给我们看的那个女人，根本就不是维罗尼克。她真的会活过来吗？不！这个老巫师什么都干得出来。他能造一个一模一样的面孔……一个像维罗尼克的蜡人。"

"你疯了，快走！"

"我没疯。这个女人死了，她死在树上，是真的。你可以爬上树去看，我保证。是有奇迹，但这样的奇迹不存在！"

三个人没有灯笼，一路在墙上石头上跌跌撞撞地向前走。墓穴里回荡着他们的脚步声。

孔拉不停地嘀咕着："我早就说，把他的脑壳砸碎。"奥托气喘吁吁的，一声不吭。

他们摸着黑来到第一个墓穴的门厅，但却发现第一个大厅黑乎乎的，刚才他们在枯死的橡树底下挖了通道，应该有光能照进来……

"真怪了，"孔拉说。

"啊！"奥托说，"只要找到墙上的那个台阶就行。啊，找到了，一级……又一级……"

他上了阶梯，但很快就停了下来。

"不能向前了……好像塌方了。"

"不可能！"沃尔斯基说，"等等，我这儿有个打火机。"

沃尔斯基打燃打火机，三个人同时发出了怒吼，阶梯的上部和前厅的一半都被沙子和石头填满了，那棵枯死的橡树在中间。无法逃跑了。

沃尔斯基感到浑身瘫软，他倒在了阶梯上。

"完蛋了！一定是那个死老头干的，可以肯定不只他一个人。"

他哀叹着，胡言乱语起来，他觉得自己已经无法进行这场力量悬殊的战斗了。此时孔拉却发起了火：

"你怎么啦，我都不敢认你了，沃尔斯基。"

"对这个老头，我无计可施。"

"无计可施？首先，我早就向你重复了二十遍，掐断老家伙的脖子。哦，当时我就想下手！"

"你当时碰都不敢碰他。他中我们的枪了吗？"

"他中枪？他中枪……"孔拉嘀咕道，"一切都值得怀疑。把打火机给我……我还有一支手枪，是从隐修院拿来的，昨天早晨我亲手上的子弹。我看看……"

他查看了手枪，但很快发现，在弹夹中放着的七颗子弹，全部换成了七颗空壳弹，当然也只能放空枪了。

"这是问题的关键，"他说，"那个老祭司没有什么魔法。假如我们是真枪实弹的话，肯定会打死他，如同打死条狗那样容易。"

可是，沃尔斯基被这种解释搞得更迷惑了。

"子弹是怎么被卸掉的？他从我们口袋中何时拿走的枪，又怎么原样放回的呢？我的手枪从来就没有离开过我呀！"

"是呀，"孔拉说道。

"我保证，如果有人碰它，我肯定是能看见的。那么，难道这个魔鬼真的有特异功能吗？什么！应该面对现实。他是一个神秘的人，是一个具有魔法的人……他有办法……"

孔拉耸了耸肩膀。

"沃尔斯基，你被这件事打垮了，你功亏一篑了！原来你是个懦夫。嘿，要是我，肯定不会像你那样向他屈服的。完蛋了？为什么？假如他追赶我们，我们只有三个人。"

"他肯定不会来。我们被他关在这里，就像被关在了一个没有出口的地洞里。"

"如果他不来，我就回去找他！我还有把刀子，这就足够了。"

"你错啦，孔拉。"

"我为什么错啦？我能对付那个人，尤其他是个老头。他只不过有一个沉睡不醒的女人做帮手。"

"孔拉，那可不是普通的男人和女人。你要小心呀。"

"我会小心的，那我去了。"

"你去吧，去吧……可你有什么打算呢？"

"我没有打算，或者说我只有一个打算，那就是干掉那个老家伙。"

"无论如何，你要小心，不能正面进攻，而是出其不备……"

"当然！"孔拉一边走一边说，"我不会傻到送货上门的。放心吧，我一定会抓住他，这个可恶的老头儿！"

孔拉的勇敢，对沃尔斯基来说是一种安慰。

"总之，"孔拉走后，沃尔斯基说，"他是对的。这个老祭司没来追咱们，肯定因为他还有别的主意。他肯定想不到这突然的反攻，孔拉会给他个攻其不备的。你说呢，奥托？"

奥托同意这种看法。

"我们只需耐心等待。"他答道。

一刻钟之后，沃尔斯基的信心渐渐恢复了。他刚才的软弱，是因为过高的期望遭遇太大的打击后引起的反应，也是由于酒性发作引起的乏力和气馁的结果。现在投入战斗的欲望又令他振奋，他决心与敌人斗争到底。

他说："孔拉是否干掉他了呢？"

现在他又信心百倍了，他想立即出发投入战斗。

"走吧，奥托，到了最后时刻了。干掉这个老家伙就完事大吉。你的匕首呢？不用了，我只需赤手空拳就足够了。"

"这个老祭司有同伙吗？"

"我们去看看。"

沃尔斯基又一次踏上去墓穴的路，小心翼翼地向前走，观察着每条路的岔道口。没有一点声响，他们向着透着亮光的第三墓室走去。

"孔拉一定成功了，"沃尔斯基说，"否则，他早回来找我们了。"

奥托同意他的想法。

"当然，他不回来是个好兆头。孔拉身强力壮的，这次够那个老祭司受的了。"

他们进入到第三间墓室。

一切都还是老样子，原封未动。石砧上放着权杖，沃尔斯基拧开的球形雕饰，也还在原地放着。他们看了一眼老祭司睡觉的那个角落，昏暗中，沃尔斯基惊奇地发现那老头已不完全在原来的地方了，而是在黑影与走道的入口之间躺着。

"活见鬼！他在干什么？"他小声说道，这意外的发现让沃尔斯基有些不知所措。

"不，他可能又睡着了！"

老祭司的确像睡着了。但他睡觉为什么是那种姿势呢？整个人在地上趴着，胸前双手交叉，鼻子贴在了地上。

他是不是故意有所戒备，知道有危险来临，就特意摆出这种姿势呢？为什么？沃尔斯基从黑暗中慢慢地看清了墓穴的深处。他的白袍上为什么有危险的印迹……红色的，毫无疑问。这是为什么呢？

奥托低声说：

"他这姿势有些奇怪。"沃尔斯基也想到了，他肯定地说："是，那像具尸体。"

"对，是尸体，"奥托赞同地说，"说得很对。"

过了一会儿，沃尔斯基向后退了一步。

"噢!"他说，"这是真的吗?"

"什么?"奥托问。

"你看，在他两个肩膀之间有……"

"有什么?"

"刀子……"

"什么刀子? 孔拉的刀子?"

"孔拉的刀子，"沃尔斯基肯定地说，"是孔拉的匕首，我认得，正好插在他背上。"

接着他又声音颤抖地说道：

"从这儿流出来的红色斑点，是血……是从伤口中流出的。"

"这么说，"奥托看了看说，"他死了?"

"他死了! 对，老祭司死了! 孔拉出其不备，把他干掉了，老祭司死了!"

沃尔斯基站在那，思考了很久，他想扑到这个一动不动的身躯上，把他抽打一遍。但他更没胆量动死了的老祭司。他鼓足勇气，冲上前只是拔了出匕首。

"啊! 强盗，"他叫喊着，"你罪有应得，孔拉真棒。孔拉，你放心，我会永远记得你所做的。"

"孔拉在哪儿?"

"在天主宝石厅。啊! 奥托，我要去看看被老祭司放在那儿的女人，跟她去算账!"

"你以为他是个活女人?"奥托嘲笑道。

"当然是活的! 和这个老家伙一样。她也不过是个江湖骗子，略懂得一些雕虫小技，没有一点真本事……看，这就是证明!"

"江湖骗子，就算是吧，"他的同伙反驳道，"可是，不管怎样，是他用信号把你引到这个洞穴来的! 可真正的目的是什么? 他在这儿干什么呢? 他是否真知道天主宝石的秘密呢? 是否也知道得到天主宝石的方法和它确切的位置?"

"你说得有理,谜团太多了,"沃尔斯基说道,他宁愿不再去想这些细节,"但是,谜底终究要揭开的,我现在不去想,因为这不再是这个令人恐怖的家伙提出来的。"

他们第三次穿越狭窄的通道。沃尔斯基以胜利者的姿态走进了大厅,他昂着头,目光坚定而镇静。

前面的路没有障碍了,沃尔斯基也不再有敌人。不管天主宝石是嵌在拱顶的石板之内,还是别的什么地方,毫无疑问,他一定会找到它。躺在祭坛上的神秘女人看上去像是维罗尼克,但她不可能是维罗尼克,他要揭开这个女人的真面目。

"如果她还在那儿的话,"他喃喃地说,"但我怀疑她已不在了。她扮演的神秘角色只不过是老祭司一手炮制出来的,而老祭司以为我走了……"

他走上前,登上台阶。那女人还躺在那里。

她还睡在石桌坟下面的桌子上,还蒙着那层面纱。胳膊已经不再下垂。外面露着她的手。手指上仍戴着那颗绿松石戒指。

奥托说:

"她不动,她依然在沉睡。"

"她可能真的睡着了,"沃尔斯基说,"走开,让我看看。"

他走上前。手里拿着孔拉的刀,因而也产生了杀死她的念头,他低下头看了看他的武器,好像刚刚意识到他手里握着武器,并且可以使用它。

离女人只有三步远的距离时,他看见了那露在外面布满伤痕的手腕,那是一块块青紫的血污,肯定是因为绳子勒得太紧造成的。可在一小时前,老祭司给他展示手时,没有任何伤痕啊!

这个情况又让他很不安,首先,这就说明她正是那个被他亲自绑上十字架的女人,她被解了下来,现在呈现在他的眼前;其次,奇迹又在他眼前出现了,维罗尼克的胳膊前后以两种不同的形式出现,一种是活生生的美丽无瑕的,一种是一动不动的伤痕累累的。他的手颤抖着握紧匕首,就像在抓着一根救命的稻草。在他混乱的大脑中,再次闪过刺杀她的念头。不是为了杀她,因为她早死了,而是要杀死那个他看不见、摸不着，却总在背后兴妖作怪的魔鬼，他要一刀砍下去，斩断那可怕的魔法。

他选好位置，举起了胳膊。脸上洋溢着犯罪的快乐和极其残忍的表情。他狠狠地刺下去，像发疯似的，十下，二十下，他用尽全力，疯狂地刺杀着。

"啊，杀，"他口中叨叨着，"再杀一下，啊，再来最后一刀。你这个魔鬼，专门和我作对……我要杀死你……杀死你，我自由了！杀死你，我就是全世界的主人了！"

他筋疲力尽了，他喘着气，停了下来。此时的他两眼昏花，他视而不见地看着那个可怕的、被他刺得遍体鳞伤的躯体时，他感到了有些异样，因为在他与上面照下来的太阳光之间他看到了一个影子。

"你知道，你让我想起了什么吗？"一个声音说道。沃尔斯基惊呆了。

这不是奥托的声音。当他低着头愣在那儿，疯狂地再次把匕首刺向死者时，那声音还继续说道：

"沃尔斯基，你知道，我想起了什么吗？你让我记起了我故乡的斗牛，我是西班牙人，在西班牙，那些斗牛，就是你这个样子。当一头无用的老牛被它们斗死后，它们不肯罢休，老牛的尸体会被它们不停地翻动，不停地刺。你就和那斗牛一样，沃尔斯基，你杀红了眼。你为了免受活着的敌人的伤害，你就拼命地刺杀死去的敌人，你拼命刺杀的正是死神本身。你真残忍！"

沃尔斯基抬起头。他的面前站着一个男人，他靠在石桌坟的一根柱子上。此人中等身材，很瘦，却非常健美，尽管两鬓已经花白，但显得很年轻。他穿着一件深蓝色金扣短上衣，戴一顶黑鸭舌海员帽。

"别想了，"他说，"你不认得我。我叫唐路易·佩雷纳，是撒勒克王子，西班牙的大贵族，很多领地属于我。你不用惊慌，撒勒克王子的头衔，是我自己加冕的，这个头衔我有权拥有。"

沃尔斯基看着他，有些莫名其妙。那人接着说：

"对于西班牙贵族，你似乎不太熟。请好好回忆一下……弗朗索瓦——你儿子，怀着纯真的信念一直期待着的那位先生……嗯？你知道了吗？好，你忠实的同伙——奥托，好像记起来了……或许我的另一个名字，会让你更明白点！那就是更加响亮的——罗宾，亚森·罗宾。"

沃尔斯基看着眼前这个新对手，听到他的每句话，看到他的每个动作，心中不断地增长着恐惧和疑惑。虽然他不认识此人，更不熟悉他的声音，但他感到自己已经被控制，被他那种具有威慑力的意志所征服，被他那种无情的嘲讽所鞭挞。这怎么可能呢？

"一切都有可能，包括你现在所想的，"唐路易·佩雷纳又说，"我再和你说一遍，你所做的一切多么野蛮啊！怎么！你俨然就像一个江洋大盗，你摆出了一副大冒险家的样子，你身陷罪恶的深渊而不能自拔！你只在杀人时才勇气倍增。你一遇到点挫折，就垂头丧气。你沃尔斯基杀人，都杀的是什么人呢？你一无所知。维罗尼克·戴日蒙是活着还是死了？她到底是被你绑到十字架而死，还是躺在这祭台之上？她是在树上被你杀死的，还是在这里被你刺死的？这都是谜。甚至在你杀人之前，你都没想去看一看。对于你来说，最重要的就是举起手来杀人，在血腥中自我陶醉，把活人做成肉酱。可是，你去看看，笨蛋。杀人者不会害怕，更不会遮住受害者的脸。看看吧，蠢货。"

他俯下身，掀开遮盖在女人脸上的面纱。

沃尔斯基闭上眼，跪在地上，上身压住死者的腿，他一动不动，紧闭着眼睛。

"看见了吗，嗯？"唐路易嘲笑道，"你不敢看，你猜到了，或许你快要猜到了，是吗？下流的东西。你的笨蛋脑袋又在算计什么。撒勒克岛上现在有两个女人，一个是维罗尼克，另一个是艾尔弗丽德，对吗？我说得对吧？艾尔弗丽德和维罗尼克，是你的两个妻子。一个是弗朗索瓦的母亲，一个是雷诺尔德的母亲。那么，你绑到十字架上的女人，也就是你刚杀的那个，是弗朗索瓦的母亲，还是雷诺尔德的母亲呢？那个躺在这里的女人，两腕都是伤痕，她不是维罗尼克，就是艾尔弗丽德。这绝对错不了！艾尔弗丽德——你的妻子和同伙，她死心塌地地跟着你。你非常清楚，因此你宁可相信我的话，而不看一眼死者——那张青灰色的面孔、顺从你的被你折磨致死的同伙。你这个懦夫，睁开眼看看吧！"

沃尔斯基把头深深地埋到弯曲的胳膊里。他没有哭，沃尔斯基是从来不哭的。然而他的肩膀在抽动，那表明他已经彻底绝望了。他就这样在那儿抽动了很久。后来肩膀停止了颤动，可他还是一动没动。

"老伙计，说真的，你真可悲。"唐路易又说，"你对你的艾尔弗丽德真执着？这是一种习惯，是吧？还是因为她是你心中的偶像？你居然这个样子，人愚蠢到这个程度真可笑！人要知道自己存在！要胸中有数！要会思考问题，活见鬼！你就像个被投进水中的婴儿，在罪恶的海洋里拼命挣扎，毫不奇怪，你肯定要沉入水底淹死。所以德鲁伊教老祭司到底是死了还是活着？他是被孔拉用刀子刺进背脊，还是这个看不见的角色是我扮演的呢？总之，现在一个是老祭司，一个是西班牙贵族，或者两个人根本就是一个？可怜的孩子，所有这一切，对你来说，就是一件搞不清楚的事。然而又必须弄清楚。需要我帮忙吗？"

沃尔斯基如果不考虑就行动，那很容易搞清楚。他抬起头，想了一会儿，心中很明白答案是怎样的令人失望，这些境况让他陷入绝境。正如唐路易说的，一定要搞清楚，他无情的意志又促使他想使用手中握着的匕首。沃尔斯基紧盯着唐路易，他的眼睛充满杀机，他站起身来，举起了匕首。

"小心点，"唐路易说，"你的匕首和你的枪一样，早已调了包，它是用锡箔做成的。"

这种玩笑没起丝毫作用。任何力量不能加速，也不能延迟沃尔斯基丧失理智的最后冲刺。他绕过祭桌，来到唐路易面前。

"原来是你，"他说，"几天以来，是你在破坏我的行动吧？"

"仅仅二十四小时而已，没有你说得那么久。我来到撒勒克岛才二十四小时。"

"你想和我一直作对吗？"

"可能会走得更远。"

"为什么？出于什么目的？"

"业余爱好而已，因为你这人令我很讨厌。"

"难道不能和解吗？"

"不能。"

"你拒绝加入我的行动？"

"对！"

"你能分到一半。"

"我更想要全部。"

"你想要天主宝石？"

"它只属于我。"

此时任何话都是多余的。必须干掉这个对手，否则，就会被他干掉，二者只能留其一，没有第三种选择。唐路易一直在石柱上倚靠着，他毫无反应地站在那儿。他比沃尔斯基矮一头，沃尔斯基觉得，在体力、肌肉或体重等各个方面，他都要略胜唐路易一筹。力量悬殊如此之大，他还有什么犹豫的呢？此外，还有最重要的一点，就是在沃尔斯基下手之前，唐路易不可能提防和躲避。因为如果唐路易现在还站在那不动，那么肯定来不及防守。然而他并没动。沃尔斯基像刺杀一只必定要被杀死的猎物一样，信心满满地刺了过去。

但是，事情却向着让人难以置信的方面发展，仅仅三四秒钟的时间，沃尔斯基就莫名其妙地被打倒了，他躺在了地上，手上丢掉了匕首，他被战败了，两条腿像被棍子打折了一样，右胳膊动弹不了，疼得他直哼哼。

唐路易根本没必要把他捆起来。他一只脚踏在沃尔斯基庞大的身躯上，弯卜腰说道：

"现在，我无话可讲，我留着以后再说给你听，你或许会觉得长了点，不过它能证明给你，我知道整个事件的始末，而且比你知道得要多得多，现在只剩一个疑点，由你来说给我听：你儿子弗朗索瓦·戴日蒙现在在哪儿？"

见他没有回答，唐路易又问：

"弗朗索瓦·戴日蒙在哪儿？"

现在，沃尔斯基确信，命运又赋予了他一张意想不到的王牌，他还没有输，因此他保持着沉默。

"你不想说，是吗？"唐路易问道，"一……二……三……你拒绝，是吧？很好！"

他轻轻地吹了一声口哨。从大厅的一角走出了四个面孔黝黑的男人，这四个人，长得很像摩洛哥的阿拉伯人。他们穿着与唐路易一样的短上衣，戴黑鸭舌海员帽。紧接着，走出了第五个人，他的右腿已残废，装的是一条木制假腿，这是一位法国军人。

"啊！是你吗，帕特里斯？"唐路易说。

他很有礼貌地介绍道：

"我最要好的朋友——帕特里斯·贝尔瓦上尉，这是沃尔斯基先生，德国佬。"

他接着说：

"上尉，有新情况吗？找到弗朗索瓦了吗？"

"没有。"

"一小时之内我们必须找到他，然后出发。所有人都上船了吗？"

"是的。"

"那边还顺利吧？"

"一切顺利。"

他对四个人命令道：

"这个德国佬你们包装一下，把他放到石桌坟上，别捆了，他动弹不了。啊！稍等。"

他在沃尔斯基耳边小声说道：

"临走前，你再好好看看拱顶石板间的天主宝石吧。老祭司说得是真的，它的确是许多世纪以来人们一直在寻找的宝石！我发现了它，我是从遥远的地方……通过来往书信。沃尔斯基，向它告别吧！你再也看不到它了，永远看不到了，即使在世界上你还能看到别的东西。"

他做了个手势。

四个摩洛哥人立刻把沃尔斯基抓起来，他被抬到了大厅后面靠走道的地方。奥托目睹了这一切，他一动不动地站在那儿，唐路易转过身面对着他，说道："我想你应该是个明智的小伙子，奥托，你看清形势。你还想搅和吗？"

"不想了。"

"那么，你放心。如果你不害怕，可以和我们一起走。"他挽着上尉的胳膊，边走边说。

人们从天主宝石厅离开，穿过一个三间相连的墓穴。这三间墓穴，一间比一间高，也有一间门厅。在门厅的尽头靠墙立着一个梯子，用砂石筑成的墙上刚刚开了一个洞口。人们穿过洞口到了露天，走上一条陡峭的小路，小路上沿崖壁盘旋而上的石阶，一直通到弗朗索瓦前天早晨领着维罗尼克到过的那个悬崖前面。这是通往暗道的路。从上面望下去，看见一只小船用两个铁钩挂着，这就是弗朗索瓦准备逃走用的小船。在不远处的小海湾里，好像停着一艘潜艇。唐路易和帕特里斯·贝尔瓦转过身，朝着半圆形的橡树林走去，在仙女石桌坟前停下来。摩洛哥人在等着他们。沃尔斯基被摩洛哥人放到他迫害最后一个遇害者死去的那棵树下坐着。这棵树上仅仅留有 V. d'H 几个字，成为这场可恶极刑的见证。

"沃尔斯基，累吗？"唐路易问，"腿好些了吗？"

沃尔斯基轻蔑地耸了耸肩。

"我知道，"唐路易又说，"你对你最后的这张王牌信心满满，不过，我也有几张王牌，但我玩起来是讲究技巧的。你身后的这棵树，就充分向你证明了这点。你还想要别的证明吗？当你深陷罪恶的泥潭中，杀人如麻时，我却令他们一个个复活。你抬头看看从隐修院走出的那个人。看见了吗？他穿着与我同样的金扣短上衣……那是你的受害者之一，对吗？他被你关进死囚牢，准备扔下海去。对，是当着维罗尼克的面被你的宝贝雷诺尔德推向深渊的。你没忘记吧？斯特凡·马鲁。他死了，是吗？不，他根本就没死！我用魔棍轻轻一下，救活了他。瞧，他来了。我要与他握手，与他谈话……"

唐路易走上前，同那人握手，对他说：

"斯特凡，瞧，我与你说了，一切在正午时分结束，我们将在石桌坟前会面。现在已是正午时分了。"

斯特凡看上去很健康，没有任何伤痕。沃尔斯基吃惊地看着，结结巴巴地说道：

"斯特凡·马鲁老师……"

"对，是他，"唐路易说，"怎么样？这件事你干得太愚蠢了。你和你的宝贝雷诺尔德把他推到海里，居然不低头看看他究竟怎么样了。我——在下面接住了他……奇怪吗？我的伙计，这只是个开始，我袋子里还有很多法术呢。你想想，我是德鲁伊教老祭司的学生啊！斯特凡，那我们现在该干什么？搜查的情况怎样？"

"没有一点结果。"

"弗朗索瓦呢？"

"没有找到。"

"'杜瓦边'呢？你是按我们预定的那样，让它去寻找它的主人吗？"

"是的，但它只领我到达了从暗道到弗朗索瓦放船的地方。"

"那里有藏身地吗？"

"没有。"

唐路易不说话了，开始在石桌坟前踱来踱去。他在决定投入行动的最后时刻，显然有些犹豫。最后，他转向沃尔斯基，说道：

"我没空在这儿和你耗时间。两小时内，我必须离岛。弗朗索瓦的自由你想换多少钱？"

沃尔斯基答道：

"弗朗索瓦与雷诺尔德决斗，他战败了。"

"你说谎，弗朗索瓦胜利了。"

"你什么也不知道，你观看决斗了？"

"没有！否则，我会干预的。但我知道，谁是最后的胜利者。"

"他们都戴着面具。除我之外，没有人知道。"

"如果弗朗索瓦死了，你肯定也完蛋了。"

沃尔斯基想了想。

"证据是确凿的，"他说，并问道：

"否则，你能给我什么？"

"自由。"

"还有呢？"

"除此之外，什么都没有。"

"还有天主宝石。"

"你妄想！"

唐路易语气激愤，他做了个斩钉截铁的动作，说道："休想！你最多能得到自由。我对你很清楚，你已经一无所有，你只能去别的地方寻死。天主宝石不但可以救你，还可以带给你财富、力量和作恶的能量……"

"正是如此，我才要得到它，"沃尔斯基说，"你证明了天主宝石的价值，这让我在弗朗索瓦身上要价更高。"

"我一定会找到他的。这不过是个时间问题，如果有必要，我可以在岛上再待上两三天。"

"你找不到，就是找到了，也晚了。"

"为什么？"

"从昨天开始，弗朗索瓦就没吃过东西。"他表情冷酷地说出这句恶毒的话。

唐路易沉默了一会儿，说：

"如果你不想让他死，就说出来。"

"那有什么关系？我不能半途而废，我可以什么都不要，就是不能抛弃我的使命。我即将达到目的；谁阻拦我前进，谁就该死。"

"你说谎。他是你的儿子，你不会让他死的。"

"我的一个儿子已经死了。"

帕特里斯和斯特凡听后，浑身颤抖了一下，而唐路易却坦率地大笑。

"很好！你这人很诚实。说话干脆，有说服力。好一个德国佬的灵魂！你真是一个虚荣心、狠毒、阴险和神秘主义的大杂烩！你总有使命要完成，即使是盗窃、杀人也行。你不仅是一个混蛋，而且还是个超级恶棍！"

唐路易笑着，又补充道：

"不过，我就想把你当超级恶棍来对待。我再问你最后一次，你说不说，弗朗索瓦在哪儿？"

"不。"

"那好。"他向着四个摩洛哥人镇定自若地说，"孩子们，动手吧。"

四个摩洛哥人的动作很快。他们准确得惊人，就像事先经过军事演习的分解训练一样。他们拎起沃尔斯基，用绳子把他绑到树上，任凭他怎样呼喊、咒骂和威胁，他被绳子牢牢地捆住，就像他曾经捆住那些受害者一样。

"叫吧，伙计，"唐路易平静地说，"想怎么叫就怎么叫吧！你的呼喊会把阿尔希纳姐妹和三十口棺材里的人唤醒！只要你高兴，你就叫吧。瞧，你在上帝面前多丢脸！看你那副鬼相！"

唐路易向后退了几步，继续欣赏这个场面。

"太妙了！你演得很好，一切都符合规律……符合 V. d'H 这几个字，沃尔斯基·德·奥恩佐莱恩！我想，你身为国王的儿子，一定去过这个高贵的房子。现在，沃尔斯基，你只需用一只耳朵听就可以，我向你发表演讲，这是我曾经答应过的。"

捆在树上的沃尔斯基挣扎着，他想弄断绳子，可他越用力，就勒得越痛，他只好老老实实待着。为了发泄心中的怨恨，他开始大骂起来：

"强盗！凶手！你才是凶手！是你害了弗朗索瓦！弗朗索瓦被他的兄弟刺伤后，伤口已经腐烂，也许早感染了……"

斯特凡很担心，他和帕特里斯来到唐路易身旁劝阻……

"怎么知道呢？"斯特凡说，"同这样一个恶魔打交道，什么都可能发生。如果孩子真的生病了呢？"

"瞎说八道！这是讹诈！"唐路易说，"孩子的身体很好。"

"你肯定？"

"大概能肯定，至少可以等一个小时。一小时之后，这个恶棍一定会开口。他坚持不了多久。只有在树上吊着，他才开口。"

"如果他不说呢？"

"这又怎样？"

"假如他也死在树上，怎么办呢？或者他用力太猛，造成动脉破裂，或血栓之类的？"

"那又怎样呢？"

"如果那样，他一死我们就失去了寻找弗朗索瓦的希望。"

但是，唐路易毫不动摇。

"他不会死的！不，不，"他喊道，"沃尔斯基这样的人，不会死于中风！不，他一定会开口的。一小时内，他肯定会说的。这段时间正好我来做一篇演说！"

帕特里斯不禁大笑起来。

"那么，你要发表演说吗？"

"一篇怎样的演说呢？"唐路易叹道，"是一篇有关天主宝石的历险记！关于历史题材的论文，可以纵观史前时代一直到三十桩罪案的全部历史！天哪，我可不是总有机会做这样的演说，别错过这个机会啊！唐路易亲自上阵去吹嘘！"

唐路易来到沃尔斯基跟前。

"沃尔斯基，你真幸运！你在最前排，你的耳朵可以一句不漏地全听进去。哦！让人在糊涂中明白点，那是件好事。人一旦陷入困境，就需要有人指点迷津。就说我吧，起初我也不知所措的！你想想看，这是一个千古之谜，还有你的瞎搅和！"

"强盗！凶手！"沃尔斯基咬牙切齿地说。

"为什么骂人呢？你如果不自在，就和我谈谈弗朗索瓦的事。"

"休想！他死了。"

"不，你会说的。你可以打断我的话。你只需用口哨吹吹《我有好烟》《妈妈，小船儿水上行》等小曲，我会马上派人去找，你如果不撒谎，我会让你放心地待在这儿，或者让奥托帮你解开绳子，而且你俩坐上弗朗索瓦的小船也可以离开这儿。就这么说定了，行吗？"

他转过身对着斯特凡·马鲁和帕特里斯·贝尔瓦。

"朋友们，坐下吧，因为我的演说会长些，为了讲起来动听，我需要听众。你们既是听众，也是法官。"

"我们只有两个人，"帕特里斯说。

"有三个人。"

"还有准？"

"看，第三个在这儿。"

原来是"杜瓦边"。它一路小跑过来，没有显得比平时更急。它跑向斯特凡表示亲热，又朝着唐路易摇尾巴，好像在说："我认识你啊，我们是老朋友……"然后它蹲在地上，像人那样，不愿打搅别人。

"很好，'杜瓦边'，"唐路易喊道，"看来，你也想了解这个故事。你的好奇心会给你带来荣誉，而且你会感到很满意的。"

唐路易显然十分高兴，他有了听众和法庭。沃尔斯基在树上不停地挣扎着。此时真是妙不可言。

唐路易两脚轻轻一碰，这让沃尔斯基联想到老祭司的旋转舞动作。然后，唐路易又直起身子，略微地点了点头，他像个演说者似的，用手做了个喝水的动作，随后两只手放到假设的桌子上，开始十分从容地说起来：

"女士们，先生们：公元前七百三十二年七月二十五日……"

六、盖墓石板

唐路易讲完这句话后，停下来仔细地品味这句话所产生的效果，几位听众有着不同的反应：贝尔瓦上尉十分了解自己的朋友，他会心地笑了笑。斯特凡为此则一直担忧着。"杜瓦边"蹲在原地，一动未动。

唐路易继续说道：

"女士们，先生们，首先我向你们要讲明的是，我把日期说得如此确切，就是想让你们感到吃惊。事实上，多少世纪之后的今天，我是根本无法获悉我要讲的这件事的确切日期的。但我可以肯定的是，此事发生在欧洲的某个国家，即今天的波希米亚地方，就在工业小城若阿希姆斯塔尔现在的位置。我讲得很明确了。在多瑙河与易北河源头间的海西尼森林里的克尔特人部落，一两个世纪以来一直在那儿定居，就在这天的早晨，他们发动了一次大行动。士兵们在他们妻子的协助下卷起帐篷，收起斧头、弓箭，把陶瓷、青铜与红铜器皿收拾好，放在牛马背上。

"酋长们仔细地检查了多次，很有秩序，也不混乱。一清早，大队人马就朝着易北河的一条支流埃日河方向出发，黄昏时到达目的地。出发前就派出上百名出色士兵在那里看守船只。其中有一只大船特别引人注目，它被装饰得富丽堂皇。船身由一块赭石色的布帘罩住。一个酋长，你们也可以称为国王，登上后船台，发表了演说，在这我就不全文赘述了，我简要地概括几句：'此次部落的迁移是为了躲避其他部落贪得无厌地掠夺。我们离开这片热土，总是会不舍与悲痛。但是对于我们来说，这没什么了不起的，因为我们把祖先遗留给我们的最宝贵的财富——盖墓石板带走了，那就是庇佑我们，让我们成为令人生畏的强中之强的神的宝物。'

"酋长庄重地揭开了那块赭石色的布帘，露出了一块石板，是一米宽、两米长的粒状花岗岩，颜色很重，里面有闪光片，一直闪闪发光。

180

无论男女老少都发出了一片赞叹，他们伸出双手，趴到地上，鼻子贴近地面。

"紧接着，从花岗岩石板上酋长抓起一根球饰精美的金属权杖，挥舞着它说：'在这块神奇的石板没有得到安全保障前，这根神威的权杖就不离开我了。此权杖来自于神奇的石板。它也具有赐生或赐死的天火。神奇的石板盖住了我先王的墓穴，这根神威的权杖也曾伴随着他们度过了很多痛苦和快乐的日子！让神奇的天火给我们指路吧！神啊！照耀着我们吧！'酋长讲完这番话，整个部落就出发了。"

唐路易停顿了一下，他得意地又重复道：

"他说完后，整个部落就出发了。"

帕特里斯听得很有兴致，斯特凡也受到影响，脸上出现了笑容。唐路易严肃地说道：

"别笑！这是真实的。我不是在讲哄孩子玩的变戏法故事，而是在说真实的故事，你们将会看到很多细节，并且会有明确的、自然的甚至是科学的说明和解释……是的，很科学的解释，我不怕用错词，女士们，先生们……我现在是在科学范围内讲问题，而沃尔斯基会为此对自己的乐观和怀疑论感到失望和遗憾的。"

唐路易又装作喝了第二杯水，继续说道：

"部落沿着易北河走了几周，几个月后，在一天晚上的九点半钟时，到达海边附近一个名叫弗里松的地方。他们在这儿住了几周、几个月，感到还是不安全，于是再次迁移。这次迁移走的是海路。请注意这个数字——三十条船，正好是三十个家庭的数字。在海上又航行了好多个月，他们从这个海岸到那个海岸，先在斯堪的纳维亚半岛上岸，在撒克逊人中住了下来，然后又被赶走。他们又从海上走。那种场面十分奇特、壮观而感动！这个流浪的部落，带着他们先王的盖墓石板，四处找寻着最后的、永久的、安全的栖身之所，为的就是把他们的崇拜物藏起来，免遭敌人的掠夺，并按照宗教仪式举行庆典活动，祈求这宝物保护他们的强大。

"最后他们到达了爱尔兰岛。在这个绿色的岛屿上居住了约一个世纪之后，他们开始与当地较开化的居民频繁接触。因此，他们的习俗也变得文明起来。一天，一个大酋长的孙子或曾孙派往邻国的使者回来了。使者是从欧洲大陆回来的，他发现了一个很好的栖息之所。那是一个几乎无法靠岸的岛屿，由三十块礁石守护着，并有三十座花岗岩建筑。

"三十！这真是个上天注定的数字！这不就是神明的召唤与命令？三十条船于是又开始了远征。

"这次迁徙很成功，他们消灭了当地的土著居民，彻底地占领了岛屿。部落于是在岛上定居下来，这块波希米亚盖墓石板也就放在了……今天所在的地方，也就是我刚让我的伙计沃尔斯基看的那儿。这里还有一段插曲，那是极高的历史评价，我简要地说说。"

唐路易用讲课的声调说：

"与整个法国和西欧一样，撒勒克岛——几千年来利古里亚人一直居住在那儿，所以穴居人的后裔部分地沿袭着祖先的习俗。利古里亚人都是建筑大师，在细石器时代，受到西方文明的影响，他们在岛上建起了巨大的花岗岩建筑和墓穴。这个部落在岛上发现并完全适应了那些经过利古里亚人精心设计的天然洞穴和山洞，以及巨大的建筑群，它冲击着克尔特人的神秘思想。

"所以，经过这最后的长途跋涉，天主宝石进入了安息和接受祭拜的阶段，我们称它为德鲁伊教祭司时代。德鲁伊教祭司时代经历了一千到一千五百年。这个部落，后来很有可能在布列塔尼国王的管辖下，被同化到相邻的部落。同时，酋长的权力渐渐地被转移到祭司手中，这些祭司，就是德鲁伊教祭司，后来几代祭司的权力越来越大。

"我可以断定，他们的权力是由那块神奇的石板赋予的。他们成为公认的宗教祭司和高卢青年的老师（毫无疑问，黑色荒原下的那些小房间就是一座修道院，或者是一所德鲁伊大学）。尽管他们采用当时的风俗，用活人祭祀，采摘各种神奇的植物，如槲寄生、马鞭草等。但是，他们在撒勒克所做的一切，就是为了守护这颗有赐生或赐死能量的宝石，并控制着它。在地下祭室的上面安放着这块宝石，当时在地面上肯定能看到它。我想，他们为了掩藏天主宝石，就在鲜花盛开的骷髅地上修建了仙女石桌坟，也就是现在我们看到的。病人、残疾人和病残儿童只要躺在石板上，就能痊愈。不育妇女也能恢复生育能力，老人焕发出青春活力。

"我认为，在布列塔尼的传说和神话中这块圣石占据着主导地位。它是所有迷信、信仰、忧虑、信念和希望的根源。因为它或者德鲁伊祭司手中的权杖，可以随意地烧坏皮肉，或者治愈疾病，所以产生了很多美丽的传说：如圆桌骑士的传说、魔法师梅琳的传说等。它是所有谜的谜底，是一切象征的核心。它既神秘，又明晰；既是谜，又是谜底……"

唐路易充满感情地说完最后两句，笑着说：

"沃尔斯基，你不要动。我满含激情地说说你的罪恶。刚才谈到了德鲁伊教的鼎盛时期。这个时期一直延续到德鲁伊教消失之后。德鲁伊教灭亡后的那些漫长岁月里，这块神奇的石板被巫师和占卜者们所利用。我们就讲到了第三个时期，即宗教时期，它是从富有的撒勒克，接受拜祭与庆典的盛势中逐渐衰落下来的时期。

"事实上，教会不能允许这种原始拜物教的存在。教会刚一掌握权力，就向着那块神圣的花岗岩石板开战。他们不能容忍一个吸引着如此众多信徒、可恶的宗教继续存在下去，双方力量悬殊，旧势力败下阵来。石桌坟就被移到了现在这个地方，波希米亚王的盖墓石板被尘土覆盖，并且在这个亵渎神圣的地方竖起了一个耶稣受难像。

"从那以后，它被世人遗忘了！

"我指的是习俗被遗忘。即宗教仪式和一套祭典礼仪被遗忘，并且不复存在。而天主宝石并未被忘记。人们无从获悉它在什么地方，甚至不知道它是什么东西。可是人们还是在继续地谈论它，并确信一定有一个叫天主宝石的东西存在。这些怪诞的传说流传了一代又一代，越传越失真，渐渐地变得模糊不清、令人畏惧，但在想象的头脑中，始终保留着天主宝石这个名字的记忆。

"由于人们的记忆中保留着这个印象，此事又被载入了地方史志，于是总有好奇者试图恢复奇迹，不过这也是合乎逻辑的。有两个这样的人，一个是十五世纪中期本笃会的托马斯修士，另一个就是马格诺克先生，这两个人起了非常重要的作用。托马斯是个诗人兼装饰画师，我们对他的了解知道得很少，读了他的诗，你会断定他是个蹩脚诗人，但同时也是个写实的、很有天才的装饰画师。他留下了一本弥撒经，歌颂的是他在撒勒克隐修院的生活，并画了岛上的三十个石桌坟，还配有诗文、宗教引语和附有诺斯特拉达姆式的预言。这本弥撒经后来被马格诺克找到了，书中有一页被钉上十字架女人的插图和有关撒勒克岛的预言。昨天夜里，我在马格诺克的房间里找到了这本书，并进行了细致的研究。

"马格诺克是落后于时代的巫师的后代，他是个很怪的人，我怀疑他曾多次装神弄鬼。我断定，在每个月月圆后的第六个晚上，采摘槲寄生的穿白袍的德鲁伊祭司，不是别人，正是马格诺克。他懂得一些验方，了解一些治病的草药，他知道怎样耕作土地和让花开得繁茂。可以肯定的一件事，他曾探访过地下墓室和祭室，还偷走了权杖球形雕饰上的宝石。他就是从位于暗道附近、我们刚走出来的那个洞口进入墓室的，每次出来，他都会重新塞上一些砾石、土块。戴日蒙先生看到的弥撒经上的那一页就是他给的。他是否把最后考察的结果也告诉了戴日蒙先生，戴日蒙先生知道不知道，这些都不重要了。重要的是出现了另一个人，他介入了此事，并引起了人们的关注，他就是被命运派来解开这几百年之谜的使者，他负责执行神秘力量给他下达的使命以及把天主宝石装进衣兜……此人正是沃尔斯基。"

唐路易装作喝了第三杯水，而后向奥托做了个手势说：

"奥托，如果他口渴，你给他点水喝。沃尔斯基，你渴吗？"

此时吊在树上的沃尔斯基，已经筋疲力尽了，他无力反抗了。斯特凡和帕特里斯怕他死掉，又进行劝阻。

"不，不，"唐路易喊道，"他很好，到我演讲完他不会有事的，因为他渴望知道结果，所以他能坚持住，是吗？沃尔斯基，你对此很感兴趣吧？"

"强盗！凶手！"沃尔斯基小声地说。

"好极了！你是坚决拒绝说出弗朗索瓦在哪儿了？"

"凶手！强盗！"

"伙计，那你就好好待着吧。受点苦对健康很有好处。再说，你是怎么折磨别人的，恶棍！"

唐路易说这几句话时表现得坚强有力，语气中透着满腔的怒火，他经历过无数罪案，同无数罪犯进行过斗争。而眼前这个家伙真是罪大恶极。

唐路易又说：

"三十五年前，在巴伐利亚湖一带水域有一个波希米亚女人，她长得美貌绝伦，有着匈牙利血统。她擅长算卦，纸牌算命，看手相，占卜和通灵术，也因此赢得了盛誉。贝莱特市的缔造者，瓦格纳的朋友——国王路易二世，对她很关注。路易二世是一个戴着王冠的疯子，他的性情古怪而反复无常。这个疯子与女预言家私通了好几年，他们之间有动摇也有狂热，最后终因国王的反复无常而中断、结束。一个神秘的晚上，国王路易二世从船上跳进斯塔恩贝湖。到底是官方说的国王因精神失常而投湖自尽？还是遭人暗杀？为何要自杀？又为何被暗杀？这些问题最终没被搞清楚。不过有一个事实：当时波希米亚女人正陪着路易二世在湖上游玩，第二天，这个女人被没收了首饰等贵重物品，然后被驱逐出境。

"这段风流史给她留下了一个四岁的小恶魔，名叫阿列克谢·沃尔斯基。小恶魔与他母亲生活在距离波希米亚不远的地方——若阿希姆斯塔尔村。很快，他母亲教给了他催眠暗示术、天眼通与诈骗伎俩。他性格粗鲁，缺乏才智，经常遭到幻觉和噩梦的折磨，他相信巫术、预言、幻觉和秘术，把传说当作历史，把谎言当作事实。有一个山村的传说对他的影响非常大。这个传说是有关一块石头的神奇力量，在一个夜晚，恶神抢走了它，并说某一天会由一个国王之子把它找回去。当地人指给他看在山坡上留下的这块石头的印迹。

"'你就是国王之子，'他母亲说，'那块被偷走的石头如果被你找到，你就能逃过匕首对你的威胁，并且会成为国王。'

"这个波希米亚女人还有另一个荒诞的预言，他儿子将死于朋友之手，儿子的妻子将死在十字架上，这些预言在预见的时刻，对沃尔斯基产生了直接的影响。我接着就讲预见的时刻，我们不去谈我们已经重复过很多次的话。例如昨天白天和晚上的谈话给我们三人的启示，这有什么必要呢；我们也不需要去重复，斯特凡与维罗尼克在地道中的谈话细节，这也没什么必要；还有你——帕特里斯，你——沃尔斯基，你——'杜瓦边'，那些众所周知的事。比如沃尔斯基，你的婚姻，确切地说，是你先后与艾尔弗丽德和维罗尼克·戴日蒙两次婚姻，还有外祖父劫走弗朗索瓦，维罗尼克的失踪，你为寻找她所进行的调查，又如你在战争中的表现，你被关进集中营，等等。这些事和下面谈到的事相比，是无足轻重的。我们刚弄清了天主宝石的历史渊源。接下来我们就要搞清围绕天主宝石，被沃尔斯基搅和得乌烟瘴气的故事。

"故事的开头是这样的。沃尔斯基被关押到集中营，就在布列塔尼的蓬蒂维附近。他那时不叫沃尔斯基，而叫洛特巴赫。十五个月前，他被军事法庭以间谍罪判处死刑时，他第一次逃出了集中营，躲到了枫丹白露森林，在那里遇到了他的老仆人——洛特巴赫，这个老仆人也是个德国人，他也从集中营逃出来。沃尔斯基把他杀死，给他换上自己的衣服，还给他化装得像沃尔斯基本人一样。军事法庭误以为那就是沃尔斯基，就把假沃尔斯基埋在了枫丹白露。沃尔斯基本人呢，很倒霉，又第二次被捕，他以洛特巴赫的名字又被关进了蓬蒂维集中营。

"另一方面，沃尔斯基的第一任妻子、他一切罪恶的同谋——艾尔弗丽德，也是个德国人（我知道她和他们过去的一些资料，我认为无关紧要，没必要提它）。这个艾尔弗丽德，与她的儿子藏在撒勒克岛的地下室中，监视着戴日蒙先生，并通过他找到了维罗尼克。这个恶毒女人的动机是什么，我不知道。是对沃尔斯基的盲目忠诚，是对他的畏惧，还是有邪恶的本性，也可能是对替代她的情敌的满腔仇恨。不管怎样，她总算遭到了最可怕的惩罚。我们不去谈三年来她是如何生活在地下，只说说她起的作用，她在晚上才出来为自己和儿子找吃的，她一天天地耐心地等待着，希望有一天救出她的主子，替他效劳。

"我不清楚他们具体干的事情，以及她和沃尔斯基的联络方式。但我用可靠的渠道获悉，沃尔斯基的成功逃脱是因为艾尔弗丽德长期精心策划的结果。所有细节都有周密安排，还采取了一系列防范措施。在去年的九月十四日，沃尔斯基与他的两个同伙逃了出来，这两个同伙就是奥托和孔拉，在关押期间沃尔斯基认识并招募、雇用了他们。

"他们旅途非常顺利。在每个路口，都留下一个箭头，写上一个序号，并有 V. d'H 的签名（这个首写字母，很显然是沃尔斯基选用的），以此指明路线。他们经常在废弃的窝棚中、石头下、一堆干草旁、麦垛里歇息。经过盖默内、法乌埃、罗斯波尔登，他们最后到达贝梅伊海滩。

"在夜晚，艾尔弗丽德母子使用奥诺丽娜的汽艇来接他们，三人被带到黑色荒原下的德鲁伊祭司的房子脚下。上岸后，他们的住宿都准备好了，你们看到了，很舒适。一天又一天，冬天过去了，沃尔斯基起初还模糊的计划有了明晰的轮廓。

"令人奇怪的是，在战前他第一次来到撒勒克时，并不知道小岛的秘密。是艾尔弗丽德从蓬蒂维写的信中告诉他的。可以想象的是，当沃尔斯基获知这个秘密时，会对他产生多大的影响啊！天主宝石不就是那块被人从他的故乡偷走，将由一个国王之子找到，并且会赋予他王位和财富的神奇石头吗？后来他又听到的情况使他更坚信不疑。但对他在撒勒克产生重大影响的是最近发现的托马斯的预言。这个预言的只言片语在左邻右舍中不断的流传，为了搜集到更多的信息，于是夜晚时，他经常潜伏在人家窗户下或者谷仓上偷听农民的谈话。撒勒克岛的人历来就害怕那些与看不见的天主宝石相关的事情。比如沉船啦，女人被钉在十字架上之类的事。况且，沃尔斯基早就知道了仙女石桌坟……三十口棺材的三十个受害者、四个女人遭受极刑、天主宝石赐生或赐死之类的事情吗？在他这样一个低智力的人看来，非常令人不安，却又是种巧合啊！

"但是，整个事件的核心，是马格诺克的那本附有彩画的弥撒经中提到的那个预言。还记得吗，马格诺克撕掉的经书中的那一页，喜欢画画的戴日蒙先生又临摹了几次，并情不自禁地把那个为主的女人画成自己女儿的容貌。一天晚上，当马格诺克在灯下将临摹的画与原画进行比照，被沃尔斯基正好看到了。黑暗中他拿出铅笔立刻把这份珍贵的资料上的十五行诗抄录在小本子上。沃尔斯基，现在你终于明白一切了吧。炫目的光芒把你照得晕头转向。东拼西凑的东西罗列到一起，就成了无懈可击的真理。毫无疑问，这个预言就是针对你的！这个预言，就是让你实现的使命！

"我再说一遍：一切就为了这个。从那时起，在沃尔斯基面前，一盏灯照亮了他前进的道路。他手里捏着阿里亚娜的线。预言对他来说，是毋庸置疑的，它就是摩西十诫（不可动摇的原则），它就是圣经。然而，看看这些分行诗，多么的愚蠢啊，它毫无韵律可言。没有一句有灵感的话！没有一句闪光的言语！也没有那个波希米亚女人精神病发作时的痕迹和引起幻觉的痕迹！既没有音节，也没有韵律。不过这却足以吊起沃尔斯基的胃口，并煽动起新教徒的热情！

"斯特凡，帕特里斯，我给你们读读托马斯修士的预言吧！这个德国佬把它分写在小本子的十页纸上，以此来让它反复地融进到他的血肉中，铭刻在他的躯体里。其中的一页这样写道，帕特里斯，斯特凡，你们听好！忠实的奥托，你也听着。还有你，沃尔斯基，这是你最后一次听到托马斯修士的限韵诗了！我开始念：

在撒勒克岛上，十四加三年，会有沉船，杀害和死人，利箭、毒药、呻吟、恐惧和死牢，四个女人上十字架，填满三十口棺材，杀死三十人。他们的父亲是阿拉马尼的后裔，完成命运指派的残酷王子，在母亲面前亚伯杀死该隐。在一个六月的夜晚，他的妻子要遭受千倍的折磨和痛苦，然后被慢慢地杀死。在藏匿宝石的地方，会有烟火和巨响放出，而他终将找到被北方蛮族盗走的那块宝石——赐生或赐死的天主宝石。"

唐路易·佩雷纳为了突出韵脚的低劣和诗文的愚蠢，采用夸张的语气朗读着。他用低沉的语调结束了最后的朗诵，随着他沉闷的声音，出现了一种不安的静寂。整个故事充满了恐怖气息。

他接着说下去：

"你们现在清楚了整件事的来龙去脉。斯特凡，你本身就是一个受害者，你是否了解到了其他受害者呢？你也是，帕特里斯，对吧？十五世纪时，一个小修士精神错乱，满脑子幻觉，他把自己的噩梦变成一个预言，那是荒诞之言。它没有一点依据，为了押韵和声调的需要而随意地安排内容，在诗人心中，它不比平时胡扯的话更有价值。无论是天主宝石的渊源、习俗和传说，都没有给他提供任何预言的依据。这个预言，不过是这个可爱和愚蠢的人，给自己精心画得绘画的空白处随意配点文字而编造出来的，他并无恶意。这个作品他很满意，于是动手把其中的只言半语刻在了仙女石桌坟上。

"然而，四百多年过去后，一个自负和疯狂的犯罪狂却得到了这篇预言。这个恶棍怎么对待它的呢？是一时的兴致或孩子气？还是毫无意义的心血来潮？都不是。他认为那是一份有极高价值的文件，就像他那些最无耻的同胞编写的文件一样，不过他这份文件是原文。这是《旧约》和《新约》，是《圣经》，是撒勒克法律的说明和注释！是天主宝石的福音书。命运指定他，沃尔斯基——这个超级恶魔为执行神意的弥赛亚。

"对沃尔斯基来说，他一点也没搞错。他当然高兴，因为他可以窃得财富和权力。但这还是其次。最重要的是，他带着那自命不凡的种族的神秘冲动和总是自诩为担负重要使命的使者，这个使命就是烧、杀、抢掠。从托马斯修士的预言书中，沃尔斯基看到了自己的神圣使命。托马斯明确了他该做的，并明确地指出沃尔斯基为命运之人。他不是国王之子吗？那就是'阿拉马尼王子'。他不就是从盗走宝石的北方蛮族的国度而来吗？他不正好有一个预言要在十字架上而死的妻子吗？他不正好有两个儿子，一个像阿贝尔那样可爱善良，一个像卡安那样凶狠、残酷、难以驾驭吗？

"这些证据已经足够了。从此，动员令和路条装在他的口袋里。神明给他指明了方向，他该上路了。他上路了。在他前进的路上，有活着的人，这不更妙嘛！这是他计划的一部分。只有消灭这些所有活着的人，并按照托马斯修士指示的方式去消灭，他才能完成使命，也才能得到天主宝石。从此，命运的使者——沃尔斯基将戴上王冠。因此，挽起袖子，毫不犹豫地举起锋利的屠刀，杀吧！托马斯修士的梦魇被沃尔斯基变成了现实！"

七、执行天意的残忍王子

唐路易把头转向沃尔斯基，说道：

"我们是一致的吧，伙计？我说的这一切完全符合事实吧？"

沃尔斯基眼睛紧闭着，低着头，额头上青筋暴了起来。

为了不让斯特凡说情，唐路易故意大声说道：

"伙计，你该张嘴说话了吧！嗯，头痛得难受吗？脑子开窍了吗？想想……吹一支《妈妈，小船……》的口哨曲，我的演说就要结束了。你不愿意吗？你还没考虑好吗？活该！斯特凡，你不用担心弗朗索瓦，一切有我。千万别可怜这个恶棍，我求你。啊！不要，千万不要！我们别忘了，这一切是他精心策划和实施的，他是残忍的、冷酷的、肆无忌惮的。千万别忘记……我可要动怒了。千万别……"

沃尔斯基抄录着预言的小本子被唐路易打开，他一边看一边说：

"事情的大体情况已介绍清楚，剩下的无关紧要了。不过，还有些具体的事情需要弄明白，要拆掉沃尔斯基设计制造的鬼机器，还要谈一谈德鲁伊老祭司所扮演的角色……现在正好是六月份。这是预定杀死三十个人的时间。显然，托马斯修士为了与'该隐''命运'两词押韵，而选择了'六月'这个时间；依此类推，'十四加三年'是为了与'恐惧'和'十字架'押韵。同样他选用了'三十'这个数字，目的是与岛屿周围的暗礁和石桌坟的数字相一致。但是，沃尔斯基却把它当作圣旨。六月十七日这天，必须要死三十个人。那么前提是要有那么多人……他能找到那么多人，岛上的居民有二十九个，都愿意留在岛上坐以待毙。我们过会儿要谈到沃尔斯基操控着的第三十个受害者。然而，沃尔斯基忽然听说，奥诺丽娜和马格诺克离开了岛。奥诺丽娜会准时回来。但马格诺克呢？于是，沃尔斯基立刻派出艾尔弗丽德和孔拉跟踪马格诺克，并命令他们杀死他。他毫不迟疑，因为根据他偷听的那些话，沃尔斯基断定马格诺克一定带走了那块神奇的宝石，那块石头不能摸，只能盛放在铅盒里（这是马格诺克说的）。

"艾尔弗丽德和孔拉上路了。一天早晨，在马格诺克住的旅馆里，在他喝的咖啡中，艾尔弗丽德投进了毒药（预言里是说有人被毒死）。马格诺克从旅馆出发，几小时后，他腹部疼痛难忍，很快就死在了山坡下。艾尔弗丽德和孔拉追上去，在他口袋里找了个遍，一无所获。没有首饰，也没有宝石。这次毒杀，没有实现沃尔斯基的愿望。但尸体还在那里。怎么办？他们把尸体扔到了一个塌陷了一半的小屋中。沃尔斯基几个月之前和他的同伙曾到过那里。但是，马格诺克的尸体却被维罗尼克·戴日蒙发现了……一小时之后，尸体又不见了。原来艾尔弗丽德和孔拉一直在附近监视着，他们把尸体偷偷运走，并把尸体临时藏在了一个废弃的小城堡的地窖中。

"顺便说一下，有关三十个受害者被害时的顺序，从马格诺克的预言来看，根本就不存在。托马斯预言中没有说到这一点。只是沃尔斯基凑巧碰到了。在撒勒克岛，他把弗朗索瓦和斯特凡·马鲁劫持了，为了安全考虑，为了不引起岛上人注意，也为了更容易地潜入隐修院，他和雷诺尔德分别穿上斯特凡与弗朗索瓦的衣服，事情办得很容易，在隐修院，只有一个老人和一个妇女，也就是戴日蒙先生和玛丽·勒戈夫。这两个人被他们杀害后，他们搜遍了所有的房间，重点是马格诺克的房间。'谁会知道？'此时的沃尔斯基还不知道艾尔弗丽德行动的结果——'谁会知道马格诺克是否把神奇的首饰留在了隐修院呢？'

"沃尔斯基抓住第一个受害者，厨娘——玛丽·勒戈夫，他朝玛丽的脖子狠狠地刺了一刀。一股鲜血立刻喷到沃尔斯基的脸上，这强盗害怕了，心虚了，他让雷诺尔德把戴日蒙老人杀害后就逃跑了。

"老人与孩子搏斗了很长时间。穿过房间时，被维罗尼克偶然间发现了。戴日蒙先生被杀害了。奥诺丽娜这时赶了过来，她也倒下了，成了第四个遇害者。

"事情发生了急剧的变化。那天夜里，人们一片恐慌。马格诺克的预言成真，威胁着撒勒克的居民如此漫长时间的灾难终于来临了，大家十分恐惧，决定从岛上撤离。这正是沃尔斯基父子所盼望的。他们守在偷来的汽艇上，向逃亡者们冲过去，这正是托马斯修士预言的罪大恶极的捕杀：会有沉船、杀害和死亡。

"亲眼看见了这场惨剧的奥诺丽娜，神经本来就受到了很大刺激，这时她完全崩溃了，于是从悬崖上跳进了万丈深渊。

"这之后平静了几天，维罗尼克·戴日蒙没有遭到袭击，她观察了隐修院与撒勒克岛。事实上，沃尔斯基父子在那次凶狠野蛮的捕杀后，就把奥托留到了岛上。在地下小屋里奥托整天喝酒，沃尔斯基父子开着汽艇去接艾尔弗丽德和孔拉，他们把马格诺克的尸体拉回来，扔到了撒勒克岛附近的海里。马格诺克必须去填那三十口棺材，这就是他指定的冥宅。

"到沃尔斯基回到撒勒克岛时，已经有了二十四具尸体。斯特凡和弗朗索瓦，已是瓮中之鳖，他们被奥托看守着。四个受极刑的女人中，首先要处置的是被锁在食物贮藏室的阿尔希纳三姐妹。维罗尼克试图想救出她们，可是太晚了。匪徒发现了她们，阿尔希纳姐妹被百发百中的雷诺尔德瞄准后，都中了箭（利箭也是预言中注定的）。当天晚上，她们就被捆到了三棵橡树上，沃尔斯基从她们身上搜得了五十张一千法郎的钞票。这时，死人的总数已经达到二十九人，谁是第三十个呢？第四个女人又是谁？"

唐路易停了一下，又说：

"对这个问题，预言说得很清楚，有两处提到，互为补充：'在母亲面前亚伯杀死该隐。'隔了几行又说：'在一个六月的夜晚……杀死自己的妻子。'

"沃尔斯基从获得这份资料开始，就依照自己的方式，理解这两句诗。事实上，当时他找遍全法国也没发现维罗尼克，他无法操控她，只好曲解命运的旨意。第四个受极刑的女人一定要是他的妻子，于是变成了他的第一个妻子艾尔弗丽德。这并不违背预言，死去的妻子可以是该隐的母亲，也可以是亚伯的母亲。因为以前专为他而做的那个预言，并没有指定是哪个：'他的妻子将死在十字架上。'哪个妻子呢？只能是艾尔弗丽德了。

"沃尔斯基的同谋，也是他亲爱的、对他忠心耿耿的妻子将遭此厄运。他真是心痛难忍啊！沃尔斯基不是要服从莫洛克神的旨意吗？他为了完成自己的使命，决心按照预言的旨意献出自己的儿子雷诺尔德，如果不献出自己的妻子艾尔弗丽德，就无法完成使命。献出她来就万事大吉了。

"意想不到的是，事情又有了戏剧性的变化。当追踪阿尔希纳姐妹时，沃尔斯基又发现了维罗尼克·戴日蒙。

"沃尔斯基信心满满地把这看成是上天的恩赐。他一刻也未曾忘记的妻子，在这幕大戏即将谢幕时，却及时地出现了。上天又赐给他一个神奇的猎物，供他折磨、征服、杀戮……这真是太美妙啦！无异于天空大放异彩！沃尔斯基利令智昏，他俨然把自己当作了救世主，上帝的使者和'执行上苍旨意'的人。他自诩为守护天主宝石的大祭司，德鲁伊教祭司。因此，月圆后的第六天，也就是维罗尼克烧桥的那晚，他学着大祭司的样子用金斧去采摘圣槲寄生。

"他们开始了对隐修院的围困。这里我就不赘述了。斯特凡，维罗尼克·戴日蒙已经向你说过了，我们都知道她遭受的磨难，还有可爱的'杜瓦边'起的作用，地道和地下小屋的发现。斯特凡，你就是预言中所说的死囚，沃尔斯基把你关在刑讯室。为了解救弗朗索瓦和你，戴日蒙夫人尽了力。你俩被发现、你被小恶魔雷诺尔德推入大海、弗朗索瓦和他母亲逃出来、沃尔斯基和同伙追到隐修院、弗朗索瓦被抓，他的母亲也……然后就是那些悲惨的场面，我就不多说了，沃尔斯基与维罗尼克的见面，在维罗尼克·戴日蒙面前亚伯和该隐两兄弟决斗。预言里不是有，'在母亲面前亚伯杀死该隐'吗？

"预言中不是说他的妻子要遭受千倍的折磨和痛苦吗？这位'残酷王子'——无所不用其极的沃尔斯基，命令两个决斗者戴上面具，当该隐快要打败亚伯时，他亲手刺伤了该隐，以便让所谓的亚伯杀死该隐。

"这个变态的恶棍。他疯了，醉了。就要达到目的了，他痛快地喝了起来，因为那天晚上，他就要给维罗尼克·戴日蒙上十字架了。'在一个六月的夜晚，他的妻子要遭受千倍的折磨和痛苦，然后被慢慢地杀死。'

"千倍的折磨，维罗尼克遭受了，然后是她慢慢地死去。吃过晚饭，时间到了，送葬队伍上路了。一切准备就绪，竖起梯子，绑好绳子，然后……然后，轮到老祭司上场了！"

唐路易口中的"祭司"两字还没说完，他就忍不住大笑起来。

"啊！太滑稽了。从这时起，悲剧开始转换成喜剧，令人毛骨悚然的惨剧变得滑稽可笑起来。啊！多么奇怪的德鲁伊老祭司啊！对于躲在幕后的斯特凡和帕特里斯来说，接下来的故事就索然乏味了。但是对于沃尔斯基，下面的情节多么引人入胜啊！奥托，把梯子靠到树干上，让那家伙把脚踏在最上一级。好。嗯，沃尔斯基，这样轻松点吗？请注意，我的关心不是出自毫无原则的同情。我是怕你断了气，另外，我想让你舒服些，好听完老祭司的忏悔词。"

又是一阵大笑。肯定是德鲁伊老祭司引起他发笑。

"老祭司的到来，"他说，"使事情变得有条理。杂乱无章的头绪也变得紧凑起来。犯罪时没有条理，惩罚时却很有逻辑。托马斯修士的韵律不再需要，现在需要的是良知，由一个懂得该如何办，而且不会浪费时间的人，遵照严厉的方式进行。老祭司很值得我们佩服。"

"我们可以称这位老祭司为……我想你可能猜到了，是吗？唐路易·佩雷纳，或者亚森·罗宾。昨天中午，他通过他的'水晶瓶塞'潜艇的潜望镜看到了撒勒克海岸，但他并不知道发生了什么事。"

"真的不知道吗？"斯特凡·马鲁惊讶地喊道。

"一无所知，"唐路易肯定地说。

"什么！你不是知道有关沃尔斯基的一切，知道他在撒勒克岛的所作所为，知道他的全部计划，还有艾尔弗丽德的作用及马格诺克被毒死的经过等等情况吗？"

"这一切我都是从昨天开始才知道的。"唐路易说道。

"你怎么知道的？我们可一直都没离开你。"

"相信我，昨天老祭司登上撒勒克岛时，真的什么都不知道。但是，老祭司相信他受到神明的厚爱，不比沃尔斯基少。果然，当他一登上撒勒克岛，就发现了孤零零一人在小海滩上的朋友——斯特凡。他逃脱了你和你儿子为他安排的厄运，他幸运地落到了一个很深的湖中。只要半个小时，老祭司就对一切了如指掌了。接下来的工作就是营救，于是立刻进行搜寻……最后找到地下小屋，在你沃尔斯基的房里，我们发现了一件很有用的白袍子，还有抄录预言的那张纸。棒极了，老祭司掌握了敌人的全部计划。

"他沿着弗朗索瓦和维罗尼克逃跑时的地道前进，但洞口坍塌了，他只能又折回来从黑色荒原洞口出来。在对岛屿进行探察时，他遇见了奥托和孔拉。天桥被敌人烧毁了。当时已是晚上六点，如何到隐修院去呢？斯特凡建议走暗道上去。老祭司于是回到'水晶瓶塞'潜艇上。亲爱的沃尔斯基，这里我简单说一下，'水晶瓶塞'是一艘很棒的潜艇，是老祭司根据自己的设计制造而成的，能在任何领域行驶。老祭司按照斯特凡指引的航路，顺利地绕过小岛，最后我们到达了弗朗索瓦挂船的地方。上岸后我们碰到了'杜瓦边'，它正在船下面睡觉。老祭司向'杜瓦边'做了介绍，很快双方产生了好感。然后一起上路了。走到半道上，忽然'杜瓦边'向岔道上跑去，那儿的崖壁像是有人均匀地用碎石补过。在这些碎石中间，发现了一个洞，老祭司猜想一定是马格诺克挖的，目的是从那儿直接进入地下墓穴和祭室。老祭司探察到了整个问题的核心，他掌握了所有情况。这些只是晚上八点半钟的事。

"关于弗朗索瓦，别着急。预言里是说：'在母亲面前亚伯杀死该隐。'可是，维罗尼克是否在'一个六月的夜晚'，遭到了可怕的极刑，营救她是不是为时已晚？"

唐路易转向斯特凡：

"斯特凡，还记得吗，你和老祭司所经历的焦灼和惶恐不安，和你看到那棵树上写着 V. d'H 时的愉悦心情吗？树上还没有遇害者，维罗尼克还有获救的希望。果然，这时有说话声从隐修院那儿传来，这就是送葬队伍。黑暗中，他们沿着草坪走得非常慢。灯一摇一晃，中途还歇息了一会儿。一路上沃尔斯基夸夸其谈。临近目标了，进攻马上开始，维罗尼克就要获救了。

"可是这时，一件意想不到的事发生了。是的，沃尔斯基，你会开心的！我们发现了一件怪事……在石桌坟旁一个女人在那儿转来转去，看见我们她就躲了起来。我们抓住她，斯特凡拿手电筒一照就认出了她。沃尔斯基，你猜她是谁？你绝对想不到，是艾尔弗丽德！对，正是你的同伙——那个死心塌地跟着你，你却想把她钉到十字架上的女人！很奇怪，是吗？艾尔弗丽德都快疯了，情绪很激动，她告诉我们，她同意两个孩子决斗，但前提是让她儿子获胜，维罗尼克的儿子被杀死。可是一大早她就被你关到屋里，晚上她逃了出来，却发现了雷诺尔德的尸体。老伙计，当时她是要看到情敌被钉上十字架后，然后杀死你为他儿子报仇。

　　"好！老祭司很赞成她这样做。斯特凡注视着你朝石桌坟走来，艾尔弗丽德被继续审问着。出人意料的是，她听到你的声音后，开始反抗起来。态度发生了根本的变化！王子的声音让她变得温情起来。她想见你，想提醒你有危险，想救你。她拿着匕首向老祭司扑来。为了自卫，老祭司只能打晕她。很快，老祭司就想出了一个利用这个垂死女人的好主意。他们捆好这个可恶的女人。由你——沃尔斯基去处罚她，让她去遭受你早先为她安排好的命运。于是老祭司让斯特凡穿上袍子，并叮嘱他。等你一到，老祭司就向你射了一箭，你就开始追赶穿白袍子的人，老祭司就变起了戏法，用艾尔弗丽德——也就是你的第一个妻子，换下了维罗尼克。怎么换的？与你无关！总之你看，戏法变得多么成功啊！"

　　唐路易喘了一口气。他语气中肯、亲切，像是在给沃尔斯基讲笑话，一个使沃尔斯基第一个发笑的好笑话。

　　他继续说："还没完，我们继续说。为了收拾你，帕特里斯·贝尔瓦和几个摩洛哥人，此外，还有在地下墓室工作的十八个人。预言里不是说，他的妻子被杀死后，在藏匿宝石的地方会有烟火和巨响放出吗？

　　"托马斯修士根本就不知道什么地方藏着宝石，世界上没有人知道。但老祭司却知道，他猜对了，他想让沃尔斯基得到信号后，自投罗网。因此，在仙女石桌坟附近必须要找一个出口。在这方面马格诺克早就下了功夫，贝尔瓦上尉找到了。他们收拾出一个旧阶梯，也顺便清扫了枯树的里面。并在那儿放好了从潜艇取来的炸药和信号烟火。当你在树上呼喊：'她死了！第四个女人也死在十字架上了！'时，就发出了'砰！砰！'雷鸣般的巨响，又是烟，又是火，简直是山摇地动……

　　"一见这样，你更觉得自己是命运的宠儿和骄子，是神的使者。你贵族的欲望燃烧着，巴不得钻到火里，和天主宝石融为一体。当你第二天从烧酒和朗姆酒中清醒过来后，嘴边还挂着发自内心的微笑。你执行了托马斯修士的预言，杀死了三十个人。而他终将找到被北方蛮族盗走的那块宝石——赐生或赐死的天主宝石。

　　"老祭司只负责把天堂的钥匙交给你。但是，首先还得要有一段插曲，来点蹦跳和旋转舞，说句玩笑话。之后到睡美人守护的天主宝石那儿去！"

　　唐路易又蹦跳了几下，他似乎很偏爱这种舞蹈。

然后唐路易对沃尔斯基说：

"老伙计，你好像已经听腻了，宁愿立刻告诉我弗朗索瓦在哪里，也不愿再听我说下去。很遗憾！你必须搞明白睡美人和维罗尼克的出现到底是怎么回事。请原谅。不过两分钟就够了。"

此时唐路易改成了第一人称，不再以老祭司的身份说话：

"是的，我如何救出维罗尼克来，又怎么把她抬到这儿的呢？答案很简单：你让我把她抬到哪儿？抬到潜艇上吗？这个建议有些荒唐。那天夜里风浪很大，维罗尼克需要休息。抬到隐修院去？绝对不可以。那儿远离'剧场'，我不放心。只有一个地方——地下祭室，既能躲避风浪，又能防止你的攻击，所以我把她放到了那儿，当你看到她时，在麻醉剂的作用下维罗尼克正安静地睡着。我坦白承认，我是下定决心要让你看这出戏的。我的付出得到了回报！你想想你当时的那副嘴脸！太可怕呀！维罗尼克复活了！那是一具活死尸！这场面让你慌得六神无主，你拔腿就跑。

"下面我简单说。当你看到出口堵住后，就改变了想法。让孔拉回来攻击我，我当时正忙着把维罗尼克抬到潜艇上。我手下的一个摩洛哥人给了孔拉致命一击。所以又上演了第二出喜剧。把老祭司的白袍子穿到孔拉身上，把他放在一间墓室中。你首先冲了上去，当你看到蒙着脸躺在祭台上的维罗尼克时，你又发疯了。你不知道那是艾尔弗丽德的尸体，于是又冲了上去，那个让你钉到十字架上的可怜女人又被你剁成了肉酱。你总是干蠢事！结局也总有喜剧色彩。你被吊到树上，而我长篇大论的演说是给你的最后一击，我的结论是：你如果是用三十条人命作为夺取天主宝石的代价，那我则是用我的德行赢得了它。我亲爱的沃尔斯基，这就是整个故事的内容。除了一些细枝末节或者你没必要知道的重要事情外，你知道的和我一样多了。你这样很舒适，有时间考虑问题。我等待着弗朗索瓦问题的答案，我相信你。来，唱一曲你的歌吧——'妈妈，在水上走的小船有腿吗？'怎么样了？开始说吧？"

唐路易爬上几级梯子，斯特凡和帕特里斯也很担心地走上前。沃尔斯基睁开双眼，看了唐路易一眼，目光中充满仇恨和不满，同时也夹杂着恐惧。他眼神的流露表明：和这个大人物作对无异于以卵击石，乞求他的可怜也是徒劳的。唐路易是胜利的代表，在这个强者面前，他只有屈服和承认失败。再说，他已经筋疲力尽，无力抵抗了。现在惩罚对于他来说已经变得难以忍受了。

"大声一点，"唐路易说，"我听不到。你把弗朗索瓦·戴日蒙藏在哪儿？"

他又上了一级梯子。

沃尔斯基含糊不清地说：

"你能给我自由吗？"

"以我的名誉保证。我们会离开这儿，把奥托留下，他会放了你。"

"现在吗？"

"现在。"

"那么……"

"那么？"

"哦，弗朗索瓦还活着。"

"你这是废话，我一直深信不疑。他在哪儿？"

"在船上绑着……"

"是那只挂在悬崖脚下的小船吗？"

"是。"

唐路易拍了一下自己的脑门。

"真是个大笨蛋！请不要介意，我在说我自己。是的，我早该想到这一点！'杜瓦边'不是安静地睡在这只船下面吗，就像一只乖狗陪伴着它的主人在睡觉！让它出去寻找弗朗索瓦的踪迹时，斯特凡不就被它领到了这只船下面吗？唉！有时聪明人反而会笨得像头驴！沃尔斯基，你知道那儿有暗道和小船啰？"

"昨天才发现的。"

"那么你这狡猾的家伙，一定是打算到时候乘这只船离开啰？"

"是的。"

"好吧！沃尔斯基，小船可以留给你和奥托。斯特凡！"

没等唐路易说完，他就看到斯特凡和"杜瓦边"早已经朝悬崖跑去。

"斯特凡，解开弗朗索瓦。"唐路易再次喊道。

然后他又向着摩洛哥人说：

"你们去帮忙吧，然后把潜艇发动起来。十分钟后我们出发。"

他转过脸来朝沃尔斯基说：

"再见了，我亲爱的朋友。啊！还有一句话要告诉你。在所有精彩的故事中，都贯穿着感人的爱情情节。在我们的故事中好像没看到，因为我不能也不敢把你对那个纯洁女人的情感称作爱。但是，我要告诉你一种十分珍贵而又高尚的爱。刚刚你看见斯特凡跑去救弗朗索瓦的迫切心情了吗？显然，他十分爱自己的学生，同时他也更爱这位学生的母亲。既然维罗尼克感到愉快的事，也会令你感到愉快，那么我向你坦白，她对斯特凡并不是没有感情，更不是无动于衷，这种值得人称赞的爱，把这个女人的心融化了，今天早晨她再次见到斯特凡时，是那样欣喜若狂，他们终将会结合……当然，这要等到她成为寡妇之后。你懂我的意思吗？现在他们幸福的障碍，就是你。你是一个完美的绅士，你肯定不愿……我就不再多说了。这些人情世故希望你明白，也希望你快点死去。再见了，伙计。我不同你握手了，但我的心意留在这儿！奥托，十分钟之后，你如果没有反对意见的话，就麻烦你放了你的主人，小船还会在悬崖底下放着。朋友们，祝你们好运！"

此事就这样终结了。这场战斗的结局一开始就已成定局。从唐路易和沃尔斯基的交手开始，一方就压倒了另一方，尽管这另一方心狠手辣、浑身是胆，而且很有犯罪经验，但也不过像个散了架的木偶那样，变得滑稽荒唐而可笑。沃尔斯基眼看就要完成自己的宏伟计划，就要达到自己的终极目标，成为事件的胜利者和主宰者了。可是却被突然吊在了树上，待在那里动弹不得，活像一只被针钉在软木塞上的小虫，喘不过气来。

唐路易不再理睬这个受刑者，拉起帕特里斯·贝尔瓦就走，贝尔瓦忍不住说道：

"对这些无耻之徒，这样处置是不是太便宜他们了。"

"唔！他们用不了多久，就会在其他地方被抓到，"唐路易嘲笑着说，"你想他们还能干什么？"

"他们肯定会去拿天主宝石。"

"不可能的！要拿动它得需要二十个人，还得用脚手架、器具等东西。我都暂时放弃了。等战后再回来。"

"可是，唐路易，这块宝石到底是怎么回事啊？"

"你好奇心真强啊。"唐路易却没有回答。

他们走了，唐路易一边搓着手，一边说：

"我干得很好。从登上撒勒克岛开始，到现在还不到二十四小时，我就揭开了存在了二十四个世纪的谜底，一个世纪一个小时。罗宾，祝贺你啊！"

"我也祝贺你，唐路易，"帕特里斯·贝尔瓦说，"但对你这样的行家来说，我的祝贺是多么微不足道。"

当他们到达海边的小沙滩时，那只小船早已卸了下来，里面没有人。在不远处的地方，潜艇"水晶瓶塞"静静地在海上漂浮着。弗朗索瓦朝他们跑来，离唐路易几步远的距离时他停了下来，眼睛睁得大大的，仔细地打量着他。

"那么，"他小声地说，"你是……我一直所盼望着的那个人？"

"是的，"唐路易笑着说，"可我并不知道你在等着我……不过，我肯定是我……"

"你……你是唐路易·佩雷纳，也就是……"

"嘘！不用称名……叫佩雷纳就行了。还有，别谈论我，好吗？我，我只是偶然经过这里，碰巧遇上。可是，我的孩子，你好不容易才脱险啊！你在船里就是这样过的夜啊？"

"嗯，我嘴被堵住，手脚也被牢牢地捆住，就这样盖在了防雨布底下。"

"你一定很急吧？"

"没有。我到这儿还没一刻钟，'杜瓦边'就来了。所以……"

"那个人，就是那个强盗……他威胁你了吗？"

"没有。决斗完，他们都去料理我的对手，那个人把我带到这里，说准备带我去看妈妈，让我们两个都到船上。然后就到了这只船边，他什么也没说，一把把我抓住。"

"你知道他是谁吗？他的名字你知道吗？"

"关于这个人，我不知道他的任何情况。但我知道他祸害我和妈妈。"

"我的小弗朗索瓦，他为什么要害你们，我以后会和你讲的。现在你再也不用怕他了。"

"啊！你杀死他了吗？"

"没有，但我让他再也不能反攻了。所有这一切我会向你解释的。但现在最迫切的事是去找你妈妈。"

"斯特凡说，我妈妈在潜艇里休息呢，她也刚被你救出来。她一定在等我，对吗？"

"对，昨晚我和她谈话时，我答应她一定要找到你。我认为她十分信任我。那么，斯特凡，你先走一步吧，好让她有心理准备……"

在右边，由一道岩石组成的天然防波堤的尽头，在平静的水面上"水晶瓶塞"漂浮着。在潜艇上十来个摩洛哥人正忙碌着。其中两人扶着舷梯，唐路易和弗朗索瓦从舷梯上走了过去。在"水晶瓶塞"的客厅中，维罗尼克正躺在一个长椅上。饱受痛苦折磨的痕迹仍留在她那张苍白的脸上。整个人显得十分虚弱、乏力。但她那双满含泪水的双眼却闪耀着愉悦的光芒。

弗朗索瓦扑进妈妈的怀抱。维罗尼克呜呜地大声哭起来，说不出一句话来。

在他们对面"杜瓦边"蹲了下来，它把头侧向一边，两只前爪趴着，望着他们。

"妈妈，唐路易在那儿……"弗朗索瓦说道。

维罗尼克拉起唐路易的手，久久地亲吻着。弗朗索瓦小声说：

"你救了妈妈……你救了我们……"

"小弗朗索瓦，你想让我高兴吗？那好，就别道谢了。你如果一定要感谢的话，那就谢谢你的朋友'杜瓦边'吧。在这场悲剧中，它似乎没起太大作用。可与那个迫害你们的恶棍相比，它的确是一个机灵、谦虚、严谨而沉默的善良的神明。"

"你也是。"

"噢！我呀，我既不谦卑，也不保持沉默，所以我称赞'杜瓦边'。走，'杜瓦边'，跟着我，不要做鬼脸。否则，你就在这儿过夜了，因为他俩——母亲和儿子，一定会哭上好几个小时的……"

八、天主宝石

"水晶瓶塞"在水面上行驶着。

唐路易身边围坐着斯特凡、帕特里斯和"杜瓦边",他们在一起说着话。

"沃尔斯基这个恶棍!"唐路易说,"我见过很多恶棍,但从来没见过像他这样的。"

"既然这样,那为什么……"帕特里斯·贝尔瓦说。

"什么为什么?"唐路易问道。

"我还是坚持我的看法,你抓到了这个恶魔,既然是这样,为什么还要放了他?我们不论这样做是否道德……但你想想,只要他活着,肯定还会做坏事,这不可避免!为此对他将犯的恶行你负有重大责任,难道不对吗?"

"斯特凡,你也是这样的看法吗?"唐路易问道。

"我不太清楚我的想法,"斯特凡答道,"但为了把弗朗索瓦救出,我是准备付出一切的。可不管怎样……"

"不管怎样,你也希望有其他的解决办法吗?"

"是的。只要这个恶棍还活着,只要他还有自由,那维罗尼克母子就还会受到他的威胁。"

"可还有什么办法呢?为了尽快把弗朗索瓦救出来,我答应以自由作为交换条件。那我是否应让他先活下来,然后再把他移交到法庭呢?"

"也许应该这样做,"贝尔瓦上尉说。

"就算应该这样,可这样做的结果是法庭将会预审,然后这家伙的真实身份被发现,从而让维罗尼克重新有了一个丈夫,弗朗索瓦有了一个父亲。你们想让这样的事发生吗?"

"不,不!"斯特凡急忙大声说。

"的确不行。"帕特里斯·贝尔瓦也为难地说,"不行,这个办法也不好，可是，我真是奇怪，你——唐路易，居然找不到一个令大家都满意的上策。"

"只剩下一个办法，"唐路易·佩雷纳十分果断地说，"只有这一个办法了。"

"什么办法？"

"让他去死。"一阵寂静。

唐路易继续说：

"朋友们，我把大家都召集到这儿，组成这个法庭，可不是在闹着玩儿，并不像你们想象的那样，结束了辩论，你们这些法官也没事了。不，事情还在继续，法庭还未开庭。因此，我请各位给我明确地答复：你们真的觉得沃尔斯基该死吗？"

"是的，"帕特里斯答道。

斯特凡也赞同地说道：

"是的，千真万确。"

"朋友们，"唐路易继续说道，"你们这样回答不庄重。你们要根据法律和良知来表态，就像那个罪犯站在你们面前。我再说一遍：请问沃尔斯基该判什么刑罚？"

他们两个举起手来，一前一后庄重地说：

"死刑！"

唐路易吹了一声哨子，一个摩洛哥人听到后跑了过来。

"哈奇，给我拿两副望远镜。"

望远镜拿来后，唐路易分别给了斯特凡和帕特里斯各一副。

"我们距离撒勒克一海里。瞧，在海岬那儿，那只小船出发了。"

"对，"帕特里斯看了一会儿说。

"你看到了吗，斯特凡？"

"看到了，但是……"

"但是……"

"上面只有一个人。"

"是真的，上面就只一个人，"帕特里斯说。

斯特凡和帕特里斯放下望远镜，其中一个说道：

"是一个人逃走的……沃尔斯基肯定……奥托肯定被他杀死了。"

唐路易笑道：

"除非，奥托没把他杀死……"

"可是……你为何这么说？"

"怎么不是呢，还记得沃尔斯基的母亲——那个波希米亚女人，对儿子荒诞的预言吗：沃尔斯基将死于朋友之手，他的妻子将死在十字架上。"

"我不认为一个预言就能说明问题。"

"我还有其他证据。"

"什么证据？"

"亲爱的朋友们，这就是我们最后该搞明白的问题。比方说，艾尔弗丽德是如何被我换掉戴日蒙夫人的？"

斯特凡摇了摇头。

"我承认我搞不清楚。"

"这太简单了！在大厅里当一个先生给各位变魔术时，可能他早就猜到你们的心思了，你们一定会想：肯定他动了手脚，要不就是串通了一个帮手。你们不用到远处去找。"

"嗯！你也串通了一个帮手吗？"

"不错，是的。"

"谁呢？"

"奥托。"

"奥托！但是我们并没有离开过你！你也没和他说过话呀？"

"如果没有与他合谋，我怎么能实行调包计呢？确切地说，我有两个同谋——艾尔弗丽德和奥托，这二人都背叛了沃尔斯基，或出于报复，还有就是恐惧和贪心。斯特凡，当你把沃尔斯基引开仙女石桌坟时，我就走近了奥托。我们很快达成了条件，我给了他几张钞票，并答应在这个事件中他可以安全离开。此外，我还和他说，阿尔希纳姐妹身上的五万法郎被沃尔斯基拿走了。"

"你怎么知道？"斯特凡问。

"我的第一个同谋——艾尔弗丽德告诉我的，在你们关注着沃尔斯基走来时，我却在一直审问她，沃尔斯基的事她向我简短地透露了些。"

"但你和奥托毕竟只见过一面啊。"

"我们在仙女石桌坟见了第二次。也就是艾尔弗丽德死后，在枯树洞里燃放烟火后的两小时，当时沃尔斯基酒醉睡着了，奥托正在警戒。我抓住机会了解了有关事件的进展，及两年来奥托暗中搜集的他所痛恨的沃尔斯基及其同伙的情况。然后奥托卸了沃尔斯基和孔拉手枪中的子弹，准切地说是只留了空弹壳。然后我拿到了沃尔斯基的手表和笔记本，还有一个相框颈饰和沃尔斯基母亲的一张照片，几个月之前奥托就从上面取了下来。所有这些，在墓室里第二天我见到沃尔斯基时，并给他表演巫师游戏时，都派上了用场。这就是我和奥托之间的合作。"

"好吧，"帕特里斯说，"但你是否让他杀死沃尔斯基？"

"当然没有。"

"这谁又能为你证明呢？"

"你们觉得，最后沃尔斯基不会想到他失败的原因是因为内外串通吗？你们觉得，奥托不会想到这点吗？关于这点，请你们相信，不必有所怀疑：奥托一旦从树上把沃尔斯基放下来，他肯定会杀死奥托，这样做不但报了仇，而且还能夺回阿尔希纳姐妹的那五万法郎。奥托于是先下手为强。吊在树上的沃尔斯基，无计可施，因为他动弹不得，只能像只落水狗，他被奥托杀死了。我并不这样认为。奥托是个懦夫，他根本不会杀他。他干脆就让沃尔斯基还待在树上。这样，惩罚就完成了。朋友们，对这个结局，你们满意吗？你们伸张正义的要求，现在如愿以偿了！"

帕特里斯和斯特凡都没有说话，唐路易为他们描述的场景让他们感到害怕。

"现在看来，"他笑着说，"刚刚在橡树底下，面对着一个活生生的人，我没让你们为此表态，是正确的。我的这两个法官到那时，一定会动摇的。

"我的第三个法官——'杜瓦边'，肯定也会如此，你也是个爱动感情，动不动就流眼泪的家伙，对吗？朋友们，我与你们一样。我们都不是那种残忍、狠毒的人。可是无论如何，你们想想沃尔斯基的为人，想想他杀死的三十个受害者，还有他极端残忍的手段，你们应向我祝贺，在终审的最后时刻，选择了盲目的命运作为法官，选择了奥托作为刽子手。真是天理昭彰！"

在地平线上，在海天相间的浓雾中，撒勒克海岸渐渐地消失了。三个人都沉默不语。他们都思考着：因为一个人的疯狂，撒勒克成了荒芜的死岛。不久后，来岛的旅游者会发现这些无法解释的悲剧痕迹，地下修士小屋、地道出口及死囚牢、天主宝石厅、地下墓室，还有孔拉和艾尔弗丽德的尸体、阿尔希纳姐妹的骷髅。最后，在岛的尽头，在刻有三十口棺材和四个十字架预言的仙女石桌坟旁，看到沃尔斯基那具高大的尸体，孤零零地吊在那儿，被乌鸦和野鸟啄食得支离破碎……

结　尾

临近阿尔卡雄，有一个风景秀美的地方——穆洛村。在那儿，松树一直栽到了海湾边上。

这个村有一座别墅。经过一周时间的充分休息，此时坐在花园里的维罗尼克，脸上又恢复了红润的光泽，整个脸看上去是那么美丽。她忘却了痛苦，微笑地看着自己的儿子，弗朗索瓦在离她稍远的地方站着，他正听唐路易·佩雷纳讲话和询问一些问题。她又看着斯特凡，他们温情脉脉地彼此对视着。人们认为，由于他们双方对孩子的爱，因此在他们之间已经形成了一条紧密相连的纽带，彼此心照不宣，两人的情感越来越深。斯特凡未提起过在黑色荒原下的小屋中表白过的那段感情。但维罗尼克却念念不忘，她非常感激他对她儿子的培养，感激之情中又掺杂了另一种特殊的情感，她心里感到陶醉而又幸福。

当天晚上"水晶瓶塞"把大家送到穆洛别墅后，唐路易就立即坐火车去了巴黎。第二天吃中饭时，他在帕特里斯的陪同下，又出人意外地回来了。在花园的摇椅上他们坐了一个小时，弗朗索瓦红扑扑的脸上，洋溢着快乐的表情，他欢蹦乱跳，向他的救命恩人不停地提出问题：

"那你如何办的？你是如何知道的？是谁给你指路的？"

"宝贝，"维罗尼克说，"你难道不怕惹得唐路易腻烦吗？"

"夫人，不会的。"唐路易一边说，一边站起身来到维罗尼克身旁，用弗朗索瓦听不到的声音说：

"不会的，弗朗索瓦不会让我感到厌烦的，我非常高兴回答他的问题。但我承认，他有些使我为难，我怕我说了不该说的话。那他就会对这个悲剧知道些什么的。"

"除了沃尔斯基的名字，我所知道的他全知道。"

"他知道沃尔斯基是个什么角色吗？"

"知道，但不全知道。沃尔斯基是个逃犯，他专门搜集撒勒克的传说，为了得到天主宝石，他根据与宝石有关的预言去干——但我把有关弗朗索瓦的预言诗句隐瞒了。"

"关于艾尔弗丽德这个角色呢？还有她对你的仇恨？"

"我对弗朗索瓦说，艾尔弗丽德说的我听不懂，她讲的都是疯话。"

唐路易笑了。

"这种说法太笼统了，"他说，"我想，弗朗索瓦很明白，虽然这个悲剧的某些情节或许还应向他隐瞒。但重要的是，他不知道他的父亲就是沃尔斯基，对吗？"

"他不知道，永远也不会知道。"

"那么，我要说的就是这个问题——弗朗索瓦姓什么呢？"

"你什么意思啊？"

"弗朗索瓦如果问起他是谁的儿子？因为，你与我一样清楚事实，就是在十四年前的海难中弗朗索瓦·沃尔斯基与他外祖父丧生。一年前沃尔斯基也被同伙杀害。从法律上讲，他们二人都不存在了，那么……"

维罗尼克笑着摇摇头。

"我也不知道。情况的确十分复杂。但一切都会解决的。"

"为什么？"

"因为你在这儿。"

唐路易也笑了。

"从一开始一切就解决了，我做的事情和采取的措施对我也早已不起作用。还有什么需要费心的呢？"

"我讲得没错吧？"

"没错，"他表情严肃地说，"遭受了太多苦难折磨的女人，不该再有烦恼了。从今以后什么也伤害不了她，我发誓。违背父亲意愿的你，与一个远房表亲曾结婚，但后来他死了，留下一个儿子叫弗朗索瓦。为了报复，你父亲劫走了你的儿子，把他带到了撒勒克岛。你的父亲早已过世，戴日蒙这个姓不复存在了，也不会再有任何东西能唤起你对这场婚姻的回忆了。"

"但我的姓还存在。按照法律，维罗尼克·戴日蒙还是我户籍登记本上的名字。"

"你结婚后，娘家的姓就消失，改称丈夫家的姓。"

"那你是要我姓沃尔斯基吗？"

"不，你没有嫁给沃尔斯基，而是嫁给了一个称作什么的表兄……"

"称作什么？"

"让·马鲁。这是个合法的名字，是你与让·马鲁的结婚证上使用过的。在你的身份登记中这次婚姻是有记载的，还有另一份材料可以证明。"

维罗尼克吃惊地望着唐路易：

"为什么？为什么要姓这个姓？"

"为什么？因为你的儿子不能再叫戴日蒙，这个姓会让人记起以前的事；也不姓沃尔斯基，因为这使人回忆起一个恶棍的名字。看，这是弗朗索瓦·马鲁的出生证明。"

她的脸通红，很难为情地继续说：

"你为何如此坚决地选这个姓呢？"

"因为它适合弗朗索瓦。这是斯特凡的姓，你儿了以后要长期的与斯特凡生活在一起。斯特凡是你丈夫的一个亲戚，你可以这样说。这样也能解释你们的亲密关系了。这是我的一个计划。我向你保证，这样做不会带来任何危险。当处于这种不能解脱的痛苦困境时，只能采取一种果断的、甚至有些不合法律的特殊方式了。对此，我会毫不犹豫的，因为我幸运地掌握了一种大家所没有的本领。你认同我的想法吗？"

维罗尼克点了点头。

"是的，是的。"她说。

他直起身子继续说道：

"况且，即使有些不合适，以后一定会渐渐被遗忘。我顺便说一下斯特凡对弗朗索瓦母亲的感情，不算冒昧吧？将来有一天，弗朗索瓦的母亲出于感激之情，或出于理智，表示同意接受这份感情，那一切就解决了；那时候，如果弗朗索瓦已使用马鲁这个姓，一切再简单不过了。这样的话，过去的一切会被忘得干干净净，对于别人和弗朗索瓦来说，都是如此。没有人再去追寻已被淡忘的故事，人们也不会再记得什么。

我觉得这是个十分重要的理由，你能赞同我的想法，我感到十分荣幸。"

唐路易不再犹豫，他向维罗尼克打完招呼，没注意到她羞涩的表情，转身朝着弗朗索瓦走去，他大声喊道：

"我的孩子，现在我由你支配。既然你想搞明白所有事情，那我们就谈一谈，谈谈有关天主宝石以及对它垂涎三尺的那群无耻强盗。哦，对了，就讲那个强盗的事。"

唐路易重复说了一遍，现在他觉得没有理由不去坦率地谈论沃尔斯基了，"这个强盗非常可怕，他是我遇上的最可怕的强盗，因为他觉得自己是负有……使命的，总之是一个恶棍，一个疯子……"

"首先我搞不明白的是，"弗朗索瓦说，"过了一夜你才去抓他，当时他和他的同伙们正在仙女石桌坟下睡觉呢。"

"很好，孩子，"唐路易笑着说，"你说到了我的弱点上。当时我如果立即采取行动，那悲剧一定会提前结束十二到十五个小时的。只是你还能否获救呢？你觉得那个强盗会开口吗？会告诉我你在哪儿吗？我认为不会的。为了让他开口，必须先得'烹煮'一下，令他昏头昏脑，焦躁不安，使他发疯，然后用无数的事实来证明他的失败是必然的，这样他的内心就会感到一切不可挽回了。否则的话，他是不会开口的，我们也就根本无法找到你……再说，这段时间，我的计划还不是很明确，我也不太清楚如何才能达到目的，直到很晚了，我才想到，不是使用酷刑，而是把他捆在他原先安排你母亲去死的那棵树上。这件事令我很为难、很犹豫，我惭愧地承认——最后我出于孩子式的天真，才决定把预言进行到底的，想看看在德鲁伊老祭司面前，这个使者怎样表现。总之，就是想开开心。有什么办法呢，这个故事本身太悲惨了，我看有必要掺杂些让人高兴的元素，所以我就开怀大笑了。这是我的错误，真抱歉。"

弗朗索瓦也笑了。

唐路易把弗朗索瓦拉到自己面前，亲吻着他，并问道：

"你原谅我了吗？"

"是的，但你必须回答我的两个问题。第一个，不是很重要……"

"说吧。"

"是戒指的问题。那枚戒指你先戴到妈妈的手指上，后来又戴到了艾尔弗丽德手上。这枚戒指到底从哪儿来的?"

"当天夜里,我用了几分钟时间,用一枚旧戒指和一些彩色石头打磨出来的。"

"可是,那强盗认出那是他母亲的戒指。"

"因为戒指做得太像,所以他就相信了。"

"你又如何知道的呢?你是如何知道这个故事的呀?"

"从他口里知道的。"

"这不可能?"

"是真的!他在仙女石桌坟下睡觉时,因为这个酒鬼做噩梦,他说梦话时泄露了出来……是的……关于他母亲的所有故事,他断断续续地说了出来,艾尔弗丽德也了解一些。就是这么简单!命运是多么宠爱我呀!"

"但是关于天主宝石的秘密,就没那么简单了!"弗朗索瓦大声说,"可它被你解开了!多少世纪以来人们探寻着,而你只用了几个小时就找到了!"

"不,弗朗索瓦,我只用了几分钟就找到了。我只读了贝尔瓦上尉的信就知道了,那是你外祖父写给他的。通过往来信件,我告诉你外祖父藏匿天主宝石的地方和它神奇的功效。"

"对啦,唐路易,"孩子喊道,"这也正是我要问的。请允许我提问最后一个问题。人们为什么都相信天主宝石有那么大的威力呢?到底它所谓的威力是些什么呢?"

斯特凡和帕特里斯把椅子移了过来。维罗尼克也站起来,仔细地听着。他们都知道,唐路易在等他们都聚到一块,好在他们面前揭开神秘的面纱。

唐路易开始笑了。

"你们别指望听到一个骇人听闻的故事,"他说,"事情之所以神秘,是因为它被黑暗笼罩着,当黑暗被我们驱散后,就会见到赤裸裸的事实本身。然而,这个事实的确很奇特,而且非同一般。"

"肯定是这样的,"帕特里斯·贝尔瓦说,"因为这个事发生在撒勒克岛,以至于在整个布列塔尼,构成了一个神奇的传说。"

"的确,"唐路易说,"并且这个传说有顽强的生命力,甚至它还会影响到我们的今天，你们当中的每个人都没办法摆脱这种奇迹的困扰。"

"什么？"上尉反驳道，"我就不相信有什么奇迹。"

"我也不信。"

"不，不，你们是相信的，你们把奇迹看作可能的事。否则你们早该知道事情的真相了。"

"那是为什么？"

唐路易顺手从他面前的一根玫瑰枝条上摘下一朵花，问弗朗索瓦：

"我能否把这朵稀有的大玫瑰花再变大两倍呢？能否把它的树也变高两倍呢？"

"当然不能，"弗朗索瓦说。

"那你为何相信，你们大家都相信，马格诺克在特定的时间，可以在撒勒克岛的一个地方取土呢？在潜意识中你们都毫不犹豫地相信这是一个奇迹。"

斯特凡说：

"我们相信，是因为我们都亲眼看到了。"

"可你们把它当作奇迹来看待，换句话说，马格诺克使用特殊手法制造的怪事，你们认为那都是超自然的现象。在戴日蒙先生的信中当我读到这些细节时，我马上……怎么说呢？我'跳'了起来，我立刻把硕大无比的鲜花与鲜花盛开的骷髅地联系在一起。我相信：'马格诺克不是巫师。在耶稣受难像附近的地方，他只是清理出了一块荒地，在荒地表面铺上了一层腐殖土，这样那儿就开出了异同寻常的花朵。在那下面就是天主宝石，在中世纪时它就能让鲜花开得非同一般，在德鲁伊教的时代能让病人康复，使孩子更强壮。'"

"所以，"帕特里斯说，"是有奇迹。"

"你如果相信超自然力量的解释，那就是奇迹。你如果进行研究并能找到产生所谓奇迹的物理原因，那这就是自然现象。"

"可并没有存在物理原因啊！"

"你们既然看到了硕大无比的鲜花，那就说明存在着物理原因。"

"那么，"帕特里斯嘲笑道，"那果真有一块能祛病强身的石头吗？它真是天主宝石吗？"

"不只是一块石头。而是很多石头、岩石、石块以及类似这样的坡和山，里面都含有多种金属的矿层，比如二氧化铀、银、铅、铜、镍、钴，等等。这些矿石都能放射出一种特殊功能的光，人们称它为放射线。这种矿物质就是沥青铀矿，在欧洲没有这种矿，只有在波希米亚北部才有，在若阿希姆斯塔尔小城附近进行开采……这些放射性物体就是：铀、钍、氦等，而我说的这块石头，主要含有……"

"镭。"弗朗索瓦这时插了句话。

"我的孩子，你说得很对，是镭。到处都有一些放射性现象，整个自然界都无处不在，正如温泉的开发就是利用的这点。但是像镭这样单纯的放射体，具有更确切的功用。毋庸置疑的是，镭的光和放射线具有类似电流通过的能力。由于两种东西的同时作用，使得植物生长所需的营养成分非常容易吸收，从而促进它的生长。

"同样，镭的放射线能对人的活组织产生物理作用，产生或大或小的变化，杀死一些细胞或滋生另外一些细胞，甚至控制它的演变。在很多情况下镭疗也能治愈或减轻关节炎、神经错乱、溃疡、肿瘤、湿疹、伤口粘连，等等。总之，真正起作用的治疗因素是镭。"

"如此说来，"斯特凡说，"你觉得天主宝石……"

"我觉得天主宝石就是一块矿石，一块来自于若阿希姆斯塔尔矿层的含镭的沥青铀矿石。很早以前，我就知道波希米亚这个传说，讲的就是从一个山上取来神奇石头的故事。在一次旅行中，我看到了这块石头留下的坑。大小与天主宝石差不多。"

"但是，"斯特凡说，"在岩石中镭不过是微粒状态。你想想看，从开采、冲洗到加工处理，重达一千四百吨的大块岩石，到最后才只能提炼出一克的镭。而这种神奇的功用被你附加到了重量不过两吨的天主宝石上……"

"但这块宝石一定富含大量的镭。神奇的大自然不会那么吝啬的，它不会稀罕镭的。它可能，也许是它愿意的——在天主宝石中十分慷慨地聚集了大量镭，使它产生了正如我们所看到的表面十分神奇的现象……况且传说中本来就含有夸张的成分呢！"

斯特凡越来越信服了。但还是说：

"还有最后一个问题。在铅制的权杖里马格诺克修士找到的那些小块石头，他的手因为触摸它而烧毁了。按照这种说法，难道也是一粒含镭的矿石吗?"

"对,肯定是。可能正是因为这一点,镭在整个故事中的存在和作用,才突出地显现了出来。伟大的物理学家亨利·贝克莱,在他的背心口袋中放了一个小试管,里面盛有一粒镭,几天后他的皮肤就出现了化脓性溃疡。居里也重复了一次试验,同样的结果。马格诺克的情况尤其严重,因为他是放在手里观看它的。因此手上出现了一个像癌一样的创面。因为他知道并向人们传播了这块神奇石头能像地狱之火那样灼人,赐生或赐死,因此他很害怕,就砍掉了手。"

"就算如此,"斯特凡问,"那这粒纯净的镭石粒到底从哪儿来的呢?它不会是天主宝石的碎片,尽管矿层里含镭量很高,但也不可能会有一颗单纯的镭嵌在里面,因为镭是含在其他物质中间的,只有把它们溶解,再通过一系列的工序,把含镭量很高的物质集中到一起,再进行分步结晶,所有这一切以及各个工序,都要求必须有大规模的设备、工厂、实验室、科研人员、专家,等等。总之,你得承认,必须要有一个有别于我们克尔特族祖先当时所处的未开化时代的文明社会……"

唐路易微笑着,拍了拍年轻人的肩膀。

"很好,斯特凡,看来弗朗索瓦的老师和朋友是一个头脑敏捷、逻辑性很强的人。为此我真的很高兴。你的想法很正确,我接下来就要讲了。我会运用一些合理的假设来回答你这个问题。假如有一个分解镭的天然方法,设想在一个花岗岩矿脉断裂层底下,有一个含镭的矿床,它裂开一道沟后,河水缓慢地流过那里,把镭一点点地带走,于是这些含镭的水,长时间地流过这条狭窄的河道,渐渐地在那儿淤积了起来,无数个世纪过去了,水一滴一滴地滤过,然后水蒸发完了。于是,在河道出口处形成了含镭量极高的很小的钟乳石。某一天,钟乳石尖被某个克尔特士兵弄断了等等……可是我们有必要刨根究底去借助这些假设吗?难道我们不能把这些归功于一个神明和大自然无所不能的本领吗?对于大自然来说,用它自己的方式创造出一颗镭,难道比使樱桃成熟,使玫瑰开放……或者赐给可爱的'杜瓦边'以生命更稀奇吗?小弗朗索瓦,你认为呢?我们看法一致吗?"

"我们总是一致的,"弗朗索瓦回答。

"那么,对于天主宝石的奇迹你感到遗憾吗?"

"但总有奇迹存在的！"

"弗朗索瓦，你说得很对，奇迹永远存在，而且会更加的美丽，更加的炫目多彩。科学不会扼杀奇迹，它只会让奇迹变得更加纯洁、透明和高尚。放在魔棍顶端的这个小东西，它任性、狡猾、凶狠和令人捉摸不透，随着一个未开化的首领或者一个愚昧、迂腐、爱幻想的德鲁伊祭司的胡乱使用，到底真相是什么呢？同时它又具有公正、善良、机智以及今天通过一颗镭向世人展示的种种神奇，这又是怎么回事呢？"

突然唐路易停住，大笑起来：

"看，我又情绪激动了，又在为科学唱颂歌。夫人，请原谅。"

他站起身，来到维罗尼克面前，"请告诉我，我的解释是否让你感到厌烦？没有，是吗？还是不太厌烦？我的话说完了……或者说几乎是讲完了。只有一点需要明确，或者需要做出一个决定。"

他坐到了她的身边。

"好吧，看，我们现在得到了天主宝石，那是一笔巨大的财富，我们该如何处理呢？"

维罗尼克听后浑身一抖。

"啊！这个问题根本不需要和我讨论。这个来自撒勒克的东西我不会要的，我也不会要属于隐修院的任何东西。我们会以劳动为生的。"

"但是隐修院属于你啊。"

"不，不，维罗尼克·戴日蒙不存在了，隐修院也不再属于任何人。拍卖掉那些东西吧！我不会要过去的任何东西。"

"你和孩子怎么生活？"

"和过去一样，我靠劳动生存。相信弗朗索瓦一定会赞同我的想法的，是吗，孩子？"

然后，她本能地转向斯特凡，好像他也有权发表意见，她补充说：

"朋友，你也同意我的看法，是吧？"

"完全同意，"他说。

她继续说道：

"况且，即使父亲对我的深厚感情毋庸置疑，可他对我的遗愿我没有任何证据可以了解。"

"我这儿也许有些凭据，"唐路易说。

"什么?"

"在我和帕特里斯回撒勒克岛时,在马格诺克修士房间的写字台抽屉中,找到了一个信封,已经封好了,地址没有写,打开一看,里面有一张两万法郎的债券,一张纸上还这样写道:

我死之后,马格诺克会交给斯特凡·马鲁这张债券,我的外孙弗朗索瓦我就托付给他,等到弗朗索瓦长到十八岁时,这张债券就属于他了。另外,我确信,弗朗索瓦会尽全力去找寻他的母亲,且终将找到。让我的女儿为我的亡魂祈祷。我也会祝福他们母子。"

"这是债券,"唐路易说,"……这是信,信的日期是今年四月。"

维罗尼克愣住了。她望着唐路易,脑子里闪出一个念头:这故事可能又是这个怪人编造出来的,以此来维持他们母子的生活开支。念头匆匆而过。

无论如何,戴日蒙先生的此举也是很自然的事情,他估计到他死之后,外孙一定会遭遇很多困难,对外孙的关怀也是正当的。

她轻声地说:

"我无权拒绝……"

"当然你无权拒绝,"唐路易大声说道,"此事与你无关,这是你父亲给弗朗索瓦和斯特凡的。所以,我们对待这个问题的意见也是一致的。剩下就是天主宝石的问题,现在我重新提出它来。我们该怎么处置它呢?究竟谁该拥有它?"

"它属于你,"维罗尼克坚决地说。

"属于我?"

"是的,是你发现的它,你应当拥有它;又是你识别了它的全部价值,它应该属于你。"

唐路易说:

"我需要提醒你,这块石头具有无法估量的价值。虽然大自然创造了许多奇迹,但是在一个如此之小的体积内,居然能集中那么多的珍贵物质,而且还由各种神奇的情况巧合而成。所以说天主宝石是宝中之宝。"

"太好了,"维罗尼克说,"你比别人更懂得它的价值,并能加以开发利用。"

216

唐路易想了想，笑着说：

"你说得不错，坦白地说，我甚至期待过这种结果。首先我有足够的财产证书，因此，对天主宝石我有权拥有。其次，我很需要这块石头。真的，这块波希米亚王的盖墓石板，它的神奇威力与功效还没有开发完，还可以像对待我们的高卢祖先那样，向许多民族展示它的神奇；它的作用对我来说，是十分宝贵的，因为我正进行着一项伟大的事业。过不了几年，我就完成了这项事业，我要将它运回法国，为此我想建立一个国家实验室。这样，天主宝石所造的罪孽将用科学来澄清，以此消除撒勒克悲剧的影响。夫人，你同意吗？"

她向他伸出手说：

"十分赞同。"

一阵长时间的沉默。

接下来，唐路易·佩雷纳又说道：

"啊！悲剧，真是个难以比拟的悲剧。一些可怕的悲剧，我亲眼看见过，甚至还亲身经历过，有些令人不安的回忆至今仍留在我的记忆中。但是，撒勒克的悲剧却超出了所有这一切。它超出了现实的可能，超出了人们所能承受的痛苦程度。它不遵循逻辑，它是一个疯子制造出的罪恶……它发生在一个迷惘而疯狂的时代。一个魔鬼设计、准备和制造的罪恶为何能平静而安全的实施并得逞呢？是战争造就了这一切。如果在和平时期，恶魔们的疯狂梦想根本不会有时间去实施。可是今天，这个恶魔在这个孤岛上却找到了特殊的、非常的条件……"

"别再谈论这些，好吗？"维罗尼克用颤抖的声音说道。

唐路易拿起年轻女人的手，吻了吻。然后他把"杜瓦边"抱在怀中。

"不谈它了，听你的。要不又该流泪了，'杜瓦边'也会难过的。'杜瓦边'，亲爱的'杜瓦边'，我们永远不要再谈论那些可怕的事情了。但是，那些美好和动人的故事，我们还会怀念的，是不是，'杜瓦边'？那些在马格诺克花园中盛开的硕大无比的鲜花，你会与我一样不会忘记的。关于天主宝石的传说，还有驮着那块先王的盖墓石板四处流浪的克尔特部落史诗。这块盖墓石板令人毛骨悚然，但奇妙而又生机盎然的镭原子不停息地时刻撞击着，颇为壮观，'杜瓦边'，是不是？我可爱的'杜瓦边'，假如我是一个作家，并受托讲述这个三十口棺材岛的故事，那我肯定不会回避那些可怕的事实，而且我会让你在故事中扮演一个很重要的角色。我会取消那个夸夸其谈令人厌恶的唐路易，而让你变成一个救星，勇敢、机智而深沉。你与那个十恶不赦的恶魔搏斗，并成功挫败他的阴谋。故事的结尾是，邪恶被你的正义战败，受到你美好天性的惩罚，真、善、美最终获得胜利。这种结果会很好，因为没有任何事物比你更好，更可爱。'杜瓦边'，没有谁比你更有说服力地向人们证明，一切都将平安和顺利，万事都会美好和如意……"